Kurpfälzer Gold

Kurpfälzer Gold

Clemens Heck

Impressum

ISBN: 9789403674636

Verlagsportal:
Gedruckt in Deutschland

Die Deutsche Nationalbibliothek verzeichnet diese Publikation in der Deutschen Nationalbibliografie

Die Handlung und die Personen, mit Ausnahme der namentlich genannten Bürgermeister und Pfarrer, sind frei erfunden.

1

Es war ein schöner Abend. Antonia Adler ist trotz ihrer inzwischen 77 Jahre eine der letzten, die die Geburtstagsfeier ihrer Freundin Friederike verläßt. Sie, die normalerweise ein eher zurückgezogenes Leben führt, hat die Geburtstagsfeier genossen. War Friederike doch eine der wenigen Menschen, mit denen sie überhaupt Kontakte pflegt und die es akzeptiert, dass sie wenig über ihre Zeit, bevor sie an die Stadt am Neckar gezogen ist, berichten will. Und zu ihrer Überraschung war die mitfeiernde Verwandtschaft von Friedericke ausgesprochen nett. So gingen die Gespräche mehr um die Freuden des Lebens als um die in ihrer Altersgruppe normalerweise eher vorherrschenden Themen. Sie konnte die Klagen um die richtige Arztwahl, Corona oder welches Medikament denn jetzt schon wieder Nebenwirkungen hat, nicht mehr hören.

Den Weg vom Martin-Luther-Haus in die in der Neckargemünder Weststadt gelegene Schützenhausstraße legt sie wie gewohnt zu Fuß zurück. Ihr letztes Auto hat sie schon vor Jahren aus Sparsamkeitsgründen stillgelegt. Die Straßenbeleuchtung ist an diesem trüben Novembertag schon teilweise abgeschaltet, als sie ihr kleines Häuschen, in dem sie alleine wohnt, erreicht. Nach dem Wäschewechsel in einen bequemen Pyjama genehmigt sie sich, wie jeden Abend, einen Sherry. Normalerweise trinkt sie gerne einen von Sandemann. Vor einigen Tagen hat sie jedoch ein besonderes Geschenk erhalten. Einen Osborne Rare Sherry Solera PAP mit seinem einzigartigen Geschmack, der ihm auch zu einem einzigartigen Verkaufspreis verhilft. Dieser soll ihr zu einem langen und gesunden Leben verhelfen. Als sie einige Tage später einem Arztbesuch fernbleibt, steht kurz darauf fest, dass zumindest ihr Leben nach 77 Jahren trotz des Sherrys ausgehaucht ist und sie im Zeitpunkt des Auffindens auch nicht mehr gesund ausgesehen hat.

2

Das Chaos hat einen Namen! Aus Sicht des Kriminalhauptkommissars der Heidelberger Kripo, Klaus Müller, ist dies ein Synonym für Lena, seine inzwischen spätpubertäre 17jährige Tochter. Ihre Bemühungen, am hiesigen Max-Born-Gymnasium dem Abitur näher zu kommen, sind aus Müllers Sicht überschaubar. Weniger überschaubar sind ihre zahlreichen Kontakte zu dem anderen Geschlecht und der von ihr produzierte Wäscheberg, unter dem Müller nach längerer Suche seine nagelneuen Straßenschuhe gefunden hat.

Da seine Versuche, Lena vom Bildschirm ihres Handys beim Frühstück abzulenken scheitern, verlässt er heute bereits kurz nach 7 Uhr seine Wohnung in Kleingemünd und fährt die wenigen Kilometer in die Innenstadt von Heidelberg. Unterwegs telefoniert er mit seiner Frau Anne, die eine dreiwöchige Reha in Bad Orb absolviert und ihm somit bei der Löwenbändigung seiner Tochter auch keine Hilfe sein kann.

So ist er der Erste, der das Dezernat der Kriminalpolizei in der Römerstraße erreicht. Ein Dezernat, das für den Bereich des Polizeipräsidiums Mannheim zuständig ist und damit für Teile der Rheinebene, des badischen Odenwaldes und Kraichgaus und nicht zuletzt für die Großstädte Heidelberg und Mannheim. Gemeinsam mit seiner Kollegin Rike Klein, einer 29jährigen und ausgesprochen gutaussehenden Kriminalkommissarin aus Nordfriesland, und Daniel Schubert, ihrem Internetaffinen 35jährigen Assistenten, bilden sie eine Ermittlungsgruppe. Der 50jährige Müller ist „Chef" dieser Gruppe und damit auch Ansprechpartner von Kriminalrat Bauer, ihrem pfälzischen Vorgesetzten, der nur wegen der höheren Besoldungsgruppe seine Leidenschaft für die Kurpfalz entdeckt hat.

Kaum sind alle im Dienst angekommen, berichtet Schubert über die Ereignisse der letzten Nacht. „Der Kriminaldauerdienst hat zwei schwere Körperverletzungen bearbeitet, und nebenbei den lang gesuchten Tankstellenräuber des Überfalls auf eine Tankstelle in Mannheim festgenommen. Der hat in einer Kneipe randaliert, und als die Kollegen der Streife angerückt sind, haben die nicht schlecht gestaunt, was sie da für einen Fisch an Land gezogen haben. Jetzt sitzt er in einer Ausnüchterungszelle im Präsidium, sobald er wieder zurechnungsfähig ist, wird er dem Haftrichter vorgeführt. Die Fahndungsakte kann geschlossen werden.“ „Sehr schön, dann beginnt der Tag hier ja schon mal besser als bei mir Zuhause“ resümiert Müller.

„Bevor Daniel loslegte, hat mich die Gerichtsmedizin angerufen“ ist Rike Kleins Stimme zu vernehmen. „Dr. Terhoven sagte, wir sollen bei ihm vorbeikommen. Er habe etwas für uns, es wäre aber gut, wenn wir vorher gefrühstückt hätten.“ „Wenn das so ist, dann lass uns zu zweit rüber ins Neuenheimer Feld fahren. Terhoven übertreibt immer etwas, so schlimm wird`s schon nicht werden. Und du, Rike, bist ja inzwischen auch schon die ein oder andere Leiche gewöhnt.“ Damit spielt KHK Müller auf ihren ersten gemeinsamen Fall an, als die Obduktion einer in Meckesheim gefundenen Leiche Rike und ihren Magen auf eine harte Belastungsprobe stellte.

Michael Terhoven ist ein Mann, der eigentlich durch nichts erschüttert werden kann. Inzwischen rund 20 Jahre leitender Gerichtsmediziner, der sich mit Haut und Haaren seiner sehr speziellen Arbeit verschrieben hat. Er empfängt die zwei Kriminaler in seinem Büro, welches von den Sektionssälen räumlich abgetrennt ist. „Tut mir leid, dass ich Sie zu mir einladen musste. Aber ich glaube, Sie sollten sich das mal ansehen." Mit diesen Worten holt er eine Akte hervor, die neben den üblichen Aufnahmen von CT und MRT schon auf den ersten Blick eine Vielzahl von Ausdrucken und Tabellen beinhaltet. „Wir haben eine 77jährige Verstorbene aus Neckargemünd. Die Dame hieß Antonia Adler und wohnte in der dortigen Schützenhausstraße. Dort wurde sie vor vier Wochen tot von ihrem Hausarzt aufgefunden, nachdem die örtliche Feuerwehr die Tür geöffnet hatte. Der Hausarzt stellte den Sterbebericht aus und die Todesursache „Herzversagen" fest. Die

Verwesung war schon weit fortgeschritten, vermutlich hatte der Kollege den Wunsch, das Haus schnellstmöglich wieder zu verlassen.“ Mit einem Kopfschütteln zeigt der Gerichtsmediziner, was er hiervon hält.

„Zur Überraschung meldete sich vor wenigen Tagen der von der Verstorbenen eingesetzte Testamentsvollstrecker bei der Staatsanwaltschaft. Der Anwalt wurde förmlich von möglichen Erben überfallen und misstrauisch, als er das Erbe auf einen Umfang von deutlich über 2 Millionen Euro taxieren konnte. Er telefonierte dann nochmals mit dem Hausarzt über die Umstände der Auffindung und die Feststellung der Todesursache. Dies Telefonat war für ihn so suspekt, dass er sich gezwungen sah, die Staatsanwaltschaft zu informieren. Wie in solchen Fällen üblich, wurde vom zuständigen Richter in Heidelberg daraufhin die Exhumierung der Toten angeordnet. Und deshalb sind Sie heute hier“ fasst Terhoven das bisher Geschehene zusammen. „Und was sind die Ergebnisse?“ bringt Rike Klein ihre Neugierde zum Ausdruck. „Nun,

Kollege Stürmer und ich haben die gerichtsmedizinische Sektion gemeinsam vorgenommen. Wie Sie sich vorstellen können keine schöne Aufgabe, deren Verlauf ich Ihnen nicht unbedingt schildern möchte. Sie können dies im Bericht nachlesen. Wir haben im Ergebnis festgestellt, dass die Dame eigentlich kerngesund war. Vielleicht eine etwas angegriffene Leber, aber nichts, was das Ableben erklärte. Die Todesursache Herzversagen, die im Totenschein eingetragen ist, konnten wir mit 100prozentiger Sicherheit ausschließen. Ebenso eigentlich die weiteren in dieser Altersgruppe häufigen Todesursachen wie die Folgen einer Krebserkrankung, Erkrankungen der Lungen- und Atemfunktion oder Demenz. Daraufhin haben wir Proben aus ihrem Magentrakt, dem Gehirn und des Blutes entnommen und auf Auffälligkeiten untersucht. Ferner eine Spektralanalyse vorgenommen. Die Auswertungen zeigten deutliche Ergebnisse. Frau Adler wurde eindeutig vergiftet. Das Gift war offensichtlich ein schon lange nicht mehr zugelassenes Rodentizid, also ein Gift gegen Nager, welches im

Gegensatz zu den heute zugelassenen Giften geschmacksneutral für den Menschen ist. Aufgrund des hohen Verwesungsgrades bei der Exhumierung können wir nicht sagen, wie lange das Gift im Körper von Frau Adler gewirkt hat. Ebenso auch nicht die genaue Bezeichnung des Rodentizids. Klar ist aber, dass es wohl ein Mittel aus den 80er Jahren war und dieses in der genommenen Dosis absolut tödlich war. Alles weitere steht in unserem Bericht, den ich Ihnen später per Mail in Ihr Dezernat schicke."

„Also Mord" ist das knappe Urteil von KHK Müller. „Suizid können Sie definitiv ausschließen?" „Nur zu 99 %. Aber warum soll jemand sein Gift so lange aufbewahren, wenn er sich umbringen will", ist die knappe Antwort des Gerichtsmediziners.

3

„Immer wenn wir mit dem Auto in Heidelberg unterwegs sind, wünsche ich mich auf meine Insel Föhr zurück. Da gab es nur einmal täglich Stau, und das war beim Verladen auf die letzte Fähre Richtung Festland", zieht Rike Klein einen nicht immer

passenden Vergleich. „Ja, der Verkehr in Heidelberg ist echt ein Problem. Und ohne fünfte Neckarquerung bleibt das Fahrrad zumindest im Bereich der Innenstadt vermutlich weiterhin das schnellste Verkehrsmittel" stimmt Klaus Müller ihr zu.
Als sie das Dezernat in der Römerstraße erreichen, berichtet Müller zunächst seinem Vorgesetzten Kriminalrat Bauer. Dieser hört sich die Ausführungen an, fordert dann die Vorlage des in Kürze zu erwartenden Berichts der Gerichtsmedizin, und beauftragt dann die Gruppe unter der Leitung des Kriminalhauptkommissars mit den weiteren Ermittlungen. Als dieser sein Büro verlassen hat, greift Bauer zu seinem Telefon und informiert den zuständigen Staatsanwalt Walter Knopf, dass in dessen Zuständigkeitsbericht bei den Tötungsdelikten ein Fall mehr zu verzeichnen ist.

Zurück im Besprechungsraum der Ermittlungsgruppe informieren Müller und Klein zunächst ihren Kollegen Schubert. Da sie bisher weder über die Tote, ihr persönliches Umfeld und auch das eingesetzte Gift keinerlei

Kenntnisse haben, liegt hier nach übereinstimmender Meinung der erste Ermittlungsansatz.

4

Die große Kreisstadt Sinsheim mit ihren über 40.000 Einwohnern besteht aus der eigentlichen Kernstadt und zwölf weiteren Ortsteilen, die teilweise viele Jahrhunderte selbständig waren. Das früher sehr ländlich geprägte Städtchen hat in den letzten Jahrzehnten eine sehr dynamische Entwicklung erlebt. Heute ist Sinsheim in erster Linie durch das hiesige Bundesligastadion von 1899 Hoffenheim, der luxuriösen Badewelt und seinem weit über die Grenzen Deutschlands hinaus bekanntes Auto- und Technikmuseum bekannt.
Bis zu dieser enormen Entwicklung war das berühmteste Wahrzeichen der Stadt die Burg Steinsberg, die aufgrund ihrer exponierten Lage auch den Beinamen „Kompass des Kraichgaus" trägt. Im dortigen Ortsteil Weiler klingelt an diesem Nachmittag ein altes Festnetztelefon. Dirk Schneider, 51jähriger Nebenerwerbslandwirt und aktuell beim

Jobcenter wieder einmal arbeitssuchend gemeldet, meldet sich mit einem kurzen „Ja." „Es gibt Probleme" ist zunächst das Einzige, was er zu hören bekommt. Da bei ihm sehr selten das Telefon seinen Tagesablauf stört, erkennt er seine Schwester Heidemarie sofort, auch wenn diese auf alle Höflichkeitsfloskeln, wie das Nennen des eigenen Namens, verzichtet. "Dieser Idiot von Testamentsvollstrecker. Irgendwas hat ihm nicht gepasst und dann hat er die Polizei eingeschaltet. Mehr wollte er mir nicht sagen. Nur, dass die Erben vermutlich noch länger auf das Geld warten müssen."
„So ein Mist, Ich brauch die Kohle dringend. Die Bank dreht mir den Hahn ab und ein kleines Erbe kommt jetzt gerade recht. Hat der Testamentsvollstrecker gesagt, um wieviel Geld es eigentlich geht? Viel kann sie ja nicht gehabt haben." „Das wollte er mir nicht sagen", tönt es aus dem Hörer. „Ich wundere mich aber schon die ganze Zeit, dass sie einen Anwalt mit der Abwicklung beauftragt hat. Das kostet ja vielleicht mehr, als sie überhaupt zu vererben hat.

Wäre ja typisch. Wir erben und zum Schluss wäre außer Spesen nichts gewesen", hört Dirk Schneider seine Schwester sagen.
„Ich hatte ja wie du über Jahre keinen Kontakt zu ihr. Als die kleine Todesanzeige in der Rhein-Neckar-Zeitung erschien, hat mich meine Nachbarin gefragt, ob das nicht meine Tante sei. Ich hätte ja hier in Weiler überhaupt nichts von ihrem Tod mitbekommen." „So wäre es mir auch gegangen, auch wenn ich in Bammental nur drei Kilometer von ihr entfernt wohne. Aber unsere Tante hat auch mir gegenüber keinen Wert auf Kontakt gelegt. Naja, Hauptsache, wir sind jetzt zur Stelle. Und ich lasse mich mal überraschen, was zum Schluss für uns übrigbleiben wird. Bist du einverstanden, dass ich im Auftrag von uns beiden dem Testamentsvollstrecker auf den Zehen stehe?" Da dies von seiner Schwester eh nur eine rhetorische Frage war, brummt Dirk Schneider ein zustimmendes Gemurmel in den Hörer. „Hauptsache, ich krieg von dem nicht auch noch eine Rechnung" ist das letzte, was bei diesem Telefonat

gesagt wird. Grußlos legt seine Schwester einfach auf.

5

„Die haben was gemerkt.“ Mit hochrotem Kopf redet ein im typisch anthrazitfarbenen Businessanzug gekleideter Enddreißiger auf eine etwa gleichaltrige, in einem dunkelblauen, elegant geschnittenen Kostüm gekleidete Dame ein. „Ein Anwalt hat bei von Achtern einen Termin und es geht wohl um die Adler. Keine Ahnung, was der will“. Sie ist deutlich gefasster und nippt immer wieder an ihrem Cappuccino, den sie wie viele andere Menschen im Anatomiegarten der Heidelberger Hauptstraße servieren ließ. „Jetzt krieg dich wieder ein“ unterbricht sie seinen Redefluss. „Kein Mensch wird etwas mitkriegen und selbst wenn, es ist nicht möglich, alles nachzuvollziehen. Und wie soll eine Spur zu uns führen? Wenn wir keine Fehler machen, sind wir safe. Jetzt lass uns einfach ruhig bleiben. Und die Adler kann nichts mehr sagen.“
„Trotzdem, wenn da was rauskommt, sind wir geliefert. Die schmeißen

mich raus. Unser Laden ist echt konsequent, wenn die merken, dass ihre Mitarbeiter krumme Dinger machen" sagt er schon etwas ruhiger. „Jetzt überleg mal, Michael. Wir sagen nichts, die Adler hält garantiert die Schnauze und wir legen dem Anwalt, wenn überhaupt, nur die blütenreinen Depotauszüge vor. Und nach zwei Wochen ist der Sturm im Wasserglas vorbei."

Und nach diesen Worten wendet sie sich der aus ihrer Sicht wie immer zu langsamen Bedienung zu und ordert zwei Glas Champagner und das dazu passende Sorbet.

6

„Der Bericht von der Gerichtsmedizin ist da und der Testamentsvollstrecker erwartet uns morgen um 9 Uhr. Er hat wenig Zeit und bittet darum, dass wir pünktlich sind", fasst Rike Klein die wichtigsten Ergebnisse des Nachmittags zusammen. „Ich komme morgen mit der S-Bahn um kurz vor 8 Uhr in Neckargemünd an. Holst du mich an eurem Bahnhof ab und wir fahren dann gemeinsam zu ihm nach

Waibstadt?" „Mache ich gerne, jetzt gehen wir aber in den Feierabend. Ich werde das Gefühl nicht los, dass die nächsten Tage sehr lang für uns werden." Mit diesen Worten verabschiedet ihr Chef Rike Klein und Daniel Schubert für heute. Und während diese sich sichtbar auf den Feierabend freuen, fragt sich Müller, ob er nicht doch einen Grund findet, seinem Heim und damit seiner Tochter noch einige Stunden fern bleiben zu können.

7

„Mit Rattengift? Das ist doch geradezu phantasielos!" Ungläubig schaut Michael Bannings, Englisch- und Sportlehrer am Heidelberg College, Schwarm der dortigen Schülerinnen und seit einigen Monaten Freund, Liebhaber und Traum der Kriminalkommissarin Rike Klein, dieser in die Augen. „Es gibt keinen Zweifel. Es muss aber wohl schon viele Jahre alt sein. Heutige Gifte sind geschmacklich eingefärbt, das bedeutet, wir Menschen würden das Gift sofort als ungenießbar empfinden und daher nie schlucken."

„Und die haben das nicht gleich gemerkt? Hat man da keinen Schaum vor dem Mund?" kommt schon die nächste Frage an die Ermittlerin. „Du schaust zu viele schlechte englische Kriminalfilme. Das mit dem Schaum passiert vielleicht bei Zyankali, aber nicht jedem anderen Gift. Die alte Dame war schon ziemlich verwest, als sie aufgefunden wurde. Und der Hausarzt hat wohl bestimmte Anzeichen übersehen. Ich weiß nicht, ob wir ihm einen Vorwurf machen können, jedenfalls war der Testamentsvollstrecker auf Zack und hat Alarm gegeben."

„Ich dachte immer, in Deutschland habt ihr in der Regel ein Testament, und das Gesetz regelt das Erbe, wenn die Verstorbenen kein Testament aufgesetzt haben. Für was braucht ihr dann einen Verwalter?" Das Thema scheint für Michael wirklich interessant zu sein. „Nun, eigentlich habe ich Feierabend. Aber in Kürze: wenn du den Erben nicht traust oder keine Erben mit der Abwicklung des Vermächtnisses betrauen willst, weil es vielleicht für diese zu kompliziert ist, kannst du einen Vermögensverwalter einsetzen. Der macht sowas meist beruflich und ist dafür verantwortlich, dass dein letzter Wille auch tatsächlich umgesetzt wird.“ „Aha, also ein Treuhändler, wenn ich gestorben bin“ sinniert Michael. „Ja, wobei ich hoffe, dass das doch noch etwas dauert“ entzieht sie ihm das weitere Gesprächsthema und sorgt dafür, dass er in der nächsten Stunde kein weiteres Interesse an deutschem Erbrecht formuliert.

8

Während Rike Klein ihre Kollegen zumindest teilweise durch Erzählungen an der Entwicklung ihres Privatlebens teilhaben lässt, ist dies für Daniel Schubert unvorstellbar.

Schubert, 35 Jahre alt, ist in einem kleinen Dorf im mittleren Schwarzwald aufgewachsen. Die ländlich, konservativ und katholisch geprägte Umgebung war für ihn in der Kindheit ideal, um in einer geschützten Umgebung aufzuwachsen. Seine Eltern, beide aus landwirtschaftlichen

Betrieben stammend, hatten bis in die 2000er Jahre einen Bauernhof mit Milchwirtschaft. Aber zu ihrer Enttäuschung wollten weder Schubert noch seine Schwester Dorothea diesen Betrieb übernehmen. Zu lang waren die Arbeitstage und zu gering die Aussicht, auch nur einigermaßen gerecht für diese Schufterei bezahlt zu werden. Für Schubert gab es aber noch einen weiteren Grund, seine Heimat zu verlassen. Als seine Jugendfreunde erste zarte Kontakte zu gleichaltrigen Mädchen pflegten, interessierte ihn das nur wenig. Es gab Andrea in seinem Leben, aber obwohl sie einige Monate zusammen waren, hat ihm in dieser Beziehung immer etwas gefehlt. So war es ein Gefühl zwischen Unsicherheit, Scham und Überraschung, als sich das fehlende Gefühl beim Kennen- und Liebenlernen von Udo bei ihm einstellte. Sie verlebten zwei rauschende Jahre und Daniel Schubert litt sehr darunter, dass er nur bei Udo in Freiburg und keinesfalls in dem Dorf seiner Jugend sein Leben frei leben konnte.
Also beschloss Schubert, seine Heimat zu verlassen und seinen eigenen

Lebensweg zu gehen. Seine Eltern akzeptierten natürlich seine Entscheidung, als er ihnen offenbarte, zur Polizeischule und später zur Bereitschaftspolizei in Bruchsal zu gehen. Das passte in ihr Weltbild. Bis heute hatte er nicht den Mut, seinen Eltern den zweiten Grund seines heimatlichen Abschieds zu nennen. Zwar war Udo inzwischen schon lange Geschichte, aber die Liebe zum eigenen Geschlecht war unverändert. Und so beschloss Schubert vor rund 10 Jahren, nach Mannheim zu ziehen und dort, quasi in der Anonymität der Metropole, sein Glück zu suchen.
Als er heute Abend seine Wohnung im Bereich des Tattersalls betritt, wartet dort nicht nur sein Freund Alex, sondern auch der Stubentiger namens Kamikaze auf ihn. Kamikaze ist beider Liebling. Völlig verschmust und ganz das Gegenteil dessen, was man eigentlich dem Namen nach vermuten kann. Der Kater ist, im Gegensatz zu dem sportlichen 30jährigen Leiter eines Fitness-Studios Alex, das einzige Lebewesen, welches ausschließlich von Futternapf zur Couch und wieder zurück pendelt.

Ausflüge nach draußen sind leider hier in der Mannheimer Innenstadt zu gefährlich. Außerdem ist der Kater so wenig an Bewegung interessiert, dass er selbst das andere Ende der aus drei Zimmern bestehenden Wohnung eigentlich nur vom Hörensagen kennt. Nach der kuscheligen Begrüßung von Kamikaze wendet sich Daniel seinem Freund Alex zu, um auch ihm von dem grässlichen Fund in Neckargemünd zu berichten. „Tut mir leid, dass ich dir sowas erzählen muss", fängt Daniel an, „aber bei irgendwem muss ich das ja loswerden, sonst geht es mir die ganze Zeit im Kopf rum." „Ist schon gut", antwortet sein Lebensgefährte. „Aber wer macht denn sowas? Eine alte Dame vergiften und dann dort vermutlich einen elenden Tod sterben lassen. Da muss man ganz schön abgebrüht sein." „Oder ganz dringend Geld oder irgendwas anderes brauchen", sagt Schubert und beendet das Thema mit den Worten „Aber du wirst uns da eh nicht weiterhelfen können, und außerdem müssen wir jetzt ganz schnell einkaufen, sonst bleibt heute die Küche kalt". „Das musst du leider alleine erledigen, Daniel. Ich muss nochmal raus ins Studio auf den

Waldhof und nach dem Rechten sehen. Wir haben da einen neuen Schichtleiter, und der ist heute erstmals alleine verantwortlich. Und das lässt mir keine Ruhe." Und kurze Zeit später steht Kamikaze einsam und verlassen vor dem Futternapf und wartet hoffnungsvoll auf die Rückkehr seiner Herrchen, die eigentlich ein genauso normales Leben führen wie die hunderttausend anderen Paare, die sich an diesem Abend in Mannheim über das Abendessen unterhalten.

9

„Warst du eigentlich schon einmal in Waibstadt?“ wird Rike Klein von ihrem Kollegen Klaus Müller begrüßt, als sie am S-Bahnhof Neckargemünd in dessen Auto steigt. „Nein, seit ich von Föhr hierhergezogen bin, war ich eigentlich nur im Raum Heidelberg unterwegs. Sind ja auch erst 9 Monate. In den Kraichgau bin ich genau genommen nur bis Meckesheim gekommen. Und das auch nur, weil wir dort den Fall mit dem toten Sondengänger hatten, und seitdem ja auch Experten für die Meckesheimer Geschichte sind.“ Lächelnd fügt Rike Klein dann hinzu: „Und mit meinem Freund Michael bin ich seitdem schon mehrmals nach Meckesheim zum Kneipentest geradelt. Den haben die Meckesheimer übrigens bisher mit Bravour bestanden. Die Wirtsleute sind freundlich, die Küche wirklich immer gut und preislich im Vergleich zu Heidelberg auch für uns bezahlbar. Kein Wunder, dass die Menschen hier viel ausgehen, auch wenn es im Vergleich zu meiner Heimat wenig Fisch auf der Karte gibt.“

„Und dennoch gibt es hier Menschen, die nicht nur das Wohl der anderen im Kopf haben", leitet Müller gekonnt zu dem ernsten Hintergrund der kleinen Dienstreises über. „Wenn wir in Waibstadt ankommen, erwartet uns sofort Dr. Andreas Sieber. Dr. Sieber ist Anwalt und wurde von der Toten als Testamentsvollstrecker eingesetzt. Er ist somit derjenige, dem wir überhaupt den Fall zu verdanken haben. Alle anderen Beteiligten, vom Hausarzt über den Bestatter bis hin zu möglichen Hinterbliebenen, haben wohl keine Auffälligkeiten festgestellt, der Mord wäre ohne Dr. Sieber nie entdeckt worden." „Dann bin ich mal auf diesen Menschen gespannt", antwortet Rike Klein, die gleichzeitig hofft, dass ihr Chef auf der Rückfahrt ihr das Steuer überlässt. „Die Menschen hier im Schwarzbachtal zwischen Meckesheim und Waibstadt müssen Zeit haben. Anders lässt es sich nicht erklären, dass sie auf dieser super Straße in aller Gemütsruhe gemütlich vor sich hin trödeln", denkt sie, als ihr Chef wieder einmal mit Tempo 70 hinter einem alten Suzuki-Jeep mit Anhänger hinterherfährt, aus dessen Seitenscheibe ein kleiner Hund herausschaut.

„Und das ist eine Stadt?" Fragend wendet sich Rike ihrem Vorgesetzten zu. „Ja, eben eher eine Kleinstadt mit nicht ganz sechstausend Einwohnern. Die Bedeutung der Orte ist ja nicht nur an der Größe festzumachen" antwortet dieser. „Und die Größe erleichtert es uns doch wesentlich, das Büro von Dr. Sieber in der hiesigen Hauptstraße zu finden."
Kurze Zeit später stehen sie vor einem Herrenhaus aus dem 19. Jahrhundert, in dessen Erdgeschoss sich die Kanzlei Sieber befindet. Eine wortkarge und streng blickende Dame empfängt die Polizisten und bittet sie, noch einige Minuten Platz zu nehmen. Dr. Sieber sei noch in einem Gespräch. Als Rike Klein sich umsieht, fällt ihr in etwa 1,50 Meter Höhe ein kleines Messingschild mit der Aufschrift „Jahrhunderthochwasser 28.06.1994" auf. „Schau mal da", mit ihrem Finger zeigt sie für ihren Kollegen auf das Schild. „Das war hier ganz schlimm. In dieser Ecke

bahnte sich in dieser Nacht ein Unwetter seinen Lauf. Unsere kleinen Bäche wurden zu reißenden Gewässern und die Schwarzbach, Elsenz und Lobbach wälzten alles nieder, was ihnen im Wege stand. Es gab Tote und hunderte Millionen Sachschaden", erinnert sich Müller. „Ich wohnte damals schon in Neckargemünd, man hatte förmlich den Eindruck, dass die Elsenz damals bei der Mündung mehr Wasser führte als der normalerweise um Welten größere Neckar. Es war einfach schrecklich."

„Kommen Sie bitte!" Mit einem Ton, der keinen Widerspruch duldet, führt die Empfangsdame die Ermittler in das Büro von Dr. Sieber. Das „Büro" stellt sich als ein etwa 60 m² großer Raum heraus, in dem eine in schwerem englischen Leder gefertigte Polstergruppe das beherrschende Element ist. Dahinter steht mit einigem Abstand ein mächtiger Schreibtisch, der mehr Akten tragen könnte, als vermutlich in Müllers Büro überhaupt passen würden. Oberhalb des ebenso mächtigen Schreibtischstuhles, natürlich auch aus englischem Leder, hängt das

Porträt eines Mannes, welches vermutlich auch schon etliche Jahre alt ist. „Schrecklich" ist das Einzige, was Rike zu diesem Büro einfällt.
„Willkommen, schön, dass Sie den Weg nach Waibstadt gefunden haben." Mit einem strahlenden Lächeln steht das Ebenbild des Porträts in der Tür. Im Gegensatz zu seiner Büroausstattung wirkt an diesem Herrn alles schmächtig. Als der gerade etwa 1,65 Meter große Anwalt in seinem Schreibtischstuhl Platz nimmt, verkneifen sich die Ermittler ein breites Lächeln. Er ist darin geradezu versunken. Als sie in den Besucherstühlen vor dem Schreibtisch Platz nehmen, ist zwischen ihnen und dem Anwalt noch immer so viel Platz, dass die zeitweise geltenden Corona-Abstandsregeln auch in ihrer strengsten Auslegung locker eingehalten werden.

„Herr Dr. Sieber, Sie haben maßgeblich dazu beigetragen, eine Gewalttat zu erkennen. Hierzu vorab schon einmal unseren herzlichen Dank und ausdrückliche Anerkennung für Ihren ungewöhnlichen Schritt" startet

Klaus Müller das Gespräch mit einem ungewöhnlichen Kompliment. „Ja, Sie müssen wissen, dass mir der Tod von Frau Adler ungewöhnlich nahe ging. Wir beide kannten uns schon viele Jahre, sie war eine sehr außergewöhnliche Klientin." Verträumt rührt der Anwalt in seiner von der Mitarbeiterin bereit gestellten englischen Teetasse. Das ausströmende Aroma lässt Rike auf einen starken englischen Breakfasttea tippen, während sie und ihr Kollege einen lustlos zubereiteten Allerweltskaffee erhalten haben.
„Es war vor rund 20 Jahren, als Frau Adler erstmals als Klientin in meiner Kanzlei zu Gast war. Sie hatte damals für wenig Geld eine Ackerfläche in der Nähe von Heidelberg gekauft, und ich beurkundete den Kaufvertrag.". Klaus Müller fragt gleich dazwischen: „Aber damals durften in Baden-Württemberg doch nur Notare bei den Amtsgerichten beurkunden?" „Das ist richtig, aber ich war damals in Neckarsteinach mit meiner Kanzlei ansässig, und in Hessen durften zu dieser Zeit auch zugelassene Anwälte unter bestimmten Voraussetzungen Notarfunktion übernehmen. Das hätte

ich vielleicht voranstellen sollen", entschuldigt sich Dr. Sieber und führt fort, „Aber zurück zum eigentlichen Thema. Wenige Jahre später wurde aus diesem Acker Bauland und ich durfte eine ganze Reihe von für Frau Adler lukrativen Kaufverträgen beurkunden. Wenn ich darüber nachdenke, dann hat sie wohl ein goldenes Näschen gehabt. Sie hat nämlich noch mehrmals Land gekauft, welches zu einem späteren Zeitpunkt Bauland wurde.
Sie hatte, so berichtete sie mir einmal, ein seltenes Hobby. Sie besuchte wohl regelmäßig Gemeinderats- und Bauausschusssitzungen in allen Gemeinden rund um Heidelberg. Und sobald sie vermutete, dass sich in einer Gemeinde bautechnisch etwas entwickeln könnte, war sie als Aufkäuferin von Land aktiv. Und so kam, was kommen musste. Sie machte dabei ein, wie ich zunächst vermutete, kleines Vermögen."
Fragend schaut Rike den Notar an. „Und, ist es etwas anderes?" „So könnte man es nennen. Aber lassen Sie mich zuerst fortfahren, damit Sie sich selbst einen eigenen Eindruck

verschaffen können. Vor etwa fünf Jahren hatte sie den Wunsch, ein Testament zu erstellen. Da sie dies rechtssicher tun wollte, kam sie zu mir in die Kanzlei und wir erstellten gemeinsam ihr Testament. Ich gehe davon aus, dass ich berechtigt bin, Ihnen gegenüber aufgrund Ihrer Ermittlungen eigentlich der Schweigepflicht unterliegende Details zu nennen?" „Ja, sofern sie zu der Aufklärung beitragen, ist dies auf jeden Fall rechtlich möglich" bestätigt Klaus Müller.

„Nun, sie berichtete mir damals, dass ihr Mann bereits seit geraumer Zeit verstorben sei. Aus ihrer Ehe gab es keine Kinder. Ihre einzige Schwester hatte aber zwei Kinder, die sie als gleichberechtigte Erben einsetzte. Dies waren Dirk Schneider, wohnhaft in Sinsheim-Weiler, und Heidemarie Schneider, die in Bammental wohnt. Das Testament wurde von ihr auf eigenen Wunsch im Notariat des Amtsgerichtes Heidelberg hinterlegt. Sie wissen ja, dass Testamente grundsätzlich in zwei unterschiedlichen Registern geführt werden. So ist auf jeden Fall sichergestellt, dass im Falle des

Todes der Erblasserin deren letzter Wille auch gefunden wird. Bereits damals legte sie Wert darauf, dass ich die Funktion des Testamentsvollstreckers übernehme. Sie glaubte wohl, dass ihre Erben möglicherweise ihren Willen nicht so ganz ernst nehmen oder untereinander in Streit geraten. Da ich sie beide inzwischen recht unangenehm am Hörer hatte, kann ich diese Bedenken durchaus nachvollziehen". Aus der Stimme des Notars ist auch jetzt deutlich herauszuhören, dass er auf diese Kontakte gerne verzichtet hätte.

„Als Testamentsvollstrecker, der natürlich auch eine Kopie des Testaments erhielt, habe ich sie gebeten, mir eine kleine Vermögensaufstellung zu machen. Nicht unbedingt mit Angabe des jeweiligen Wertes, sondern eher im Hinblick auf die Vermögensquelle. Also konkret, bei welcher Bank Konten oder Depots bestehen, ob es irgendwo Schließfächer gäbe und ob es weitere nennenswerte Vermögensbestände gibt. Sie müssen wissen, dass das mir die Arbeit zum Zeitpunkt des Todes erleichtert, da die Suche nach Vermögensbestandteilen manchmal sehr mühselig sein kann.

Im Jahr 2018 besuchte mich Frau Adler erneut. Sie berichtete, dass sie mit ihrem Erbe einen anderen Zweck als bisher anstrebe. Ihr liege das Thema Kultur sehr am Herzen und sie habe daher beschlossen, ihr gesamtes Vermögen einer „Stiftung zur Förderung der kirchlichen Backsteinbauten in Nordostdeutschland" zu vermachen. Ich wurde beauftragt, mit der von ihr ausgewählten Stiftung in Stralsund Kontakt aufzunehmen, und mich von deren Seriösität und Integrität zu überzeugen. Dies habe ich natürlich intensiv geprüft und am 15.01.2019 haben wir ein neues Testament mit dem neuen Alleinerben erstellt." „Und die alten Erben, also ihre Nichte und Neffe, haben davon gewusst?" hakt Hauptkommissar Müller gleich nach. „Ich denke, nein. Frau Adler wollte, dass dies alles unter uns bleibt und die bisherigen Erben nach ihrem Ableben, wenn überhaupt, davon erfahren", führt Dr. Sieber fort. „Aus meiner Sicht erfahren sie eh

keine Details. Sie sind keine Erben und damit Basta.
Frau Adler hat mir im Zusammenhang mit dem neuen Testament, welches natürlich die alten Regelungen vollständig ersetzt hat, eine aktualisierte Vermögensliste übergeben. Ich staunte nicht schlecht, da es vermutlich eins der größten Vermögen ist, die ich in meiner langen Karriere abwickeln musste. Die Liste umfasst neben einer üblichen Bankverbindung zahlreiche Immobilien und Immobilien-Beteiligungen, mehrere Depots und ein Schließfach bei ihrer Hausbank. Obwohl ich noch keinen genauen Überblick habe, vermute ich schon ein erhebliches Vermögen. Und das bei einer Dame, die nach eigenen Angaben nach dem Tode ihres Mannes mit keinem nennenswerten Vermögen da stand. Erstaunlich!" endet der Waibstädter Notar. „Das wäre für uns schon eine wichtige Information. Bitte geben Sie uns Bescheid, sobald Sie das Vermögen in seiner Dimension abschätzen können. Schließlich kann ein großes Vermögen schon ein Mordmotiv darstellen" formuliert KHK Müller seine abschließende Bitte.

„Und, wenn ich nochmals nachfragen darf, wie sind Sie dann auf die Idee gekommen, sich bei der Staatsanwaltschaft zu melden?“ Rike kann ihre Neugierde kaum im Zaum halten. „Das war eigentlich nicht meine Idee, sondern die von Frau Rüdenauer. Ich rufe sie einmal zu uns“, sprach er und drückte eine Taste auf einer Gegensprechanlage, die vermutlich mindestens so alt wie sein musealer Schreibtisch war. „Frau Rüdenauer, kommen Sie doch einmal herein.“ Zehn Sekunden später steht die ältere Dame, die sie empfangen hat, im Büro Dr. Siebers und berichtet. „Wissen Sie, ich kannte Frau Adler auch schon viele Jahre. Sie war immer so nett, bescheiden und brachte auch zu jedem Termin Pralinen für Herrn Dr. Sieber und mich mit. Dann hören wir von ihrem Tod, und wenige Augenblicke später liegen uns auch schon der Neffe und die Nichte in den Ohren. Sie sind genau das Gegenteil: Impertinent, drängend, flegelhaft und überhaupt nicht wissend, was sich gehört. Mit mir wollten sie schon mal gar nicht reden. Und nachdem sie auch gegenüber Herrn Dr. Sieber so unverschämt waren, haben wir uns über unseren Eindruck unterhalten. Die wollen und brauchen Geld - und zwar sofort. Und weil das Ganze in Ton und Ablauf so ungewöhnlich war, und auch der den Todesschein ausstellende Hausarzt wenig Vertrauen in seine Arbeit vermittelte, war die Information unserer Zweifel an die Staatsanwaltschaft in Heidelberg naheliegend. Und das weitere kennen Sie ja" stellt Frau Rüdenauer die Situation in aller Kürze dar und verlässt, ohne eine weitere Fragestellung zuzulassen, stolzen Schrittes das Büro. „Sie müssen wissen, dass ich Frau Rüdenauer immer als unser „Faktotum" bezeichne. Sie gibt es schon immer und sie weiß alles, was bei uns jemals über den Tisch ging. Und somit ist sie mindestens so wichtig für unsere Kanzlei wie ich" resümiert der Anwalt seine Erfahrung. „Im Übrigen möchte ich noch einmal betonen, dass ich die Meldung an die Staatsanwaltschaft auch als Dienst gegenüber Frau Adler angesehen habe. Ich hätte es mir nicht verziehen, wenn wir Zweifel gehabt hätten und dies nicht den zuständigen Stellen mitgeteilt hätten."

Nachdem alle wichtigen Informationen ausgetauscht sind, begleitet Dr. Sieber die Ermittler aus Heidelberg zum Ausgang der Kanzlei. In deren Eingangsbereich fallen Ihnen noch Urkunden auf, die juristische Abschlüsse sowohl in St. Andrews / Schottland als auch der Universität Heidelberg belegen. Darauf angesprochen erklärt der Notar voll Stolz, dass er an der schottischen Elite-Universität unter den fünf besten Absolventen der juristischen Abschlussprüfung war, danach aber trotzdem wieder die weniger kapitalgetriebene Welt Deutschlands, die einen völlig anderen Rechtsrahmen habe, vorgezogen hat. Vom Lebensstil und den Umgangsformen sei er aber weiterhin großer Fan des Vereinten Königreichs, was wohl auch an seiner Einrichtung unübersehbar sei.

„Das hat ja viel länger gedauert, als ich eigentlich erwartet habe." Klaus Müller schaut seine Kollegin fragend an. „Ging mir auch so, es war ihm wohl ein wichtiges Anliegen, sich im

Andenken an seine Mandantin richtig Zeit zu nehmen. Und außerdem wird er als Testamentsvollstrecker seine Zeit sicher voll als Beratungstermin abrechnen. Insofern war es für ihn auch im doppelten Sinne keine verlorene Zeit." „Für uns auch nicht", entgegnet ihr Vorgesetzter. „Hast du Hunger, dann können wir bei Mittagstisch unsere jeweiligen Einschätzungen diskutieren und die Notizen, soweit erforderlich, ergänzen." „Und ich habe die Gelegenheit, meinen Meckesheimer Kneipentest um die Station 7 zu erweitern." „Also, auf nach Meckesheim." Mit diesen Worten sitzt Klaus Müller zum Bedauern seiner Mitfahrerin wieder einmal am Steuer und gibt - wie immer - verhalten Gas.

10

„Herr Herrmann, Besuch für Sie." Mit diesen Worten reißt seine hübsche Kollegin vom Kundenempfang den smarten Banker und Berater für vermögende Privatkunden bei der Heidelland-Privatbank aus den Gedanken.

Es sind sehr trübe Gedanken, die sich seit einigen Tagen im Kopf des smarten Beraters breit machen. Anders als zu vermuten, hat ihn jedoch nicht der aktuelle Zinsschock der US-Notenbank zur Bekämpfung der Inflation aus seinen Investmentträumen gerissen, sondern eine kleine Todesanzeige in der Rhein-Neckar-Zeitung, in der eine Friedericke um ihre Freundin Antonia Adler aus Neckargemünd getrauert hat. Und diese Todesanzeige löste in ihm eine Mischung zwischen Gänsehaut, Schweißausbrüchen und Schüttelfrost aus. Ausgerechnet sie, die auf ihn immer einen herausragend gesunden Eindruck gemacht hat, stirbt laut Anzeige „völlig überraschend“ und bringt damit auch Michael Herrmann völlig überraschend in große Bedrängnis.

In der Tür steht jetzt eine etwa 40jährige Dame, die sich als Nadine Scheerer ausgibt und erst seit kurzer Zeit Kundin der Heidelland-Privatbank ist. Die seit rund 150 Jahren im Besitz der Familie von Achtern befindliche Bank ist keine gewöhnliche Bank. Neukunde wird man

durch persönliche Empfehlung und nach einem strengen Selektionsprozess der Bank. Es gibt keine Öffnungszeiten, die Bank ist jederzeit nach Terminvereinbarung für ihre Kunden da. Der aktuelle Vorstandsvorsitzende, Adalbert von Achtern, ist in fünfter Generation Kopf und Aushängeschild der Bank. Diskretion ist im heilig, die rund 50 Beschäftigten der Bank sind handverlesen und die weiteren Vorstandsmitglieder und Geschäftsbereichsleiter ausnahmslos Top-Absolventen der führenden Universitäten in Jura und Betriebswirtschaft.
Die Bank residiert in einem alten Burschenschaftsgebäude aus dem 19. Jahrhundert in der Nähe des Heidelberger Schlosses. Dieses kaufte Adalbert von Achtern einer schlagenden Studentenverbindung ab, nachdem diese nach verschiedenen Skandalen in wirtschaftliche Schräglage gekommen ist. Die Familie von Achtern ließ daraufhin das Gebäude zu einem hochgesicherten Bankgebäude umbauen. Technisches Herzstück dieses Bankgebäudes sind neben einem gekühlten Serverraum drei

weitere Räume mit Schließfächern. Diese stehen den Kunden in verschiedenen Größen zur Verfügung und sind diesen, in Begleitung des rund um die Uhr anwesenden Sicherheitsdienstes, ebenfalls rund um die Uhr das ganze Jahr über zugänglich. Das Gebäude unterscheidet sich von außen nicht von den umliegenden Villen aus der Gründerzeit. Weder ein Logo noch ein besonderes Portal lassen erkennen, was sich hinter den Fassaden befindet. Kurzgefasst, das Gebäude ist wie die Bank. Verschwiegen und so unauffällig, dass niemand auf die Idee kommen könnte, hier sei etwas nicht hundert prozentig seriös.

Da Nadine Scheerer ihren Besuch avisiert hatt - Spontantermine sind bei dieser Bank sehr unüblich - hat sich Michael Herrmann über seine Kundin im Vorfeld erkundigt. Nadine Scheerer wurde der Heidelland-Privatbank durch eine vermögende Privatkundin aus Mannheim empfohlen. Da die Kundin mehrere Millionen an Einlagen bei der Bank hat, reichte das für den Beschluss, auch Frau Scheerer als Kundin aufzunehmen.

Kurze Zeit nach Eröffnung der von ihr gewünschten Girokonten, Festgeldkonten, des Schließfachs und Depots, wurden von einem offensichtlich ihr gehörenden Konto bei einer anderen Bank 1.053.240,40 Euro auf ihr Konto gebucht. Über die Verwendung dieser Summe wünscht sie eine Beratung, die Michael Herrmann schon aufgrund der zu erwartenden hohen Provisionen gerne vornimmt.

Nachdem die Kundin von seiner Assistentin mit Kaffee, stillem Wasser und feinsten Brüsseler Pralinen versorgt wurde, beginnt das rund zweistündige Gespräch, welches mit folgendem protokollierten Ergebnis endet:

1. Auf dem Girokonto verbleiben 3.240,40 €. Es ist mit monatlichen Einzahlungen von rund 12.000 € zu rechnen
2. 50.000 € werden als Tagegeld angelegt. Zinssatz 0,00 %. Keine Strafzinsen durch die Heidelland-Privatbank
3. 1.000.000 € werden im Depot angelegt

a. 500.000 € im Vermögensverwaltungsmodell der Heidelland-Bank
b. 300.000 € im offenen Immobilienfond „Vorwärts Baden-Württemberg"
c. 150.000 € in ETF-Fonds in der Ausrichtung „Nachhaltig und Global"
d. 50.000 € in Geldmarktfonds, in dem auch Kryptowährung enthalten ist

Nachdem das Ergebnisprotokoll von beiden Seiten unterschrieben ist, verabschiedet sich der Banker von seiner strahlenden Neukundin mit den Worten: „Sie können mich jederzeit anrufen. Und vielleicht habe ich einmal ein Angebot für Sie, das eine besondere Rendite ermöglicht. Ich werde mal sehen, was sich machen lässt."

Mit dem Gefühl, bestens beraten worden zu sein, wird Nadine Scheerer vom Sicherheitsdienst zu ihrem Maserati Quattroporte begleitet, der ebenso wie sie Stil, Eleganz und Entschlossenheit ausstrahlt.

Der beim Start infernalische Lärm des Fahrzeugs ist noch nicht verklungen, als zwei Stockwerke höher ein smarter Banker seiner ebenso smarten Kollegin durchgibt „Ich habe einen Fisch an der Leine, und der ist vielleicht noch dicker als der letzte." Und wieder zufrieden mit sich und seiner ganz speziellen Welt legt er daraufhin den Hörer auf.

11

„Hallo Schubert, wir sind langsam auf dem Weg zurück nach Heidelberg. Werden aber noch einen kurzen Halt in Meckesheim machen, sodass Sie mit uns nicht vor 15 Uhr rechnen müssen" informiert Rike ihren Kollegen in Heidelberg. „Ja, das ist ok. Ich bin noch bei der Recherche über die Verstorbene. Hakan Yildirim, unser Leiter der Kriminaltechnik, hat bereits angerufen, dass er frühestens morgen früh zu einem Bericht in unser Dezernat vorbeikommen kann. Dann sehen wir uns vermutlich erst morgen früh, da ich heute Abend noch einen privaten Termin in Mannheim habe." „Ist ok, dann bis morgen." Rike beendet das Telefonat und wendet sich Klaus Müller zu. „Weißt du eigentlich etwas Privates über Schubert? Er ist ja ein supernetter und fähiger Kollege, aber mir gegenüber ist er, was das Außerdienstliche angeht, völlig verschlossen." „Geht mir auch so. Vielleicht sollten wir mal versuchen, etwas Gemeinsames zu unternehmen. Aber um mal richtig zu priorisieren: jetzt gehen wir erstmal was essen, dann suchen wir den oder die Täter und danach kümmern wir uns um unser gemeinsames Privatleben." Damit steuert Müller die schicke Ortsmitte von Meckesheim an, in der erfreulich viele Lokale um die Gunst ihrer Kunden werben.

„Hallo Hakan, hier ist Daniel Schubert. Wie siehts aus, wann kommst du morgen früh zu uns?" Hakan Yildirim, Leiter der Kriminaltechnik und, wie er sich selbst in Anlehnung an einen berühmten Comedian bezeichnet, „Mannemer Türk", atmet sichtbar durch. „So ä alst Zeig hab isch schun long nimmer gsehe. Di Alt war bschtimmt knausrisch. Isch glaab die hot alles aufghobe, was sie die letzte 77 Johr kaaft oder gfunne hot.

Wir sin vermutlich heit noch ewisch mit de Schpuresicherung bschäftischt, oi Glück, dass wohl nur wennisch Menschen bei deirre zu Gascht waren. Mir häwe jetzt s Bad, die Kich un s Wohnzimmer dursch. Ihr Aweitszimmer kummt noch" tönt es im kurpfälzer Dialekt aus der Leitung. „Brauchst du noch was von uns?" fragt Schubert nach. „Noi, soweit alles klar. Sag de Kollege, dass isch morje frieh wie bereits ausgmacht geje 10 Uhr bei Euch vorbeikumm. Awer nur mit mindlischem Berischt, den schriftliche gibt's donn etwas schpäter." Und nachdem Schubert auch diesen Teil seiner Arbeit für heute abschließend erledigt hat, beschließt er, ausnahmsweise heute deutlich früher als üblich nach Hause zu gehen.

12

In der Burg Steinsberg ist mit der „Burgschänke" ein Lokal untergebracht, welches nicht nur wegen des verschwiegenen Personals, sondern auch wegen der Abstände zwischen den einzelnen Tischen für vertrauliche Gespräche sehr empfehlenswert ist. Hier sind heute Nachmittag Heidemarie Schneider und ihr Bruder Dirk zu Gast. Mit hochrotem Gesichtsausdruck diskutieren beide erregt die Folgen aus den Entwicklungen um ihre Tante:
„Ich verstehe das nicht" ereifert sich Heidemarie Schneider bei der Suppe. „Der blöde Anwalt macht völlig zu. Der will mit mir nicht mal mehr reden. Da sitzt im Vorzimmer so eine Alte, die lässt mich nicht mal an ihn ran. Und der muss doch mit uns reden, schließlich sind wir die Erben!" Zornig wirft sie ihren Löffel in die völlig unschuldige Tomatensuppe, die mit einem kleinen Schuss Gin und einem Hauch von Sahne verfeinert wurde. „Genau." Zwischen den großen Brocken Leberknödel, die sich ihr Bruder zeitgleich in den Mund geschoben hat, sind seine Worte kaum

zu verstehen, „der muss uns doch mal sagen, was eigentlich zu holen ist. Du weißt, dass ich finanziell in der Klemme stecke. Meine Bank in Sinsheim macht wegen meiner Kredite ziemlich Druck und hält nur noch deshalb die Füße still, weil ich denen von der zu erwartenden Erbschaft berichtet habe. Aber ewig machen die nicht mehr mit. Vor dem Tod der Alten hatten die mir schon die Zwangsversteigerung angedroht."

„Soweit wird`s jetzt nicht mehr kommen" beruhigt ihn seine Schwester. „Vermutlich ist der Anwalt noch mit dem Geldzählen beschäftigt. Und je länger er dazu braucht, desto mehr wird`s zum Schluss für uns geben." In diesem Moment denkt sie an ihren nächtlichen Traum zurück, bei dem sie aus ihrer kleinen gemieteten Wohnung in Bammental in ein eigenes Haus in bester Heidelberger Lage umgezogen ist, und in der Sonne auf der Terrasse sitzend einen Campari mit Altstadtblick in sich aufsaugt. „Wir müssen jetzt trotzdem an ihn ran. Lass uns Ende der Woche unangemeldet in Waibstadt aufschlagen, dann kann er uns nicht abweisen." „Guter Plan", entgegnet ihr Bruder. „So machen wir es.“ Und mit großem Appetit und der Vorstellung, dass sein Erbe ihn aus allen Schwierigkeiten befreien wird, bestellt er als Hauptgang zu dem Lendenfilet eine Flasche des besten Spätburgunders, der im Keller des Steinsbergs zu finden ist.

13

Lende gibt es auf dem Tisch in Meckesheim zwar nicht, aber das Tagesessen im dortigen „Löwen“ in Form eines Bifteki, also gefüllten Hacksteaks, ist schmackhaft, günstig und in Kombination mit der beinhalteten Suppe und des Salates auch einen richtig hungrigen Menschen satt machend. Während der Wirt, ein sehr freundlicher und aufmerksamer älterer Herr mit Bart, die Teller abräumt und sowohl Rike Klein als auch Klaus Müller einen Sliwowitz aus seiner kroatischen Heimat serviert, besprechen diese die nächsten Schritte. Sie beschließen, auf dem Rückweg im Neckargemünder Schützenhausweg und damit bei der dort noch arbeitenden Kriminaltechnik vorbeizuschauen. Danach geht`s zurück nach Heidelberg, um zu erfahren, welche Ergebnisse Schubert im Zusammenhang mit der Durchleuchtung des Hintergrundes der toten Frau Adler gewonnen hat.

Als sie den „Löwen" verlassen, stößt KHK Müller an der Außentür mit einem bekannten Gesicht zusammen. „Ach, die Kripo schon wieder in Meckesheim unterwegs?" Fragend schaut ihn die Assistentin des Bürgermeisters an, die sie zufällig im Zusammenhang mit Ermittlungen des bekannten Meckesheimer Mordes an einem Sondengänger kennengelernt haben. „Gibts denn schon wieder einen Toten bei uns?" Neugierig schaut sie das Ermittlerteam an. „Nein, keine Sorge. Heute hat uns nicht ein Mord, sondern das gute Mittagessen nach Meckesheim geführt." „Dann bin ich ja froh. Wir gehen vom Rathaus auch ab und zu hierher zum Essen. Da haben Sie eine gute Wahl getroffen." Als sie aneinander vorbei gehen sagt Müller noch „bitte richten Sie Ihrem Chef Grüße aus", und wenig später steigen die zwei in ihr Auto. Da aber Müller zwei Sliwowitz trinken musste, geht die Fahrt nach Neckargemünd jetzt viel flotter voran, da Rike das Steuer übernommen hat.

Neckargemünd hat es über viele Jahre Diskussion in seinen Gremien geschafft, den Verkehrsfluss in seinem Bereich von halbwegs fließend auf garantiert stockend umzustellen. Letzte erfolgreiche Maßnahme in diesem Zusammenhang war, die Höchstgeschwindigkeit der ewig langen Ortsdurchfahrt von 50 auf 30 km/h im Bereich der Bundesstraßen 37 und 45 zu reduzieren. Um in die Schützenhausstraße zu gelangen, lotst der hier heimische Kriminalhauptkommissar seine junge Kollegin in eine schmale Unterführung beim Friedhof und dann entlang der Bahnlinie hoch zum Feuerwehrgerätehaus. Kurze Zeit später stehen sie in der Schützenhausstraße vor dem letzten Wohnsitz der Toten. Dieser wimmelt geradezu vor weiße Schutzanzüge tragenden Menschen mit der Aufschrift „Polizei". Einer dieser Menschen kommt geradewegs auf sie zu. „Ei schee, dass die Prominenz a mol vorbei kummt", werden sie auf kurpfälzisch begrüßt. Am fragenden

Gesicht seiner von einer nordfriesischen Insel Föhr stammenden Kollegin erkennt Müller sofort, dass Rike Klein, wenn überhaupt, nur einen kleinen Teil der Begrüßung verstanden hat. „Herr Yildirim hat seine Freude über unser Kommen zum Ausdruck gebracht, und weiß dies aufgrund unseres vollen Kalenders besonders zu schätzen", fasst er dessen Worte zusammen.
Und aus Gründen der besseren Lesbarkeit und der Wertschätzung gegenüber Leserinnen und Lesern, die des kurpfälzischen Dialekts nicht mächtig sind, wird der folgende Dialog in hochdeutsch dokumentiert:
„Kommt einmal mit hinein, ich will euch etwas zeigen." Mit diesen Worten schreitet Hakan Yildirim, nachdem sich auch der etwas kräftige Klaus Müller und die wesentlich schlankere Rike Klein die Schutzanzüge übergezogen haben, voran. „Was wir hier vorfinden, ist eigentlich ein buntes Sammelsurium der durchschnittlichen Einrichtung der vergangenen Jahrzehnte. Die Dame hat offensichtlich sparsam gelebt und nie was weggeworfen. Küche, Schlafzimmer, Bad und auch das Wohnzimmer sind so

eingerichtet, wie wir das schon hundertmal erlebt haben. Aber das Büro, das hat schon Seltenheitswert" fasst er seinen Eindruck zusammen. „Büro" fragend schaut Rike Klein ihn an. „Die Dame war doch schon siebenundsiebzig". „Ja, und offensichtlich an allem interessiert, wo in Zukunft gebaut werden soll. Es gibt hier von jedem Kaff in der Umgebung genaue Gemarkungskarten in kleinem Maßstab, wo fein säuberlich Bauentwicklungsland, Bauerwartungsland und zukünftige und in der Umlegung befindliche Baugebiete eingezeichnet sind. Das ganze fein säuberlich nach Gemeinden mit je mindestens einem Ordner archiviert und offensichtlich bis jetzt fortgeschrieben." „Das passt zu der Information ihres Testamentsvollstreckers, dass sie viel Geld mit dem Kauf und Verkauf von Bauland gemacht habe. Sie sei wohl regelmäßig bei allen Gemeinden als Zuhörerin in Gemeinderats- und Bauausschusssitzungen gewesen und habe die darin erfahrenen Informationen gewinnbringend eingesetzt", ergänzt KHK Müller den

Leiter der KTU des Polizeipräsidiums Mannheim.

„Wir sollten die Ordner mal mitnehmen und anschauen“ meint Rike, und einer der Mitarbeiter wird von Yildirim damit sofort beauftragt. „Gibt es sonst noch was Interessantes, was wir wissen sollten?“ fragt sie nochmals nach. „Ja, ich bin mir nicht sicher, ob nicht schon jemand vor uns hier war“ berichtet ihr Kollege. Als wir hier ankamen, war die Tür nicht abgeschlossen. Gleichzeitig waren die Ordner nur in den ersten zwei und dann wieder in der vierten Regalreihe fein säuberlich aufgereiht. In der dritten Reihe sah es so aus, als ob ein oder zwei Ordner fehlen würden. Auf jeden Fall war da eine Lücke.“ „Und wissen wir, welche Ortschaften da möglicherweise mitgenommen wurden?“ "Nein, da gab es kein auf Anhieb erkennbares System.“
„Dann machen wir uns auf die Socken und erwarten Ihren Bericht“ läutet Klaus Müller den Abschied ein. „Wenn nichts Besonderes mehr ist, brauchen Sie morgen nicht persönlich zu uns kommen.“ Und da der Besuch im Haus der Ermordeten jetzt doch deutlich

länger als gedacht gedauert hat, fährt seine Kollegin alleine weiter Richtung Heidelberg, während er den Heimweg nach Kleingemünd über den Fußgängersteg über den Neckar antritt, der ihm für einige Minuten wieder vor Augen führt, wie schön es in seinem Heimatort ist.

Als Rike Klein bei einbrechender Dunkelheit dann kurz nach 17 Uhr im Dezernat in der Römerstraße in Heidelberg eintrifft, ist sie die letzte Ermittlerin, die heute noch im Dienst ist. „Na, dann mache ich auch mal Feierabend" denkt sie und wählt, bevor sie mit ihrem Fahrrad in ihre Wohnung in der Heidelberger Häuserstraße radelt, die Nummer von Michael Bannings, um für den Abend einen Treffpunkt zu vereinbaren.

14

„Na, gibt`s für euch mal wieder was zu tun?" fragt Erik Rike, als sie einige Minuten vor ihrem Freund in der Bar eintrifft. Erik, Barkeeper, Vertrauter und Freund von Rike und Michael, hat mit beiden in den letzten Monaten Freundschaft

geschlossen. Er, deutlich älter als die beiden noch frisch verliebten Neu-Heidelberger, ist schon lange in der Stadt. Nach seinem Einstieg in die Gastronomie im Bereich der Heidelberger Altstadt, kam er mehr durch Zufall in die „Bar Aix-en-Provence“, die inzwischen seit rund 20 Jahren seine berufliche Heimat ist. Hier lernten sich auch vor einigen Monaten Rike Klein und ihr englischer Freund Michael Bannings kennen, die seitdem dieses Lokal in der Neuenheimer Bergstraße immer wieder gerne aufsuchen.
„Ja, ein Todesfall an einer alten Dame. Wir vermuten, dass sie vergiftet wurde“ gibt Rike die Informationen von sich, die auch bereits in der Heidelberger Presse zu lesen waren. „Wer bringt denn jemanden so altes um?“ fragt Erik, nachdem er Rike ihr gewohntes Glas Chardonnay, einen Weißwein aus der französischen Cote d`Rhone, an der Bar kredenzt hat. „Frag mich in ein paar Monaten, dann kann ich es dir vielleicht berichten“ antwortet Rike und leitet dann zu einem anderen Thema über. „Kannst du mir sagen, wo ich hier vernünftige Motorradkleidung

her bekomme? Ich will den Führerschein machen und die Fahrschule hat nur Klamotten, die mir eigentlich nicht so richtig passen. Und einen von anderen genutzten Helm aufzusetzen ist nicht mein Ding." „Da bist du in Heidelberg ganz schlecht dran. Warum willst du denn den Führerschein machen, das Auto ist doch viel ungefährlicher?" erkundigt sich der Barkeeper. „Auf meiner Insel war es sinnlos, ein Motorrad zu besitzen. Also machte ich dort nur den Autoführerschein. Hier in der Innenstadt ist es sinnlos, ein Auto zu besitzen. Also brauche ich eine motorisierte Alternative. Außerdem hat mir Michael erzählt, dass er früher immer gerne Motorrad gefahren ist und es gerne wieder anfangen würde. Was liegt also näher, nur davon wissen soll er noch nichts.".„Ich schweige wie ein Grab. Aber zu deiner Frage: ich habe ja einen kleinen Roller und alles, was ich hierzu gebraucht habe, habe ich in Mannheim in der Casterfeldstraße in der Nähe vom Großkraftwerk gefunden. Die Läden dort kannst du nicht verfehlen. Ist quasi die Motorradmeile der Kurpfalz."

In diesem Moment öffnet sich die Tür und Michael Bannings, Lehrer für Sport und Englisch am Heidelberg College, tritt ein. Mit einem strahlenden Lächeln kommt er auf Rike zu, begrüßt sie mit einem zärtlichen Kuss und ordert dann bei Erik ein frisch gezapftes Pils. „Was für ein Tag!" Mit einem Seufzer führt er fort: „Diese in Deutschland unendlichen Lehrerkonferenzen sind ein einziger Zeitfresser. Ständig geht es um den Einzelfall, jenen Einzelfall und dann den Einzelfall vom Einzelfall. Manchmal habe ich den Eindruck, bei euch gibt es nur Sonder- und keine Regelfälle mehr unter der Schülerschaft. Da war es in Oxford leichter" erinnert sich der Brite, der bis vor wenigen Jahren die Hoffnung seines Doktorvaters für den Lehrstuhl in Geschichte bei dieser englischen Elite-Universität war. „Da galt ein knallharter Wettbewerb. Wer nicht mitkommt, ein Problem mit den Professoren oder sich selbst hat, hat eben Pech und ist daran selbst schuld. Diese ständige Suche nach der Ursache der individuellen Gründe für die Schwäche der Schüler in Deutschland ist zwar human, aber letztlich wenig hilfreich. Und sehr oft bin ich froh, dass ich mit Englisch und Sport zwei Fächer unterrichte, die bei der Diskussion weniger im Focus stehen. Und dann die Eltern, da müssten einige von denen nicht in die Elternsprechstunde, sondern in die Sprechstunde eines Psychotherapeuten gehen. Unglaublich, was wir da manchmal zu hören kriegen. Und morgen ist schon wieder so ein Sprechtag.“ „Jetzt hast du aber genug Dampf abgelassen, widme dich mal besseren Themen“ unterbricht Rike, bevor ihr Freund nach dem Luft holen weiter klagen kann. „Du hast recht, Entschuldigung. Aber manchmal ist es echt zu viel. Wie war es denn bei dir?“

Rike berichtet in dünnen Worten. Und da heute bereits Donnerstag ist, widmen sie sich danach den Planungen für das kommende Wochenende und der Frage, welche Kleinigkeit aus der Karte sie heute Abend genießen werden. Als sie gegen 23 Uhr die heimelige Bar verlassen, schwingt sich Rike auf ihr Fahrrad, um in die Häuserstraße zu radeln, während Michael die wenigen Schritte zu seiner Wohnung im Philosophenweg geht. Schließlich haben beide morgen einen anstrengenden Tag vor sich und am Wochenende ist immer noch genug Zeit für andere Annehmlichkeiten des Lebens.

15

Im Leben des Investmentbankers und Beraters für vermögende Privatkunden geht es nobel zu. Obwohl Michael Herrmann erst Ende dreißig ist, verfügt er schon viele Jahre über ein weit überdurchschnittliches Einkommen. Nachdem er in England durch ein Stipendium ein hervorragendes Wirtschaftsstudium absolviert hat, ging er von dort direkt zu einer führenden internationalen Investmentbank nach London. Hier lernte er die Tricks der Branche genauso wie die Vorzüge von Champagner gegenüber Sekt, oder einer Penthouse-Wohnung mit Blick auf die Themse gegenüber seiner vorherigen Wohnung in einem Arbeiterviertel kennen. London warb ihn unmittelbar nach der Finanzkrise 2009 an, somit startete er in eine goldene Ära des Investmentbanking. Mit dem Umsatz seiner Aktivitäten stieg auch sein Einkommen und die damit verknüpften Provisionen. Es war 2019, als ein Anruf des in der Branche international bekannten Adalbert von Achtern sein Leben änderte. Von

Achteren lockte ihn zu dessen Heidelland-Privatbank und damit an den Neckar nach Heidelberg. Natürlich legte die Heidelland-Privatbank nochmals an Gehalt zu, und so konnte Michael Herrmann sein gewohntes Leben weiterführen. Neben seinem nagelneuen Ferrari 296 GTB, seiner Penthouse-Wohnung in Neuenheim nennt er noch ein kleines Chalet im Engadin, und seit kurzem ein reetgedecktes Häuschen in Hörnum auf Sylt sein Eigen. Kurzum, eigentlich ist er ein Mensch, der alles hat und rundum zufrieden sein kann. Aber wie das so ist, auch in ihm hat sich über die Jahre eine Gier entwickelt, die alle Grenzen überwinden lässt.

Nicht ganz so gierig, aber immerhin noch sehr gierig ist seine Kollegin Carolyn Richter, die von allen in der Bank nur Caro genannt wird. Sie hat ihre 18 Berufsjahre ausschließlich bei der Bank der Familie von Achtern verbracht. Durch intelligente Entscheidungen, ihre Entschlusskraft und ihr Talent für große Zahlen fiel die ehemalige Auszubildende ihren Vorgesetzten schnell ins Auge. Sehr früh wurde sie dort aufgrund ihrer zahlreichen Talente gefördert, in die Führungsriege der Privatbank aufgenommen und ist jetzt Leiterin der Geschäftsbereiche Risikomanagement und interne Revision. Ein Sprungbrett in eine spätere Vorstandsfunktion, aber leider die einzige Führungsfunktion der Bank, die keine weiteren Einnahmen wie Zulagen oder Provisionen ermöglicht. Damit ist sie natürlich in einer höheren Hierarchie als Michael Herrmann angesiedelt, ihr Verdienst liegt aber deutlich unter dem, was der Investmentbanker regelmäßig erzielt. Und zu ihrem Bedauern steuert sie auch keinen Ferrari, sondern hat als Dienstwagen lediglich einen Mercedes CLS in der AMG-Version zur Verfügung.

Passend zu dem, wie sie sich gesellschaftlich selbst ansiedeln, treffen sie sich an diesem Donnerstagabend in einem bekannten Heidelberger Restaurant oben auf dem Königstuhl

Während der Pause zwischen dem dritten und vierten Gang des heute

angebotenen Menüs diskutieren sie angeregt miteinander:
„Ich sage dir, die Scheerer ist genau die, die wir jetzt brauchen. Sie ist ein Geschenk des Himmels, nachdem die Adler den Löffel abgegeben hat. Kohle wie blöd und dann davon keine Ahnung. Wenn ich der Aktien von Kohlekraftwerken angedreht hätte, hätte sie die auch gekauft. Und mein Charme hat natürlich auch gewirkt." Selbstsicher schaut er seine Gegenüber an. „Und du glaubst, die ist genauso gutgläubig wie die Adler?" „Auf jeden Fall, die frisst mir aus der Hand. Beim Rausgehen habe ich ihr gesagt, dass ich vielleicht was Besonderes für sie habe. Da hat sie mich angestrahlt, mir lief es schon fast kalt und heiß den Buckel runter" antwortet der Banker. „Und sie hat dabei wirklich an Geldanlagen gedacht?" Die Zweifel in der Stimme von Caro Richter sind nicht zu überhören. „Vielleicht nicht nur, aber ich kann ihr auch gerne beides anbieten." Mit diesem schlechten Scherz wechseln sie das Thema, da eine sehr nette Dame die als Hauptgang anstehenden Bachsaiblinge,

begleitet von einer Kräuterinfusion, Kräuteressig und Dillöl, serviert.

16

„Tut mir leid, wir können noch nicht mit der Besprechung beginnen. Kriminalrat Bauer und Staatsanwalt Knopf haben mich sofort zum Rapport bestellt“ spricht Kriminalhauptkommissar Müller, nimmt seine Notizen und macht sich auf den Weg in das oberste Stockwerk, wo er bereits erwartet wird. Seit der Aufklärung des Meckesheimer Mordfalles hat sich das Verhältnis zwischen KHK Müller und seinen Vorgesetzten deutlich entspannt. Waren doch er und sein Team diejenigen, die trotz eines sehr hohen öffentlichen Drucks mit Entschlossenheit und ihren Methoden die Suche nach dem Mörder letztlich zum Abschluss brachten. Sowohl der Kriminalrat und noch mehr der Staatsanwalt waren unendlich erleichtert, als dieser Mord aufgeklärt war. Hatten sie doch beide täglich unangenehme Nachfragen nach dem Ermittlungsstand. Zum einen vom Polizeipräsidenten und, was sicherlich noch unangenehmer ist, von der Oberstaatsanwaltschaft und dem Innenministerium.

So ist dieses Mal die Stimmung bei der Besprechung deutlich entspannter. „Offensichtlich ist der Aufklärungsdruck bei einer klammheimlich vergifteten 77jährigen Rentnerin geringer als bei einem mitten im Leben und der Öffentlichkeit erschlagenen Sondengänger" denkt der Ermittler klammheimlich. Und mit dem Satz „und so klären wir aktuell den familiären und sonstigen Hintergrund der Verstorbenen ab", und dem weiteren Hinweis, dass die Tote möglicherweise deutlich vermögender war als anfangs abzusehen, wird er mit guten Wünschen und der Vereinbarung, sich am Dienstag wieder in dieser Runde zu sehen, entlassen.

Als er zu den mit Blicken fragenden Kollegen Klein und Schubert zurückkommt, nickt er ihnen aufmunternd zu. „Alles im grünen Bereich" bewertet er die Lage und fügt dann hinzu, „zumindest solange die Presse keine Nachfragen stellt."

Dann ist Schubert an der Reihe, der nochmals über die inzwischen bekannten Hintergründe der Ermordeten berichtet.

Rike Klein, die Ergebnisprotokoll bei dieser Besprechung führt, hält wie folgt fest:

Ergebnisprotokoll Besprechung Müller, Klein, Schubert
Freitag 18.11.2022

Todesfall Adler

Familie:
Ehemann schon lange verstorben
Neffe Dirk Schneider (Sinsheim) und Nichte Heidemarie Schneider (Bammental). Kinder der bereits verstorbenen Schwester Eugenie

Soziales Umfeld:
Friedericke Sonnenschein, Freundin
Dr. Andreas Sieber, Notar und Anwalt
Aktives Mitglied der kath. Kirchengemeinde Neckargemünd

Sonstiges:
Möglicherweise sehr vermögend

Alleinerbe „Stiftung zur Förderung der kirchlichen Backsteinbauten in Nordostdeutschland"
Spekulantin?

„Nun, was schlägst du vor, Schubert? Wie sollen wir weiter vorgehen?" Müller, der vorletzte Woche ein dreitägiges Seminar mit dem Titel „Mitarbeiter beteiligen" besucht hat und stolz auf seinen Lernerfolg ist, schaut seinen Mitarbeiter fragend an. „Chef, das hast du noch nie jemanden gefragt." „Ja, aber wir können ja mal damit anfangen" entgegnet dieser und schaut Schubert erneut an. „Also, ich würde vorschlagen, dass wir zunächst mal mit ihrer Freundin Friedericke reden und das weitere soziale Umfeld in Augenschein nehmen. Und danach wissen wir hoffentlich mehr und können dann neu nachdenken." „Sehr gut. Rike, hättest du das auch so gemacht?" Rike nickt lediglich bestätigend mit dem Kopf, was KHK Müller zu der Feststellung „dann sind wir uns ja alle einig" veranlasst.

17

Wenn Anwälte bei Banken um einen Termin bitten, macht sich oft Nervosität breit. Dies ist bei der Heidelland-Privatbank allerdings weniger als bei vielen Wettbewerbern der Fall. Der Vorstand Adalbert von Achtern legt grundsätzlich Wert darauf, dass solche Anfragen zuerst von ihm bewertet werden. Und so hat der Anwalt, Notar und Testamentsvollstrecker Dr. Andreas Sieber die unerwartete Ehre, einem der bekanntesten Männer der Finanzwelt in Deutschland gegenüber zu sitzen.

„Herr Dr. Sieber", beginnt der Bankenchef, „was können wir für Sie tun?" „Ich komme in einer traurigen Angelegenheit zu Ihnen, Herr von Achtern. Ihre Kundin und meine Mandantin, Antonia Adler, ist vor wenigen Wochen in Neckargemünd verstorben und ich wurde von ihr als Testamentsvollstrecker eingesetzt. Hier sind die entsprechenden Nachweise und Bestätigungen, unter anderem des Nachlassgerichts." Er übergibt in diesem Moment die zahlreichen Unterlagen. „Für den Fall ihres Todes hat Frau Adler mir eine Aufstellung ihrer Vermögenspositionen erstellt" führt Dr. Sieber fort. „Aufgeführt sind hierbei auch Positionen bei ihrer Bank. Frau Adler verfügte neben ihrem Girokonto über zahlreiche Sicht- und Termineinlagen, offensichtlich mehrere Depots mit zahlreichen Wertpapieren und über ein Schließfach, für welches ich jetzt Zugang benötige." „Sie werden sicherlich verstehen, dass ich zunächst die Papiere prüfen muss" sagt von Achtern und beauftragt seine Mitarbeiterin, dem Justitiar des Hauses sofort die Unterlagen zur Prüfung vorzulegen. Als diese den Raum verlassen hat, führt er fort: „Ich kannte Frau Adler nicht persönlich. Das ist ungewöhnlich, denn normalerweise sind mir langjährige Kunden persönlich bekannt. Wie Sie sich vorstellen können, ist die Zahl unserer handverlesenen Kunden übersichtlich. Wir machen mit unseren wenigen Kunden vermutlich mehr Umsatz als die weitaus größere Sparkasse, die ja jedem zur Verfügung stehen muss. Deshalb sind mir die persönlichen Kontakte wichtig. Aber natürlich gibt

es auch Kundinnen und Kunden, die sehr auf ihre Privatsphäre achten. Da ist ein persönlicher Kontakt schwierig. Und Frau Adler war vermutlich eine derjenigen."
In diesem Moment klingelt das Telefon. Es ist ein kurzes Gespräch, das der Vorstandsvorsitzende grußlos beendet. „Das war unser Hausjurist. Wie zu erwarten, sind alle Ihre Papiere einwandfrei. Ich rufe jetzt einen Mitarbeiter, der Ihnen die notwendigen Einblicke ermöglichen wird." Mit einem freundlichen Händeschütteln wird der Testamentsvollstrecker aus dem luxuriösen Büro des Bankenchefs verabschiedet.

„Kommen Sie bitte mit." Wie aus dem Nichts ist ein livrierter Mitarbeiter der Security erschienen. „Was möchten Sie als Erstes tun?" erkundigt er sich bei Dr. Sieber. „Ich würde gerne zunächst das Schließfach öffnen." Ohne ein weiteres Wort geht der Mitarbeiter der Bank voran, öffnet den Fahrstuhl, der die beiden vier Stockwerke tiefer und damit im Keller der Bank entlässt. Nachdem zwei Sicherheitstüren und ein wohl ständig hier platzierter weiterer Mitarbeiter der Security passiert sind, stehen sie in einem Flur, von dem vier weitere, jeweils durch eine begehbare Safetür zu erreichende Räume abgehen. Der Testamentsvollstrecker wird nun in den ersten Raum links geführt, in dem zahlreiche Schließfächer eingebaut sind. Mit seinem Bankschlüssel schließt der Mitarbeiter nun das erste Schloss, danach entfernt er sich dezent, um Dr. Sieber alleine in der Tresorkammer zurück zu lassen. Dieser zählt in diesem Raum insgesamt vier Kammern übereinander, die in einer Reihe von jeweils 26 nebeneinander platzierten Schließfächern angeordnet sind. Jedes Schließfach hat selbst für eine Bank ein ungewöhnliches Format. Höhe rund 60 cm, Breite rund 50 cm und genauso tief sind die Schließfächer auch. „Da geht ganz schön was rein" denkt Dr. Sieber noch, als er den für das Schließfach 26 passenden Schlüssel, der in den Unterlagen der Toten hinterlegt war, in das dafür vorgesehene Schlüsselloch steckt. Nachdem diese Schließe geöffnet ist, gibt er als letzte Maßnahme noch die fünfstellige

Geheimnummer „26812" in die elektronische Schließanlage ein, dann öffnet sich die Tür des Schließfaches.

18

„Liebste Frau Scheerer, hier ist Michael Herrmann von der Heidelland-Privatbank. Sie erinnern sich an mich?" Mit allem Charme, der ihm zugegen ist, eröffnet der smarte Banker das auf einen für ihn gewinnbringenden Zweck angelegte Telefongespräch. „Ich habe Ihnen doch gesagt, dass ich möglicherweise eine sehr gewinnbringende Anlageform für Sie hätte. Und ich kann Ihnen sagen, Ihre Chance kommt schneller als erhofft." Gespannt lauscht er der Antwort, um dann in die richtige Richtung zu lenken. „Ja, natürlich sollten wir uns baldmöglichst treffen. Aber Sie sollten wissen, das können wir nicht hier in der Bank tun. Wie soll ich sagen, die Anlagemöglichkeit hat nur indirekt mit den hier gebotenen Investments zu tun." Wenig später sagt er „Ja, natürlich treffe ich Sie auch gerne einmal abends. Wie wäre es, wenn ich

Sie beispielsweise morgen nach Mannheim in ein Top-Restaurant zum besseren Kennenlernen einladen würde?" Pause. „Ja? Wunderbar. Dann hole ich Sie morgen gegen 19.30 Uhr zuhause ab. Ihre Adresse habe ich ja. Ich freue mich auf Sie. Ja, sogar sehr." Mit einem breiten Grinsen beendet er zufrieden das Gespräch.

Wenig später findet seine ebenfalls smarte Kollegin aus dem Risikomanagement eine WhatsApp auf ihrem Handy. „Goldfisch hat angebissen, morgen wird geangelt." Zufrieden mit sich, ihrem Kollegen und der gesamten Welt beschließt Caro Richter, heute einmal früher Feierabend zu machen und vielleicht der von ihr geliebten Spielbank in Bad Dürkheim einen Besuch abzustatten.

19

Bevor Rike Klein ihren Kollegen Klaus Müller in dessen Kleingemünder Wohnung in der Saarstraße abholt, erhält sie noch durch Schubert eine wichtige Information. Der abschließende Bericht von Dr.

Terhoven liegt inzwischen vor und wurde von Daniel Schubert gesichtet. Er fasst zusammen. „Demnach ist Antonia Adler innerlich verblutet. Auslöser war das chemische Derivat Brodifacoum, das aus dem Pflanzenstoff Kumarin gewonnen wird. Es wurde in den Siebzigerjahren zur Bekämpfung von Ratten und Mäusen entwickelt. Ratten, die das Gift fressen, verenden innerhalb weniger Tage an inneren Blutungen. Diese Wirkung überträgt sich bei entsprechend hoher Dosierung auch auf Menschen und kann dort in kürzester Zeit einsetzen. Wenn es eine innere Blutung ist, hat es Frau Adler möglicherweise nicht einmal aufgrund der fehlenden Schmerzen gemerkt. Dr. Terhoven schreibt, dass es für diese Substanz keine natürliche Kontaminationsquelle gibt und in Europa der Vertrieb nur in Verbindung mit einer extrem bitteren und immer zugesetzten Chemikalie erlaubt ist“. „Aber wieso hat sie es dann geschluckt? Wenn es so bitter ist, hätte sie es doch wieder ausgespuckt, und Spuren auf eine gewaltsame Einflößung hat es doch keine gegeben“ zweifelt Rike Klein an dem Bericht.

„Auch dazu gibt es eine Erklärung." Schubert erklärt weiter. „Die Bitterstoffe wurden nur in Europa ab dem Ende der 80er Jahre zugesetzt." Bis dahin war das Gift geradezu geschmacksneutral. Und die Chinesen, die Brodifacoum weiterhin produzieren und in den Weltmarkt bringen, setzen keinerlei Bitterstoffe zu. Das bedeutet, dass der Täter entweder ein uraltes deutsches Rattengift oder ein aus dem Ausland importiertes Gift eingesetzt hat. Das zweite ist aber sehr unwahrscheinlich, da dieses Mittel nur noch ganz selten überhaupt ohne Zusätze eingesetzt wird. Leider können sie nicht mehr feststellen, mit was das Gift möglicherweise gemischt wurde oder auch, wann es überhaupt eingenommen wurde. Terhoven meinte nur, dass es bei der jetzt noch festgestellten großen Menge eher eine Spontanvergiftung, und keine über Wochen andauernde und stetig fortgesetzte Vergiftung war. Auf jeden Fall ist Frau Adler daran eigentlich elendig zugrunde gegangen. Das Leiden hat möglicherweise lange gedauert" beendet Schubert seinen Vortrag.

„Immerhin haben wir wichtige Erkenntnisse gewonnen", sieht die Kriminalkommissarin Klein die positiven Aspekte. „Bitte lege Klaus den Bericht der Gerichtsmedizin auf seinen Schreibtisch. Er wird ihn sicherlich nochmals selbst lesen wollen. Jetzt erstmal vielen Dank. Ich fahre jetzt nach Neckargemünd und hole unseren Chef ab. Dann sind wir bei Friedericke Sonnenschein und danach vielleicht noch bei der Stadtverwaltung. Mal sehen, ob die uns was berichten können. Du, Daniel, kannst vielleicht mal wieder deine Internetkenntnisse blitzen lassen und mal testen, ob überhaupt und wie man eigentlich an Rattengift aus China, welches nicht mit Bittergeschmack versetzt ist, rankommt". Zwei Minuten später startet sie den alten Skoda Octavia der Dienststelle, der zwar dem Sparsamkeitsgebot des öffentlichen Dienstes entspricht, aber als relativ alter Diesel in der Umweltzone Heidelberg nicht mehr lange seinen Dienst tun darf. Sie nutzt die Gelegenheit und fährt bereits bei der Ernst-Walz-Brücke auf die Neuenheimer Neckarseite. Die sehr lange Tempo 30 Zone entlang der

Neckarwiese ermöglicht ihr schöne Ausblicke auf die Altstadt, die Alte Brücke und natürlich das heute in der Sonne geradezu königlich aussehende Heidelberger Schloss. Obwohl es überhaupt nicht ihrem Naturell entspricht, hält sie sich strikt an das Tempolimit. Zum einen ist Heidelberg für seine strikte Radarüberwachung bekannt, und zum anderen führt ihr Weg so direkt am Heidelberg College vorbei, wo ihr Freund Michael gerade zwei Dutzend Schülerinnen und drei Schülern die Feinheiten der englischen Sprache unterrichtet. So ist ihre Hoffnung, Michael im Vorbeifahren sehen zu können, unbegründet. Wenig später ist sie an der Abtei Neuburg und dem Stadtteil Ziegelhausen vorbei und erreicht nach wenigen Minuten den Neckargemünder Stadtteil Kleingemünd. Ihr Chef wartet bereits direkt an der B 37, und so fahren sie wenige Minuten später in die Wiesenbacher Straße, wo Friedericke Sonnenschein, die Freundin von Antonia Adler, lebt. Da die Fahrt durch den vor wenigen Jahren gebauten Altstadttunnel mit zahlreichen Ampelstopps garniert ist, hat Rike Klein genug Zeit, ihren

Kollegen über die Erkenntnisse der Gerichtsmedizin zur Todesursache in Kenntnis zu setzen.

Kurze Zeit später empfängt sie eine inzwischen 80 Jahre zählende rüstige Dame, die allein in einer schönen Vier-Zimmer-Wohnung in dieser im Umbruch befindlichen Straße lebt. Während sie ihren angekündigten Gästen zu deren Erstaunen aus einem Jura-Kaffeevollautomaten neuester Generation einen Cappuccino zubereitet, beklagt sie sich, dass jetzt auch der letzte Supermarkt aus ihrer Nähe verschwunden sei. "Niemand fragt, wie wir Älteren ohne Auto unseren Alltag meistern. Ich suche mir jetzt immer jemanden aus der Nachbarschaft, der mich mit seinem Auto zum neuen Edeka oder über den Neckar mitnimmt". Mitfühlend nicken die Ermittler mit ihren Köpfen, wohlwissend, dass die Entwicklung zu immer mehr großen Discountern auf der grünen Wiese nicht aufgehalten werden kann. „Aber Sie sind ja nicht gekommen, um mein Jammern anzuhören. Also, was kann ich für die Polizei tun?"

„Nun," beginnt KHK Müller, „Sie sind offensichtlich der Mensch, der der verstorbenen Antonia Adler am nächsten stand." „Ja, das stimmt wohl. Sie war eher der verschlossene Mensch und ihr Freundes- und Bekanntenkreis war ganz sicher sehr überschaubar." „Ja, eigentlich geht es uns genau um dieses Thema, Frau Sonnenschein" führt der Ermittler fort. „Wir haben vom Rathaus hier in Neckargemünd erfahren, dass Sie sich dort gemeldet haben und die Organisation der Bestattung übernommen haben. Die Mitarbeiter dort waren wohl erstaunt, dass dies ein, entschuldigen Sie das Wort, „wildfremder" Mensch in die Händc genommen hat. Normalerweise sind es doch die engsten Verwandten und späteren Erben. Und deshalb ist es uns wichtig, mit ihnen zu reden und näheres zu erfahren" leitet Klaus Müller zu ihrer Antwort über. „Antonia war schon ein besonderer Mensch. Sie müssen wissen, dass ich sie auch nur zufällig kennengelernt habe. Wir beide lieben, oder jetzt muss ich sagen liebten, das Sitzen an Neckar und Elsenz. Und auch wenn es nicht so gerne gesehen wird, wir gehören zu den Menschen, die gerne Schwäne, Enten und auch die anderen Vögel am Fluss füttern. So saßen wir oft auf einer Bank und als einmal ein richtig kalter Wintertag war, haben wir beschlossen, gemeinsam am Hanfmarkt einen Kaffee zu trinken. Und seitdem haben wir uns regelmäßig getroffen und Dinge unternommen" erinnert sich die Seniorin. „Und gab es andere Menschen im Leben der Frau Adler?" animiert Rike Klein die ältere Dame, weiter zu berichten. „Ja, Antonia hatte zwar keine Kinder. Wissen Sie, ihr Mann ist schon Jahrzehnte tot. Allerdings hat ihre bereits verstorbene Schwester zwei Kinder. Aber das Mädchen und der Junge, die natürlich inzwischen schon lange erwachsen sind, haben für das Leben und die Probleme ihrer Tante kein Interesse gezeigt. Antonia sagte mir einmal, dass sie vermutlich erst Interesse zeigen, wenn sie auf der letzten Seite der Zeitung mit einem schwarzen Rand steht. Und so war es ja dann auch tatsächlich." Kopf schüttelnd zeigt die Seniorin deutlich, was sie von den Genannten hält. „Antonias Anzeige war noch keine drei Stunden, wie sagt man

heute, „online“, da klingelte bei mir das Telefon. Es war ihr Neffe, der wohl irgendwo auf einem Bauernhof in Weiler wohnt. Er hatte zwei Fragen: War es tatsächlich seine Tante und wurde ein Testament gefunden? Stellen Sie sich das vor! Kein Wort des Bedauerns, geschweige denn Mitgefühl oder das Angebot, sich um die weiteren Details der Bestattung zu kümmern. Das ist einfach erbärmlich.“
„Und, hat sich die Nichte auch gemeldet?“ fragt Rike Klein mitfühlend nach. „Nein, die wurde wohl durch ihren Bruder informiert. Ich wurde auch nie gefragt, wer die Kosten für die Beerdigung übernommen hat. Vermutlich hatten sie Angst, sie müssten was drauflegen.“ „Und, ist dem so?“ „Nein, Antonia und ich haben für diesen Zweck einmal ein eigenes gemeinsames Konto eingerichtet. Jeder von uns hat 5000 Euro eingezahlt und wir haben vereinbart, dass dann der Längstlebende für eine ordentliche Beerdigung des anderen sorgt. Und daran habe ich mich gehalten.“
„Das ist schon eine sonderbare Vereinbarung.“ Rike spiegelt ihren Eindruck wieder. „Sozusagen ein Mini-Versicherungsverein auf

Gegenseitigkeit. Aber es zeigt, dass Frau Adler von ihren Verwandten auch sehr wenig oder eigentlich sogar genau das richtige gehalten hat. Hatte Frau Adler eigentlich neben Ihnen noch weitere Kontakte?" „Nur ganz wenige" erinnert sich die Seniorin. „Sie war Katholikin und bei der hiesigen Pfarrgemeinde am Marktplatz. Ich glaube, dass sie dort regelmäßig in die Sonntags-Gottesdienste ging, aber ob sie darüber hinaus engagiert war, weiß ich nicht hundertprozentig. Wissen Sie, Kirche ist nicht mein Ding und über das Thema haben wir nicht gerne gesprochen." „Dann wechseln wir nochmals das Thema" leitet KHK Müller zu einem anderen Komplex über. „Sie erwähnten die jeweils fünftausend Euro, die sie und Frau Adler in Ihre Sterbekasse eingezahlt haben. Ist ihr das wirtschaftlich schwergefallen?" Friedericke Sonnenschein lacht schallend auf. „Nein, ganz sicher nicht. Antonia hat sich zwar selten etwas geleistet. Sogar das Auto hat sie irgendwann aus Sparsamkeitsgründen abgemeldet. Aber leisten, das konnte sie sich wirklich alles. Als wir mal auf der Bank vor dem Schwanen auf der anderen Neckarseite saßen, sagte sie mir beim Blick über den Neckar „Weißt du, Friedericke, wenn ich wollte, könnte ich inzwischen halb Neckargemünd aufkaufen. Und die andere Hälfte eigentlich nur deshalb nicht, weil sie mir schon gehört.“ Und das komische ist, dass sie dabei nicht einmal gelacht hat.“

„War sie schon immer vermögend?“ Rike kann ihre Neugierde kaum verbergen.

„Ich glaube schon. Ihr Mann hatte wohl einen tollen Job in einer großen Fabrik in Mannheim. Dazu eine passende Lebensversicherung. Als er dann überraschend bei einem Arbeitsunfall gestorben ist, schwamm Antonia für ihre Verhältnisse an Geld aus der Betriebspension und der Lebensversicherung. Sie sagte mir einmal, dass sie auf die Beantragung der Witwenrente verzichtet habe, da es hier doch nur um „Peanuts“ ginge. Das Wort habe sie einmal von einem Banker gehört und das habe sich bei ihr tief eingebrannt.“

„Dann haben wir für heute alles erfahren, was wir wollten“ beendet Klaus Müller die gemütliche und informative Kaffeestunde. „Wenn wir noch etwas erfahren müssen, wissen wir ja, wo wir Sie erreichen." Beim Rausgehen wendet er sich in bester Colombo-Manier nochmals der Seniorin zu. „Ich vermute, dass Ihre wirtschaftlichen Verhältnisse ebenfalls geordnet sind, oder?" Wieder lacht die taffe Seniorin auf und sagt dem Kommissar „Klar, denn Antonia hätte nie die andere Hälfte von Neckargemünd bekommen können. Die hat damals schon mir gehört", und nochmals lauthals lachend schließt Friedericke Sonnenschein, die ihren Nachnamen offenbar völlig zu Recht trägt, hinter den Beamten die Tür.

20

Nachdem das elektrisch gesteuerte Zeitschloss die Tür des Schließfaches 26 freigegeben hat, räumt Dr. Sieber die darin enthaltenen Dinge auf den im Raum stehenden Tisch. Er selbst ist wie viele seines Standes eher von konservativer Natur. So klappt er auch nicht einen Laptop zur Dokumentation seiner Inventur auf, sondern nimmt seinen Mont Blanc-Füllfederhalter und ein gebundenes Notizbuch zur Hand.

Später wird Frau Rüdenauer in seiner Praxis aufgrund seiner Notizen fein säuberlich folgendes Teilverzeichnis für das Nachlassverzeichnis erstellen:
`

Zertifizierte Edelmetalle (Degussa):

- 3 Barren a 1 KG Goldbarren
- 48 Barren a 100 Gramm Goldbarren
- 20 Tafeln Gold a 100 Gramm
- 12 Barren Silber a 1 KG
- 5 Golden Eagle Goldmünzen, 1923 10 Dollar

Devisen:

- 200 Scheine a 100 €
- 100 Scheine a 50 €
- 100 Scheine a 100 SFR
- 100 Scheine a 100 USD

Kontoauszug Girokonto Heidelland-Privatbank:

Konto 74909
Inhaberin: Antonia Adler
Gesamtbuchwert am 30.09.2022
14.230,15 €

Kontoauszüge Sicht- und Tagegeldeinlagen:
Konten 74909101 bis 74909112
Inhaberin: Antonia Adler
Gesamtbuchwert am 31.12.2021 180.217,83 €

Depotauszüge Heidelland-Privatbank:
Depot 7490969115
Inhaberin: Antonia Adler
Insgesamt 18 Depotpositionen
Gesamtbuchwert am 31.12.2021 1.230.520,17 €

Urkunden:

- Testament Abschrift des Notariats Sieber, Waibstadt, vom 15.01.2019
- Hinterlegungsschein des Notariats beim Amtsgericht Heidelberg über obenstehendes Testament
- Grundbuchauszüge des Grundbuchamtes beim Amtsgericht Tauberbischofsheim bzw. Heidelberg über Grundstücke im Eigentum der Frau Adler in den Gemeinden
    - Angelbachtal
    - Bammental
    - Dielheim
    - Dossenheim

- o Lobbach
  - o Mauer
  - o Meckesheim
  - o Neckargemünd
  - o Sinsheim
    - ▪ Stadt
    - ▪ Dühren
    - ▪ Hasselbach
    - ▪ Hoffenheim
    - ▪ Reihen
  - o Walldorf
  - o Wiesloch
  - o Zuzenhausen
- Ein Zettel mit Kontaktdaten des Herrn Michael Herrmann bei der Heidelland-Privatbank in Heidelberg
- Ein verschlossener Briefumschlag mit der Aufschrift „Nach dem Tode an meinen Neffen Dirk Schneider weiterleiten"
- Ein verschlossener Briefumschlag mit der Aufschrift „Nach dem Tode an meine Nichte Heidemarie Schneider weiterleiten"

Ende der Aufstellung

Nachdem der Testamentsvollstrecker die Wertgegenstände und Unterlagen vollständig gesichtet hat, räumt er sie wieder in das Schließfach ein. Danach drückt er einen dezenten kleinen Messingknopf neben der Tür, der dem bereitstehenden Mitarbeiter der Security signalisiert, dass der im Schließfachraum wartende Kunde abgeholt werden möchte.

„Ich möchte noch mit dem Mitarbeiter reden, der Frau Adler in Vermögens- und Anlagefragen beraten hat" trägt Dr. Sieber seine Bitte seinem Begleiter vor. „Da muss ich fragen, ob er Zeit hat. Wissen Sie seinen Namen?" „Ich nehme an, dass es ein Michael Herrmann ist. Der ist doch noch bei Ihnen beschäftigt?" „Ich begleite Sie zu ihm" ist die kurze Antwort, die er zu hören bekommt.

„Guten Tag, mein Name ist Michael Herrmann. Was kann ich für Sie tun, Herr … wie war doch noch mal ihr Name?" „Sieber, Dr. Sieber" „Und wie kann ich Ihnen helfen?" Da sein Gegenüber von einem Mitarbeiter der Security, der unmittelbar Adalbert von Achtern zugeordnet ist, zu ihm geführt wurde, rechnet der Banker damit, dass er ein neuer TOP-Kunde seiner Bank werden wird. Insofern ist höchste Aufmerksamkeit angesagt. „Nun", beginnt der vermeintliche Neukunde „ich bin leider in einer sehr traurigen Angelegenheit da. Eine langjährige Mandantin meinerseits ist überraschend verstorben, und ich wurde ihrerseits für diesen Fall zu ihrem Testamentsvollstrecker bestellt. Wie Sie sicherlich wissen, ist damit eine meiner ersten Aufgaben, einen vollständigen Überblick über die bestehenden Vermögenswerte meiner Mandantin zu gewinnen und ein entsprechendes Nachlassverzeichnis zu erstellen. Die Einsichtnahme ihres Schließfaches bei Ihrer Bank habe ich soeben abgeschlossen, es gibt allerdings einen Depotauszug, der nicht ganz aktuell ist. Sie hat in ihrem Schließfach einen Hinweis auf Sie liegen, so dass ich davon ausgehe, dass Sie ihr Vermögensmanager waren." „Das kann ich gerne prüfen, um wen geht es denn genau?" erkundigt sich der Banker. „Die Verstorbene ist Antonia Adler aus Neckargemünd". Bevor er fortfahren kann, bricht es aus dem Banker hervor „Mein Gott, das ist ja fürchterlich!" „Kennen Sie die Dame näher?" Aufmerksam schaut der Notar sein Gegenüber an. Dieser ringt sichtbar um Fassung. „Nein, eigentlich nicht. Sie war mal bei mir, ich kann mich daran erinnern. Aber ich leide immer mit, wenn Kundschaft von mir das Zeitliche segnet" liefert er eine Erklärung nach. „Das ist empathisch von Ihnen" leitet Dr. Sieber über. „Was ich jetzt benötige ist ein tagesaktueller Depotauszug, den wir dem Nachlassverzeichnis beifügen." „Den kann ich Ihnen gleich ausdrucken, das ist kein Problem". Deutlich gefasster ruft Michael Herrmann die Daten auf und überreicht dem Notar den Ausdruck. Nach einem Abgleich der Depotnummern nimmt Dr. Sieber den Ausdruck, der einen aktuellen Saldo von 1.258.460,20 € ausweist, zu den Unterlagen. „Ich möchte Sie jetzt nicht länger aufhalten" verabschiedet er sich. „Vielen Dank nochmals für Ihre Unterstützung und richten Sie bitte Herrn von Achtern Grüße und Dank aus." Mit diesen Worten verlässt Dr. Sieber die Räume des Investmentbereichs und wenige

Augenblicke später, natürlich in der bei dieser Bank wohl unvermeidlichen Begleitung, das unscheinbare Gebäude am Heidelberger Schlossberg.

21

„Der Adler ihr Testamentsvollstrecker war eben da". Atemlos stürmt Michael Herrmann in das Büro von Caro Richter. „Sei ruhig, das ganze Haus kann ja dein Geschreie mithören" faucht sie ihn an. „Das ist furchtbar. Da kommt alles raus." Er fuchtelt mit seinen Armen wild vor seiner Kollegin herum. „Jetzt mach doch mal halblang." Mit ruhiger Stimme redet sie auf ihn ein. „War doch klar, dass die Alte nicht ewig lebt. Und für den Fall haben wir doch vorgesorgt. Es gibt keine Verbindung zwischen uns oder der Bank zu ihren Immobiliengeschäften. Sie hatte halt einen goldenen Riecher und niemand, ich wiederhole, niemand war daran beteiligt. Also, alles clean und für uns völlig gefahrlos. Kapierst du das?" Eindringlich schaut sie ihren Kompagnon an. „Ja, aber trotzdem. Wie soll es denn jetzt weitergehen?" fragend schaut er sie an. „Na, du hast doch heute Abend schon den Fisch an der Leine. Halte dich dran, dann läuft es genauso weiter. Und jetzt raus aus meinem Büro, ich will nicht mit dir gesehen werden." Mit diesen Worten bringt sie ihn zur Tür. Als sie wieder in ihrem Büro alleine ist, bringt sie die Situation aus ihrem Blickfeld mit einem Wort auf den Punkt. „Schwächling!"

22

In Neckargemünd gibt es schöne und weniger schöne Gebäude. Während vergangene Bürgermeistergenerationen im schmucken Gebäude der Villa im Menzer-Park residierten, muss sich der amtierende Bürgermeister Frank Volk mit einem schönen Blick aus seinem Büro auf den Neckar über die ansonsten recht triste Architektur seines Rathauses trösten. Dieses Büro, welches in der Bahnhofstraße 34 in Neckargemünd zu finden ist, steuern die Ermittler Müller und Klein jetzt zu weiteren Erkundigungen an.
Frank Volk war in seinem früheren Berufsleben langjähriger Mitarbeiter und Führungskraft bei der Volksbank

Neckartal. Es gibt Menschen, die sagen, dass Frank Volks sein Neckargemünd so liebt, dass er die Stadt eigentlich nur zweimal richtig verlassen hat. Das erste Mal war 1967 bei seiner Geburt in Heidelberg. Zuletzt zweiundzwanzig Jahre später im Rahmen des Grundwehrdienstes, der ihn nach Hardheim führte. Da er praktisch immer da war, kennt er natürlich auch fast alle Menschen, die länger als zwei Monate in seiner Stadt wohnen. Deshalb begrüßen sich „Frank und Klaus" herzlich, als sie sich im Sekretariat des Bürgermeisters begegnen. Rike, die die Stufen in das oberste Stockwerk des Rathauses langsamer erklommen hat, wird danach herzlich willkommen geheißen. Dann sitzen die drei am Besprechungstisch des Büros. Als Frank Volk erfährt, was die Fragestellungen sind, die die Ermittler bewegen, wird kurzfristig ein weiterer Gesprächspartner aus dem Team der Stadt hinzu gebeten.

„Ich habe meinen Mitarbeiter dazu gebeten, da er im Gegensatz zu mir Frau Adler persönlich kannte" eröffnet Bürgermeister Volk das

Gespräch. „Ja, das ist richtig", ergreift dieser das Wort. „Vor einigen Jahren waren wir vor ihrem Haus in der Schützenhausstraße vor Ort. Eine Bekannte von ihr aus der Wiesenbacher Straße hatte sich bei der Polizei gemeldet und berichtet, dass sie sich Sorgen um ihre Freundin mache. Daraufhin wurden wir vom Ordnungsamt und auch die Kameraden der Feuerwehr alarmiert und haben, in Begleitung eines Teams des DRK, die Haustüre geöffnet. Wir haben Frau Adler damals dann tatsächlich in einer Notsituation angetroffen. Sie wurde dann sofort in die Uni-Klinik nach Heidelberg gebracht und bedankte sich bei mir einige Wochen später für unser beherztes Eingreifen."
„Und wie war Ihr Eindruck von Frau Adler?" will Kriminalhauptkommissar Müller wissen. „Das war eine patente, für ihr Alter sehr rüstige Dame. Anscheinend hatte sie, obwohl ihr Haus nicht danach aussah, auch etwas Geld übrig. Sie wollte zunächst unsere Weihnachtsfeier finanzieren, was wir als Amt natürlich dankend ablehnen mussten. Daraufhin hat sie dem Förderverein der Feuerwehr eine namhafte Spende überwiesen. Das ist

nicht selbstverständlich, und hat uns bei der Feuerwehr natürlich sehr gefreut. Nicht immer drücken die Bürgerinnen und Bürger so deutlich ihren Dank aus" berichtet der Mitarbeiter, der sich bei diesen Worten an eine Situation erinnert, als ein Mitbürger die im Einsatz zur Menschenrettung befindlichen Wehrleute angeschrien hat, sie sollen endlich „ihre Karre vor seiner Garageneinfahrt wegfahren".
„Und ist euch Frau Adler auch in anderen Angelegenheiten bekannt?" hakt der Ermittler nach. „Frau Adler lebt schon zig Jahre in unserer Stadt, dies aber absolut unauffällig. Sie hatte nie Schulden, regelte immer alles zur vollsten Zufriedenheit, so dass nie Nachfragen entstanden. Selbst, als wir in einer unglücklichen Konstellation von ihr Anliegerbeiträge nachberechnen mussten, zahlte sie diese sofort und ohne Protest" berichtet der Angesprochene weiter. „Sie müssen wissen, dass ich in Neckargemünd wirklich sehr viele Menschen kenne. Aber Frau Adler war mir bis dahin all die Jahre unbekannt geblieben. Sie

scheint ein relativ zurückgezogenes Leben geführt zu haben."
„Gab es Angehörige, die sich nach ihrem Tod bei der Stadt z.B. wegen der Beerdigungsformalitäten gemeldet haben?" Rike Klein kann kaum glauben, dass dies nicht der Fall sein sollte.
„Nein, keinerlei Nachfragen oder Meldungen. Wir waren sehr froh, als sich Frau Sonnenschein aus der Wiesenbacher Straße meldete und uns die damit verbundenen Aufgaben und Entscheidungen aus der Hand nahm. Sie erklärte uns, und legte eine entsprechende schriftliche Vereinbarung mit Frau Adler vor, dass die beiden eine gegenseitige Regelung getroffen haben. Und da sich keine weiteren Angehörigen bei uns meldeten, gab es gegen die Umsetzung dieser Vereinbarung unsererseits keinerlei Bedenken. Vielleicht hatte sie noch eine Verbindung zur katholischen Kirche hier am Marktplatz. Eine Freundin meiner Frau berichtete mal über eine Spenderin, die eine größere Summe im Rahmen der Adveniat-Kollekte spendete. Wenn ich mich richtig erinnere, war damals von einer Frau Adler die Rede."

„Dann halten wir fest, dass Frau Adler eigentlich eine mustergültige Bürgerin war. Und Frau Sonnenschein möglicherweise die einzige Person ist, die zu ihrem persönlichen Umfeld zu zählen ist“ will Klaus Müller das informative Gespräch beenden.
„Wenn Sie gestatten, eine Frage habe ich noch.“ Irritiert schaut Müller seine Kollegin an. „Haben Sie Frau Adler jemals in einer Gemeinderats- oder Bauausschusssitzung bemerkt?“ Beide Vertreter der Stadt schütteln übereinstimmend den Kopf. „Das wäre mir ganz bestimmt aufgefallen“ bemerkt der Bürgermeister. „Ich bin ja da immer dabei und die Zahl der Besucher von Gemeinderatssitzungen war schon vor Corona übersichtlich und ist ab 2020 weiter rückläufig. Und unsere Bauausschussitzungen sind zwar in der Regel sehr unterhaltsam, da ist aber der Besucheransturm in der Regel noch übersichtlicher. Warum fragen Sie?“ Rike Klein berichtet jetzt über die Aussagen des Notars aus Waibstadt und die Funde detaillierter Lageplankarten vieler Gemarkungen im Umkreis von Neckargemünd. „Wir können uns noch nicht erklären, wie sie, wenn sie

nicht an den Sitzungen wie beschrieben teilgenommen hat, an die Informationen gekommen ist" beschreibt sie ihre offene Fragestellung.

„Das können wir Ihnen nicht sagen. Da können wir Ihnen nicht weiterhelfen."

Mit diesen Worten beendet Frank Volk das Treffen und wenige Minuten später sitzen die Ermittler in ihrem Auto, mit dem Fahrtziel ihres Dezernats in Heidelberg.

23

Die Sitzung des Gemeindeverwaltungsverbandes Elsenztal, also der Gemeinden Mauer, Eschelbronn, Spechbach, Lobbach und Meckesheim ist bereits kurz nach 15 Uhr zu Ende. Die Probleme der kleinen Region halten sich in Grenzen und so gib es wenige Themen, die die heutige Versammlung des Gremiums abzuhandeln hat. Als sich die ehrenamtlichen Kommunalpolitiker der Kommunen verabschiedet haben, sitzen die fünf Bürgermeister im Besprechungszimmer des neuen Rathauses in Waldwimmersbach noch zusammen.

„Also, habt ihr eure Hausaufgaben gemacht?" erkundigt sich Edgar Knecht, Bürgermeister von Lobbach und wegen seines Humors auch über die Gemeindegrenzen hinaus bekannt. Kurze Zeit später sitzen sie über Karten ihrer Kommunen, in denen mit der Hand eingezeichnete Kreise Äcker, Gärten, Wald oder auch Abrissgelände gekennzeichnet sind. Als drei der fünf Bürgermeister kurz nach 19 Uhr zu ihren jeweils nächsten abendlichen Sitzungen aufbrechen, bleibt ein Kollege noch sitzen. Er wurde beauftragt, ein gut bekanntes Büro mit den weiteren ersten Überlegungen zu beauftragen, ob die von ihnen ins Auge gefassten Flächen tatsächlich für eine mittelfristige Bebauung in Frage kommen können. So verfasst er sofort ein entsprechendes Mail. Sowohl er als auch seine Kollegen sind überzeugt, dass diese ersten Überlegungen sowohl von ihnen als auch dem Büro als höchst vertraulich behandelt werden.

24

In Heidelberg angekommen, sitzen Rike Klein, Klaus Müller und Daniel

Schubert zu ihrer heutigen Lagebesprechung zusammen. Überraschend hat sich auch Kriminalrat Bauer dazu gesellt, der mit großen Augen Daniel Schubert berichten hört.
„Und vorhin hat aus dem Auto heraus der Testamentsvollstrecker Dr. Sieber angerufen. Es sieht so aus, als sei die tote Frau Adler nicht vermögend, sondern eher sehr vermögend gewesen. Herr Dr. Sieber meinte, dass es sicherlich um ein Vermögen von zwischen konservativ geschätzten drei Millionen und möglicherweise auch sechs Millionen gehen kann. Er muss sich jetzt erstmal erkundigen, was die jeweiligen Immobilien wert sind und wird hierzu, da es sich um zahlreiche Grundstücke zu handeln scheint, einige Tage brauchen. Es ist die Frage, ob Frau Adler all die Grundstücke, deren Grundbuchauszüge im Tresor lagen, auch noch besitzt. Aber alleine das Vermögen an Geldanlage und Edelmetallen taxiert er auf mindestens zwei Millionen Euro."

„Dann ist hier ja ein klares Mordmotiv zu vermuten" ist

Kriminalrats Bauer erste Einschätzung. „Wenn Millionen zu holen sind, verlieren viele Erben alle Hemmungen." „Ja", stimmt Klaus Müller zu, „auch wenn die möglichen Erben dies dann doch nicht sind." Fragend schaut ihn KR Bauer an. „Frau Adler hat vor drei Jahren ihr Testament in der Form geändert, dass ihre Nichte und Neffe nichts mehr erben. Alleiniger Erbe ist eine Stiftung in Norddeutschland, die sich der Pflege der kirchlichen Backsteinromantik verschrieben hat."

„Und gibt es neben den vermeintlichen Erben weitere Verdächtige?" fragt der Kriminalrat nach. „Wir sind erst am Anfang der Ermittlungen." Rike Klein informiert weiter. „Es gibt so ein, zwei Auffälligkeiten. Frau Adler hat wohl viel Geld mit Grundstückkäufen, oder eher wohl Grundstücksspekulationen, gemacht. Wir fragen uns inzwischen, wie sie an die jeweiligen Informationen gekommen ist. Denn die Rückmeldung aus Neckargemünd war, dass sie nie bei Sitzungen der entsprechenden Gremien als Zuhörerin anwesend war. Dies hat sie aber dem Notar berichtet, als der

einmal nachgefragt hat, wie sie denn an ihre Entscheidungsgrundlagen kommen würde. Also ist die Frage, ist es so, wie sie berichtet hat, oder gibt es eine andere Quelle. Und wenn ja, war das alles legal?"
„Der Frage kann ich mich annehmen" bietet sich Daniel Schubert an. „Ich klemme mich mal an die Hörer oder besuche ein paar der Rathäuser in der Region". „Da fährst du besser gleich morgen hin, Daniel", entscheidet KHK Müller. "Nimm ein Bild der Toten mit, die meisten Verwaltungen werden eh nicht ihren Namen gekannt haben. Kläre bitte ab, ob Frau Adler dort bekannt war und ob es weitere Infos gibt, die uns weiterhelfen". Ungläubig schaut Schubert seinen Chef an, nickt und sagt „Mache ich gerne, sogar sehr gerne. Danke, Chef."
„Und wir?" schaut Rike fragend ihren Chef an. „Wir reden noch mal mit einem Chemiker, der sich mit Rattengift auskennt. Wir müssen mehr über das Mittel wissen, mit der Frau Adler umgebracht wurde. Besonders, wie das Zeug eigentlich verkauft wird. Und danach besuchen wir mal Nichte und Neffe von Frau Adler. Schließlich sind sie diejenigen, die

aus jetziger Sicht in der ersten Reihe möglicher Verdächtiger sitzen".

„Sehr gut. Und mich halten Sie bitte weiter auf dem Laufenden" verabschiedet sich der Kriminalrat und beschließt, auf dem Rückweg bei Staatsanwalt Knopf vorbei zu gehen. Dann kann er gleich einen Statusbericht abgeben und nebenbei weiter an seiner Karriere arbeiten.

Als Rike Klein und Klaus Müller wieder alleine in ihrem Büro sind bemerkt Rike „Das hast du sehr gut gemacht." „Was meinst du?" „Dass du Schubert mit den Außenaufgaben betraut hast. Der hat sich richtig gefreut und ist das gar nicht gewöhnt." KHK Müller strahlt. „Dann war ja mein Seminar „Mitarbeiter beteiligen" erfolgreich. Weißt du, ich habe mir dabei überlegt, was ich eigentlich über dich und Schubert weiß. Und dabei ist mir aufgefallen, dass wir uns in den wenigen Monaten, seit du bei uns bist, viel besser kennengelernt haben, als ich in dem wesentlich längeren Zeitraum Schubert. Er ist ein eher unauffälliger Mitarbeiter. Aber vermutlich hat er viel mehr Potential, als ich bisher in ihm gesehen habe. Und den Fehler will ich nicht fortsetzen." Rike nickt zustimmend mit dem Kopf. „Und außerdem haben wir genug fähige Mitarbeiter im Innendienst. Da wäre es doch gut, wenn Schubert in beiden Bereich einsetzbar wäre." Dann wendet sich der Ermittler anderen Fragestellungen zu.

„Morgen will ich mit meiner Tochter Lena nach Bad Orb fahren. Du weißt ja, meine Frau ist dort noch ein paar Tage zur Kur. Ehrlich gesagt, graut es mir vor der Fahrt, weil wir wahrscheinlich streiten, bevor wir die Stadtgrenze von Neckargemünd verlassen haben" bringt Klaus Müller seine privaten Sorgen zum Ausdruck. „Dann geh es doch gelassener an. Redet übers Wetter, das nächste Urlaubsziel oder zur Not auch überhaupt nicht" rät Rike ihrem Kollegen. „Ich konnte es auch nicht leiden, wenn mich mein Vater belabert hat. Und auf unserer Insel waren die gemeinsamen Fahrten viel kürzer als das, was ihr morgen gemeinsam

vorhabt" schwelgt sie in Erinnerungen.
„Wahrscheinlich hast du recht. Ich werde dir am Montag berichten, ob sie oder ich mit dem Zug nach Hause gefahren sind" zeigt Klaus Müller seine fatale Einschätzung. Nachdem er mit dem Büro eines Freundes, der ehemals Diplom-Chemiker, Dipl. Sozialpädagoge und dann Landtagsabgeordneter wurde, einen Telefontermin vereinbart hat, gehen beide ihres Weges in das letzte freie Wochenende in diesem Fall.

25

Als Alex Reinhardt, Leiter des größten Fitness-Centers auf dem Waldhof, nach Ende seiner Schicht gegen 20 Uhr zu Hause in Mannheim eintrifft, duftet es verführerisch aus der Küche. Kamikaze, der Schmusekater, liegt satt und ermattet auf der Couch und wartet, dass einer der Herren das tägliche TV- und Streichelprogramm für ihn startet. Auf der Theke der Küche steht das große Besteck. Zwei Sektgläser, die edlen Teller von Villeroy und Boch und das auf Hochglanz polierte Silberbesteck, welches als Familienerbe nur bei besonderen Anlässen von ihnen genutzt wird. „Hab ich was verpasst?" fragt er seinen Lebenspartner Daniel, nachdem sie sich zur Begrüßung geküsst haben. „Heute ist ein Wunder geschehen." Freudestrahlend schießt Schubert los „Stell Dir vor: mein Chef schickt mich zu Ermittlungen in den Außendienst. Davon habe ich immer geträumt, aber nie gedacht, dass er merkt, dass ich mit diesem dauernden Innendienst nicht zufrieden bin. Und jetzt bin ich Montag irgendwo

zwischen Heidelberg und Sinsheim alleine und selbständig als richtiger Ermittler im Außendienst unterwegs."
„Und wie viele Mörder will mein Sherlock Holmes morgen gleich fangen?" wendet lachend seine große Liebe ein. „Ich bin überzeugt, deine Ermittlungen werden legendär. Apropos legendär - der leckere Lachs, den ich zur Feier des Tages gekauft hab, ist fertig. Nudeln und Salat stehen schon auf dem Tisch. Hol die Flasche des Riesling-Sekts von Rapp aus Dörrenbach aus dem Kühlschrank, dann kann das Menü zur Feier des Tages starten."

26

Der Ferrari 296 GBT von Michael Herrmann ist von weitem zu hören, als dieser die Villa von Nadine Scheerer in Hockenheim ansteuert. Seine Kundin steht bereits vor dem Portal, während Michael Herrmann die lange, mit toskanischen Kacheln belegte Auffahrt entlangrollt. Er hat sich in Schale geworfen. Sein bester anthrazitfarbener Maßanzug von Armani, maßgefertigte Lederhalbschuhe von Rudolf Scheer & Söhne, weiland k.

u. k. Hofschuhmacher in Wien und eine ebenso edle, mit feinen Streifen designte Krawatte einer sehr exklusiven Manufaktur aus der Via dei Condotti in Rom, machen sein Outfit perfekt.

Aber auch die gutaussehende, blonde, mit einem modischen Kurzhaarschnitt ausgestattete 40jährige Unternehmerstochter braucht sich heute nicht zu verstecken. Sie hat ihren letzten Paris-Aufenthalt genutzt, um ihre Mode auf den neuesten Stand zu bringen. Ihre heutige Auswahl ist exklusiv bei Allsaints in der Seine-Metropole entworfen und natürlich gekauft worden. Ein enger Hosenanzug betont ihre sportliche Note. Dazu eine edle Jacke aus bestem Leder, Highheels, welche auch von Gustav Eiffel stammen könnten und eine kleine Handtasche, für deren Preis andere Menschen einen Kleinwagen erwerben würden. Da sie selbst unter anderem einen Maserati fährt, ist der Einstieg in den Ferrari, der für Ungeübte zu einem wahren turnerischen Akt und Belastungstest für die Wirbelsäule werden könnte, kein Problem. Und mit viel Schwung der zur Verfügung stehenden 830 PS fahren sie dann direkt in die Quadrate von Mannheim. Hier hat Michael Herrmann für seinen Ferrari die besten Plätze im Parkhaus und für sich und die zu umwerbende Dame noch bessere Plätze im Opus V reserviert.

Während des Smalltalks, der eine Mischung zwischen Kennenlernen, Abtasten, Süßholz raspeln und gegenseitigem auf den Arm nehmen ist, kommt der hauseigene Sommelier vorbei und nimmt nach seiner Empfehlung die unterschiedlichen Getränkewünsche auf. Gewählt haben beide das an diesem Abend angebotene 6-Gänge-Menü, das die Sterneküche des Opus V aus erlesenen Zutaten kreiert hat. Die Höhepunkte des Menüs sind mit den Hinweisen auf Gänsestopfleber, Jakobsmuschel, Kaviar aber auch einheimische Erzeugnisse wie Forelle, Kartoffel, Sellerie und Karotte nur sehr unzureichend beschrieben.

Während der Pause zwischen dem dritten und vierten Gang, also konkret zwischen den Jakobsmuscheln mit Trüffeln und dem Kaviar mit

Kartoffeln und Sellerie, kommt Michael Herrmann zum Punkt:
„Wissen Sie, Nadine, ich darf Sie doch Nadine nennen? Wir in der High Society sollten uns doch nicht nur mit normalen Bankprodukten wie Investments oder festen Geldanlagen beschäftigen. Der wahre Reiz liegt doch in den Feldern, die normal Sterblichen nicht einmal ansatzweise zur Verfügung stehen" sprach er und nahm einen kleinen Schluck des herausragenden Nahe-Rieslings „Niederhäuser Herrmannshöhle Großes Gewächs 2017", der zu den hundert besten Weinen der Welt gezählt wird.

„Da haben Sie ganz Recht, Michael", schaut Nadine Scheerer ihn mit großen Augen an. „Der Reiz des Besonderen ist oft auch der Reiz des Verbotenen. Und Sie lieben doch sicher das Verbotene?" „Auf jeden Fall und in jeder Hinsicht, liebe Nadine." Und dann beginnt er, ihr mit ausführlichen Worten einen Vorschlag zu unterbreiten, der das Verbotene mit der Mehrung eines eh schon vorhandenen Reichtums auf geniale Art verbindet.

„Also, ich fasse es jetzt mit meinem Worten nochmals zusammen, Michael." Nadine legt eine Pause ein, während der Sommelier ihr einen winzigen Schluck eines herrlichen Rotweins aus der Toskana namens „Brunello di Montalcino" nachschenkt. „Sie geben mir einen dezenten Hinweis, wo es sich für mich lohnt, umgehend Land, möglicherweise auch zu aus jetziger Sicht erhöhten Preisen, zu erwerben. Das Land behalte ich mindestens ein Jahr lang, um es danach mit hoher Wahrscheinlichkeit gewinnbringend zu verkaufen. Und von dem Gewinn möchten Sie dann einen Teil ab haben, an wie viel Prozent haben Sie eigentlich gedacht?" fragt sie in gurrendem Ton ihren Gegenüber. „So 70 % des Gewinns sollten es schon sein" erwidert dieser. „Sie, liebe Nadine, sollten wissen, dass für mich damit schon einige Ausgaben verbunden sind. Wie Sie sicher ahnen können, erhalte ich meine Tipps von Menschen, die für diese auch, sagen wir, eine Gegenleistung, erwarten. Und dann habe ich für mich noch eine kleine Sicherheit eingebaut, die ebenfalls nicht ganz kostengünstig ist." „Für 70% suchen Sie sich doch besser eine andere Marionette" ist die kühle Antwort der Unternehmenstochter. „Ich handle und arbeite dabei mit meinem guten Namen. Sollte der Schaden erleiden, ist das wesentlich mehr als meine 30 % wert." Die Verhandlungen ziehen sich noch lange hin. Während des aus vier Variationen bestehenden süßen Desserts steht es 40:60, und beim Aufwachen am nächsten Morgen in der netten Villa der Unternehmenstochter sind sich beide einig, dass es nicht nur ein großartiger Abend, sondern eine noch großartigere Nacht war, und 50:50 ein fairer Anteil für beide Seiten ist.

27

Samstagabend ist traditionell der Tag, an dem Rike Klein und ihr englischer Freund Michael Bannings gemeinsam ausgehen. Heute sind sie überraschend zu Dritt, da Steve McNamara, väterlicher Freund, Doktorvater und nicht zuletzt Mentor von Michael Bannings, zu Besuch in Heidelberg ist. Er ist als erimitierter Professor der Elite-Universität Oxford zu einem Kongress in Mannheim eingeladen und nutzt dies, um erstmals die Freundin seines Schützlings kennenzulernen. Als sie gemeinsam in Michaels Wohnung im Philosophenweg auf ein Glas Sekt anstoßen, ist sie Steve gleich sympathisch. Wenig später erklimmen sie gemeinsam den Philosophenweg, sehen vom Philosophengärtchen und dem Gedenkstein der Lieselotte von der Pfalz hinüber auf die Silhouette der Altstadt und des weltberühmten Schlosses, welches 1689 im Pfälzischen Erbfolgekrieg zerstört wurde. Nachdem sie den sogenannten Schlangenweg hinab an das Neckarufer gegangen sind, flanieren sie noch etwas über die Alte Brücke und genießen das touristische Flair, welches jetzt im November besonders die asiatischen Touristen prägen. Während diese jedoch von hier wieder in die Touristen-Hotspots in der Altstadt strömen, hat Steve den Wunsch geäußert, in der berühmten „Bar Aix-en-Provence" in der Neuenheimer Bergstraße den Abend zu verbringen. Natürlich sind Michael und Rike damit einverstanden, ist dies doch seit ihrem Kennenlernen ihr Stammlokal, und strahlt es doch eine

Atmosphäre aus wie nur wenige Locations in Heidelberg.
Hier werden sie heute nicht von Erik, sondern von Jannis begrüßt. Er ist der jüngste Barkeeper im "Aix" und mit einem sonnigen Wesen ausgestattet:
„Hallo, schön dass ihr wieder da seid" schallt es schon von weitem über die Theke. Die Bar, dessen Leben sich im milden Heidelberger Klima häufig im Außenbereich abspielt, ist im November natürlich nur im Innenraum bewirtschaftet. Steve schaut sich um und sieht ein gemütliches Lokal mit vielleicht zwanzig Plätzen. Ein gemütliches Ambiente und leise, aber sehr geschmackvolle Jazz-Musik läuft im Hintergrund. „Hier könnte ich es auch aushalten", denkt Steve und vergleicht dabei Heidelberg mit seiner jetzigen Heimatstadt Paignton, die, direkt an der britischen Riviera gelegen, überwiegend mit hellen, automatenbespickten und wenig romantisch beleuchteten Pubs und Spielhallen Gäste zu umwerben versucht.

Jannis erkundigt sich bei Steve, was er denn gerne trinken würde, während Rike und Michael „das Übliche" bereits auf ihrem Tisch kredenzt bekommen. Bei Michael bedeutet dies ein Höpfner Pils vom Fass, während Rike einen trockenen Rotwein aus der Cote d`Rhone bevorzugt. Nach einem Blick auf die Karte und die auf einer Kreidetafel offerierten Tagesangebote entscheidet er sich, der normalerweise in Großbritannien dem Ale verfallen ist, für einen trockenen Riesling aus der Pfalz. Als er diesen serviert bekommt, sagt er zu Jannis „I always testing drinks from the regional area." In dem Moment lachen Jannis, Rike und Michael schallend auf. „Pfalz ist not this area, you are here in the Kurpfalz" und Jannis fügt noch hinzu „The region Pfalz is twenty kilometers from here and important - at left riverside rhine" und geht lachend zurück hinter seine Theke. „Oh, shit" ist Steves Kommentar „I think it`s like England and Scotland. What a desaster for me."

Das Desaster ist spätestens abgewendet, als Steve das Glas

Pfalzwein durch drei Gläser Wein von der Badischen Bergstraße abgelöst hat. Die Drei erleben einen sehr heiteren Abend im „Aix" und machen sich erst spät auf den Heimweg. Für Michael und Rike führt dieser an diesem Abend nur wenige Meter in seine Wohnung am Beginn des Philosophenwegs. Steve hingegen nimmt ein Taxi, ist er doch, wie es sich für einen ordentlichen Professor aus Oxford gehört, im Dorinth Hotel Mannheim untergebracht. Einer noblen Herberge in unmittelbarer Nähe zum Mannheimer Wahrzeichen, dem Wasserturm, und dem Kongresszentrum Rosengarten, in dem sich morgen Gelehrte aus aller Herren Ländern der Frage widmen werden, welche historischen Auswirkungen die Einbindung der Franzosen in den Pfälzer Erbfolgekrieg hatte.

28

Die Fahrt nach Bad Orb von Neckargemünd geht einfache Strecke über 156 Km und ist für Lena, die 17jährige Tochter von Kriminalhauptkommissar Klaus Müller, schon vor der Abfahrt endlos. Endlos, weil die Zeit ohne ihren Freund Jan nie vergeht und endlos, weil die Fahrt mit ihrem Vater aus ihrer Sicht mit hoher Wahrscheinlichkeit sowieso nur im Streit verlaufen kann.

Neben den inzwischen geradezu traditionellen Spannungen gibt es seit heute Morgen noch einen weiteren Grund, der Klaus Müller eine ganze Weile ins Grübeln fallen lässt. Der Grund ist rund 1,90 Meter groß, von athletischer Gestalt und hört auf den Namen Jan. Dieser ihm bis heute 7.13 Uhr völlig unbekannte etwa 19jährige Mann war der Überraschungs-Frühstücksgast des Tages. Nachdem seine Tochter etwas übermüdet in der Küche erschienen ist, stand wenig später auch Jan in derselben. Als wäre es völlig normal, stellte seine Tochter jenem Jan sofort ein Gedeck auf den Tisch und stellte ihn mit kurzen Worten ihrem Papa vor. Obwohl Klaus Müller ihn sicher nicht sehr freundlich musterte, war der junge Mann äußerlich sehr gelassen geblieben. Sein gesamtes Benehmen wies darauf hin, dass er wohl eine gute Erziehung genossen hat und auch seine Tischmanieren unterschieden

sich wesentlich von dem anderen Frühstücksgast, den seine Tochter schon einmal überraschend mitgebracht hatte. „Der damalige Andi war ja letztlich nur eine Kurzzeit-Episode“ erinnert sich Klaus Müller und ist eigentlich froh, dass der Geschmack seiner Tochter offensichtlich entwicklungsfähig ist.
Kurz vor Dossenheim, also bereits auf der A 5 und geraume Zeit nach der Abfahrt in Neckargemünd, kommt doch noch ein Gespräch zustande. „Sag mal, Lena, wie alt ist denn der Jan und wo habt ihr euch denn kennengelernt?“ fragt Klaus Müller seine Tochter. „Na in der Schule. Jan macht nächstes Jahr das Abi. Er hatte mir angeboten, in Mathe zu helfen als er mitbekam, dass ich da keine Leuchte bin. Das ist jetzt ein paar Monate her und so nach und nach hat sich daraus was entwickelt“ kommt die Antwort. „Ach, und deshalb sind deine Leistungen in Mathe so viel besser geworden?“ ist die erstaunte Nachfrage. „Das hast du überhaupt gemerkt? Dir ist doch noch nie was aufgefallen, wenn ich irgendwo besser geworden bin. Mir ist nur in Erinnerung, dass du ständig an irgendwas gemäkelt hast. Und

natürlich nur bei dem Teil der Lehrerschaft zu Besuch warst, die wegen meiner Noten gemeckert haben" bringt die Tochter eine lang notwendige Fundamentalkritik an. „Und im Übrigen ist mein Jan krass drauf. Der studiert dann in Heidelberg Medizin und wird das Abi wohl irgendwo um die 1,1 im Schnitt machen. Da ist selbst der Numerus clausus kein ernstes Thema." Stolz beendet sie die Zusammenfassung über ihren Schwarm und erwartet die üblichen Vorbehalte.
Diese kommen aber nicht. Zwischen Darmstadt und dem Ortsschild von Bad Orb vergeht für beide die Zeit wie im Fluge. Nachdem Klaus zunächst über die Worte seiner Tochter betroffen war und diese erstmal verdauen musste, kam danach ein richtig guter Austausch in Gang. Er berichtete Lena über seine Sorgen als Vater und auch wie schwer es ihm gefallen ist, überhaupt zu erkennen, dass seine Tochter erwachsen wird. Es falle ihm zwar schwer zu sagen, er finde Jan aber auch sehr nett. Und spätestens als er ihr deutlich signalisierte, dass Jan sehr gerne auch zu weiteren Frühstücken dabei sein kann, hält

Lena ihren Papa für den Besten auf dieser Welt.

Als Anne, die Frau von Klaus Müller, ihre Familie Hand in Hand in das Foyer ihrer Kurklinik in der dortigen Austraße eintreten sieht, geht ihr Herzauf. „Anscheinend tut es euch gut, wenn ich mal ein paar Tage von zu Hause weg bin" ist ihre Begrüßung. „Ach Mama, ich habe dich so vermisst. Und Papa, Papa ist der einfach der Beste" fällt ihr Lena um den Hals. Völlig fassungslos schaut Anne ihren Mann an. „Was hast du gemacht?" ist die Frage, die, ohne sie stellen zu müssen, aus ihrem Gesichtsausdruck zu entnehmen ist. „Wir müssen unserer Tochter einfach mehr vertrauen. Sie hat es sich verdient" ist seine ausgesprochene Antwort.

Und wenige Minuten später, nach der obligatorischen Besichtigung der Klinik, sind sie gemeinsam auf dem Weg zum örtlichen Griechen. Schließlich ist die Auswahl an Lokalitäten in Bad Orb überschaubar, und da Lena gerne griechisch isst, möchte auch Anne ihr heute eine besondere Freude bereiten.

29

„Und stell Dir vor, dann sind wir super gelaunt in Neckargemünd angekommen. Lena war dann mit Jan unterwegs und ich habe mir erstmal in Ruhe einen ordentlichen Grappa genehmigt" fasst Klaus Müller gegenüber Rike seinen Wochenendausflug zusammen, während Daniel Schubert das Büro betritt. „Guten Morgen, ich bin dann mal weg. Ich besuche die drei Rathäuser, in denen Frau Adler am meisten Grund gekauft hat. Zuzenhausen, Sinsheim und Meckesheim stehen auf meiner Liste. In Neckargemünd wart ihr ja bereits" stellt er seinen Tagesplan vor. „Und wenn`s noch reicht, vielleicht auch Lobbach, da hat sie den letzten Kauf durchgeführt." „Gute Fahrt" erwidert Klaus Müller, diesmal wieder in der Rolle als Kriminalhauptkommissar und Chef des Ermittlerteams. „Und bei Bedarf sind wir mobil erreichbar. Aber ich glaube schon, dass du das alles auch ohne uns auf die Reihe kriegst." Daniel Schubert geht dieses unerwartete Lob wie Wasser die Kehle hinunter. Beim

Verlassen des Dezernats fragt er sich, ob sein Gedanke, die Polizei zu verlassen, nicht der blödeste Einfall war, den er je in seinem Leben gehabt hat.

„Na, bei dir hat sich die Ausgabe des Präsidiums für das Seminar aber gelohnt.“ Anerkennend schaut Rike ihren Chef Klaus an. „Ja, zur Zeit scheine ich einen guten Lauf zu haben“ lächelt er in sich hinein. „Jetzt aber zu uns, was machen eigentlich wir heute?“ „Bist du katholisch?“ fragt die von einer nordfriesischen Insel stammende Rike, die Religion und Kirche bisher eigentlich lediglich vom Hörensagen kennt. „Ja, wenn auch nur auf dem Papier“ bestätigt Klaus. „Dann hast du heute das Sagen. Wir besuchen die katholische Gemeinde in Neckargemünd. Dort habe ich uns für 11 Uhr angekündigt und ein Pfarrer Streit nimmt sich für uns Zeit.“

30

Es gibt Branchen, die sind für unsere Zukunft wichtig, jedoch nur Insidern bekannt. So ist der Beruf des Städteplaners zwar vielen bekannt,

was diese aber konkret machen, ist für die meisten Menschen „terra incognita".
Stadtplaner sind in unserer urban geprägten Welt unverzichtbar. Egal, ob es um neue Baugebiete, die Überplanung sogenannter Quartiere oder die Umsetzung von neuen Wohnideen geht, überall werden Städteplaner benötigt. Und gerade für die eng verzahnte und noch enger versiedelte Kurpfalz ist es wichtiger denn je, mit Fach- und Erfahrungswissen die optimale Symbiose zwischen dem aktuellen Bedarf und der Verpflichtung, auch nachfolgenden Generationen Raum zu hinterlassen, zu ermöglichen.

Als Dr. Ingo Lürssen, von Beruf Städteplaner und Geschäftsführer von Lürssen & Partner, um 8.33 Uhr die Absendeadresse „Gemeindeverwaltungsverband Elsenztal" in seinem Mail-Account liest, freut er sich. Seit vielen Jahren arbeitet sein Büro mit diesem und anderen Verbänden der Region um Heidelberg zusammen. Man, in diesem Falle Bürgermeister, Gemeinderäte, die verantwortlichen Mitarbeiter in den Haupt- und Bauämtern und natürlich die Planer von Lürssen & Partner, kennt sich. So ist sein Büro an den meisten Bauleitplanungen der dortigen Gemeinden beteiligt, und Dr. Lürssen ist einer der wenigen Menschen, die häufig bereits bei ersten Überlegungen zu den weiteren städtebaulichen Entwicklungen der prosperierenden Gemeinden einbezogen ist. Gerade den Bürgermeistern ist es wichtig, ihre Überlegungen zur Weiterentwicklung von einem kompetenten Planungsbüro auf ihre Umsetzbarkeit prüfen zu lassen. Zu kompliziert, unübersichtlich und mit ständig neuen Vorschriften überzogen sind inzwischen die Regeln, die bei der Entwicklung eines neuen Siedlungs- oder Gewerbegebietes zu beachten sind. Unter anderem sind Umweltvorschriften, wasserrechtliche Regelungen, technische Fragen der Trink- und Abwasserversorgung, Versorgungstrassen für Internet, Strom und Sondertechnik oder auch der Schutz der Biodiversität zu beachten. So ist es letztlich nur logisch, dass viele Gemeinden an einer langfristigen Zusammenarbeit sehr interessiert sind. Die Folge ist, dass sich auf natürliche Weise ein sehr enges Verhältnis zwischen den Entscheidungsträgern gebildet hat, und somit auch Mails wie diese keine absolute Ausnahme sind.

„Lieber Herr Dr. Lürssen,
zwischen den Gemeinden Meckesheim, Mauer, Spechbach, Eschelbronn und Lobbach gibt es erste Überlegungen, ob ein gemeinsames Projekt zur Gewinnung von weiteren Gewerbe- und Wohnsiedlungsflächen angestrebt wird. Anbei erhalten Sie die Skizzen der angedachten Flächen mit der Bitte um strikte Vertraulichkeit. Die Herren Bürgermeister bitten um Ihre geschätzte Rückmeldung, ob Sie nach einer ersten Sichtung der Überlegungen Einwendungen sehen, die das Projekt nicht ermöglichen oder gefährden würden.
Freundliche Grüße

Sekretariat Bürgermeister"

Da Vertraulichkeit in diesem Metier oberste Priorität hat und eine obligatorische Geschäftsgrundlage ist, beschließt Dr. Lürssen, diese Anfrage zu seiner alleinigen

Chefsache zu machen. Er leitet das Mail an seine wie immer hübsch gestylte und modisch gekleidete Assistentin, Sandra Werner, weiter. Diese setzt kurze Zeit später den Drucker für das Mail und den Plotter für die entsprechenden großformatigen Gemarkungspläne in Bewegung. Da das Büro der Geschäftsführung aufgrund der gefürchteten Tobsuchtsanfälle des Chefs zu den eher unbeliebten Aufenthaltsbereichen des Personal zählt, ist sie dabei wie stets allein. Und so fällt es auch keinem auf, dass die Gemarkungspläne mit den eingezeichneten Kreisen zweimal den Plotter verlassen. Es gibt erfreulicherweise aus Sparsamkeitsgründen in dieser Firma kein Dokumentationsprogramm, welches auf diesen ungewöhnlichen Vorgang hinweisen könnte.

Zwei Stunden später liegt der Stapel Papier auf dem Arbeitstisch von Dr. Lürssen. Wie immer mit dem großen, in „rot" gehaltenen Stempelaufdruck "streng vertraulich - nur für die Geschäftsführung" versehen. Und während Dr. Lürssen den Stapel für die Spätschicht zuhause in seiner

Aktentasche deponiert, klingelt in Heidelberg auf einem Schreibtisch einer Heidelberger Privatbank ein Telefon. Als dort abgenommen wird, hört die leitende Mitarbeiterin Carolyn Richter die Worte „Sie bekommen Post".

31

Wie in kaum einem anderen Bundesland unterscheiden sich die Kommunalverwaltungen Baden-Württembergs untereinander. Die Gemeindeordnung Baden-Württemberg, also der geltende Rechtsrahmen für die Organisation und Abläufe in einer Gemeindeverwaltung, gibt dem Bürgermeister im Vergleich zu anderen Bundesländern sehr weitreichende Kompetenzen. Gleichzeitig regelt sie die Aufgabenteilung zwischen den kommunalen Organen wie Gemeinderat und Bürgermeister, sowie weitere Fragen des Budgets- und Beteiligungsrechts. Was sie aber nicht regelt, ist wie eine Verwaltung diese Gemeindeordnung im Detail umsetzt. Hierfür beschließt der Gemeinderat die Aufbauorganisation seiner Verwaltung incl. eines

Stellenschlüssels und eines Geschäftsverteilungsplanes in eigener Verantwortung.

Daniel Schubert, heute erstmals im Kriminal-Außendienst unterwegs, hat von diesen Rahmenbedingungen keine Ahnung, als er seine Tour durch die Rathäuser beginnt.

Den Ort Zuzenhausen kennt er bereits. Allerdings in einem ganz anderen Zusammenhang. Als begeisterter Fußball-Anhänger, der seine Jugendjahre regelmäßig im alten Dreisam-Stadion des SC Freiburg verbrachte, hat er inzwischen, zum Entsetzen seines Freundes Alex, sein Herz an 1899 Hoffenheim verloren. Dieser Verein, dessen verschiedene Stadien in Hoffenheim und als Arena in Sinsheim stehen, hat vor Jahren in Zuzenhausen das sogenannte „Schlössel" übernommen. Dieses ehemalige Jagdschloss, das zuletzt im Gemeindebesitz war und ein kümmerliches Dasein führte, ist heute Sitz der Geschäftsstelle des Fußball-Bundesligisten und des vereinseigenen Trainings- und Leistungszentrums. Daniel hat die Chance vor Jahren genutzt und sich dort ein öffentliches Training der Mannschaft unter Julian Nagelsmann angesehen und anschließend in der angrenzenden Fan-Kneipe einen unvergesslichen Nachmittag erlebt.

Jetzt steht er im „Zentrum“ der kleinen Gemeinde Zuzenhausen. Die Elsenz, ein kleines Flüsschen, das das Tal vom gleichnamigen Ort bis zur Mündung in Neckargemünd prägt, fließt heute träge dahin. Auf den Straßen ist nur in Höhe der örtlichen Post ein Mensch zu sehen. Ansonsten ist es an diesem Novembertag in diesem Ort für den Stadtbewohner Schubert ungewohnt ruhig. Als er das Foyer des kleinen Rathauses betritt, fällt ihm eine Meldung des Mannheimer Morgen ein, dass es lediglich eine Hand voll Gemeinden ohne Schulden in der Kurpfalz gäbe. Und eine davon ist seiner Erinnerung nach Zuzenhausen. „Kein Wunder” denkt er sich. "Haben einen der reichsten Vereine der Liga im Dorf und vermutlich wenig, was unterhalten werden muss.“ Als er kurze Zeit später das Rathaus verlässt, ist er um eine Erfahrung reicher. Die zuerst gefragte unzuständige Mitarbeiterin hat ihm sofort einen Platz und Kaffee angeboten und dann ihren für die Gremiensitzungen verantwortlichen Kollegen geholt. Dieser hat dann die Bilder von Frau Adler angeschaut, anschließend diese noch seinem Bürgermeister gezeigt und kam mit der Rückmeldung zu Schubert zurück, dass beide sicher seien, Frau Adler nie bei irgendwelchen Sitzungen gesehen zu haben.

In der großen Kreisstadt Sinsheim ist alles drei Dimensionen größer. Bereits die Parkplatzsuche im Umfeld des Rathauses ist am späten Vormittag mühsamer. War in Zuzenhausen in fünfzig Meter Umkreis einiges frei, so ist der einzige freie Parkplatz in Sinsheim dreihundert Meter weg und natürlich gebührenpflichtig. Bei Betreten des Rathauses und erst recht bei der Suche nach dem richtigen Ansprechpartner fühlt sich Schubert an den Uderzo-Band „Asterix und die Trabantenstadt" erinnert. Treppe hoch, nach links, nach rechts, Treppe runter, nochmals an die Information am Eingang und dann doch in ein Nebengebäude und wiederum zurück in das eigentliche Rathaus. Dort erbarmt sich ein nach eigenen Angaben völlig unzuständiger Mitarbeiter des sichtlich erschöpften Schubert und greift zum Telefon. Zwanzig Minuten später kommt er mit einer erneut negativen Antwort aus diesem Haus des Mysteriums.

Völlig geschafft von diesem Erlebnis beschließt er, jetzt Pause zu machen. In einem Internetportal wurde der „Giants Burger" neben einem Einkaufszentrum in der Innenstadt gelobt. Da es zu Fuß nur zwei Minuten vom Rathaus dorthin sind, beschließt Schubert, das Auto stehen zu lassen und eine Kleinigkeit in diesem Burger-Laden zu sich zu nehmen. Die „Kleinigkeit" ist überraschend mächtig und außerordentlich gut. Gut gesättigt kommt er später zu seinem Dienstwagen zurück, an dem ein kleiner Zettel der Stadtverwaltung angebracht ist. Darauf wird der Halter des Fahrzeugs hingewiesen, dass die Parkzeit abgelaufen ist, und die Stadtverwaltung einer Zahlung von 20 € innerhalb einer Woche entgegensieht. „So ein Mist" denkt Schubert. "Damit sind meine heutigen

Fahrtkosten und das Tagegeld hin.“ Fluchend steigt er in den alten Astra ein, um seinen Weg nach Meckesheim fortzusetzen.

32

„Und denk daran“ schärft Michael Herrmann bei der Vorspeise im Europäischen Hof in Heidelberg der künftigen Immobilienspekulantin Nadine Scheerer ein, „niemals mehr als 99 Ar in einem Vertrag kaufen. Ist das klar?“ „Ja, ich bin doch nicht blöd. 99 Ar sind eigentlich wie viele Hektar?“ Sichtlich überrascht schaut er die Fragerin an. „Natürlich 0,99 Hektar. Also, niemals gleich einen ganzen Hektar kaufen.“ „Und warum eigentlich nicht?“ fragt sie nach.

Daraufhin versucht Michael Herrmann während des feinen Hauptganges und des noch feineren Desserts, seiner Gegenüber die Feinheiten der Gesetzgebung zum Schutz der Landwirte und anderer landwirtschaftlichen Erzeuger wie Winzer und Imker klarzumachen. Als Agrarflächen in Form von Grün- und Ackerflächen immer mehr zu Spekulationsobjekten mutierten, entwickelte sich ein Trend, der zu staatlichem Eingreifen führte. Immer mehr „Nicht-Landwirte" versuchten, Land zu erwerben und dies als Renditeprojekt ungenutzt brach liegen zu lassen. In der Folge stiegen die Preise für landwirtschaftliche Flächen immer mehr, während die für diesen Zweck reell zur Verfügung stehenden Flächen schnell abnahmen. Spätere gesetzliche Regelungen wie das Grünlandumwandlungsverbot von 2011, oder das Verbot, landwirtschaftliche Flächen ab 10.000 m^2 ohne Zustimmung der Behörden an Nicht-Landwirte zu veräußern, sollten dem entgegenwirken.

Und genau hierauf zielt der dringende Hinweis von Michael Herrmann an seine Neueinsteigerin in diesem Metier ab. Scheiterte doch ein genialer Deal von Antonia Adler in Schriesheim an genau dieser Regelung. Das zuständige Landwirtschaftsamt hatte Einwände, und damit war der für sie sehr lukrative Handel, der ein baldiges Industriegebiet betroffen hätte, geplatzt.

„Und bevor du zu möglichen Verkäufern losziehst, denk dir etwas aus, was für die als Kaufgrund plausibel ist. Bauern wollen normalerweise eh nicht verkaufen, mit einer guten Geschichte erreichst du eher was" fährt der Investmentbanker fort. „Ich habe schon eine Idee", lächelnd fügt sie hinzu „und mit etwas Charme wird die schon funktionieren."

Und während der nette Ober den abschließenden jeweils doppelten Espresso serviert, skizziert sie ihm mit knappen Worten ihren Plan.
„Die ist schlauer, als ich gedacht habe" denkt er beim Gang zurück an seinen Arbeitsplatz in die Schlossstraße. „Vielleicht habe ich sie doch unterschätzt, auch wenn sie nicht einmal weiß, aus wie vielen Ar ein Hektar besteht." Als er wenige Minuten später an seinem Schreibtisch sitzt, lenken ihn viele ad hoc-Meldungen ab, die über einen Kursrutsch an der Türkischen Börse berichten. Der dortige Präsident hat mal wieder eine Entscheidung getroffen, die den Wechselkurs der türkischen Lira, und damit die

dortige Wirtschaft, erneut unter starken Druck setzt.

33

Denkt Rike an die Katholische Kirche, so fällt ihr auf Anhieb wenig Konkretes ein. Aufgewachsen auf der protestantisch geprägten Nordseeinsel Föhr, gab es zu anderen Religionen wenig Berührungspunkte. Da sie von jeher eigentlich kein hohes Interesse an Religion oder ethischen Themen insgesamt entwickelte, ist bis heute ihr Wissensstand, was den Katholizismus angeht, eher als sehr marginal zu bezeichnen. Bei Klaus Müller ist es, obwohl er bei der Taufe der katholischen Kirche beigetreten ist, nicht viel anders. Bis Anfang der 2000er Jahre war er als Ermittler auch im Bereich der Sexualstraftaten eingesetzt. Bereits zu diesem Zeitpunkt war sein Glauben an Gott und die Aufgabe der Katholischen Kirche, ihren Schäflein zu einem besseren Leben nach dem Tode zu verhelfen, stark in Frage gestellt. Diese Zweifel verstärkten sich massiv, als erste Berichte über den Missbrauch von Kindern durch

Geistliche oder andere Vertreter der Katholischen Kirche öffentlich wurden. Natürlich unterhalten sich die Ermittler über dieses Thema, als sie von Heidelberg die wenigen, aber oft staureichen Kilometer nach Neckargemünd fahren. „Und stell dir vor, dann traut sich dieser emeritierte Papst tatsächlich, eine Stellungnahme zu veröffentlichen, nachdem er die ganzen Jahre auch als Erzbischof nichts gewusst habe. Und als krönenden Abschluss dann im Januar 2022 einen Unterschied zwischen Sexualstraftätern, die kleine Mädchen anlangen und Priestern, die „lediglich" vor kleinen Kindern masturbieren, zu sehen. Das ist unfassbar, unchristlich und so weit weg von christlichen Einstellungen, dass einem nur die Spucke wegbleibt!" erregt sich Klaus Müller. „Nicht nur die Spucke, Klaus. Die Katholiken stimmen inzwischen mit den Füßen ab. Die Kirchen werden leerer und leerer, den Bischöfen und Pfarrern hört in Moralfragen niemand mehr zu. Eine Entwicklung, die vielleicht zu bedauern ist, aber an der die katholische Kirche alleine schuld hat.“ Dezent überholt Rike auf der teils zweispurigen B 37 noch drei vor ihr fahrende Autos, bevor sie das Ortsschild von Neckargemünd passiert. „Vorsicht Blitzer!“ ruft ihr Klaus Müller noch warnend zu, doch in diesem Moment ist ihre persönliche amtliche Fotosammlung um ein weiteres Dokument erweitert. „Das hättest du mir auch vorher sagen können“ schimpft Rike. Bevor ihr Chef und Kollege etwas dazu sagen kann, steigt sie voll in die Bremse, um ein weiteres Bild von einer überfahrenen roten Ampel zu vermeiden. „So ein Mist, hier gibt es auf 100 Metern mehr Fotofallen als auf meiner ganzen Insel.“

Nachdem die Ermittler ihr Auto in der städtischen Tiefgarage des Pflughofs abgestellt haben, bekommt Rike zunächst von dem gebürtigen Neckargemünder Klaus Müller eine kostenlose Stadtführung. Sie haben noch etwas Zeit, und so führt er sie zunächst in den Menzer-Park, in der die alte Villa des Julius Menzer, der ein bedeutender Weinhändler des 19. Jahrhunderts war, das beherrschende Gebäude ist. Müller erzählt, dass sich dieses eigentlich repräsentative Gebäude in städtischem Besitz befindet und seit vielen Jahren über die weitere Verwendung diskutiert wird. So wechselt die Verwendung zwischen Modelleisenbahnausstellung, Kunstausstellung und Trauzimmer, während die eigentliche Bausubstanz leider nicht besser wird. Am leider wie immer mit vielen Graffitis „verschönerten" Altstadt-Bahnhof geht es nun durch das Neckargemünd prägende Stadttor zu Fuß in die Hauptstraße. Als sie die Hausnummer 29 erreichen, suchen sie die nächste Eingangstüre und stehen im Pfarrbüro der Katholischen Pfarrgemeinde Sankt Nepomuk Neckargemünd. Hier erwartet sie ein nach Rikes Einschätzung sicher älterer und möglicherweise recht weltfremder Pfarrer zum Gespräch.

Eine nette Dame empfängt sie und sagt, dass Herr Pfarrer Streit gleich zur Verfügung stehe. Er müsse nur noch eine Aufnahme für den YouTube-Kanal „Seelsorgeeinheit Neckar-Elsenz" fertigmachen, schließlich stehe der Advent vor der Tür.

Als das Kripo-Team von der Mitarbeiterin des Pfarramtes im kleinen Besprechungszimmer alleine gelassen wird, meint Rike zu ihrem Kollegen „Vielleicht ist der Pfarrer doch nicht so altbacken, wie das normalerweise zu vermuten ist." Bevor Klaus Müller zu einer Antwort ansetzen kann, geht die Türe auf und ein etwa 35jähriger, etwas stämmiger Mann betritt den Raum. „Herzlich Willkommen". In freundlichem Ton ist eine sonore Stimme zu vernehmen. „Mein Name ist Tobias Streit, und ich bin der Pfarrer der hiesigen Pfarrgemeinde Neckargemünd. Was kann ich oder können wir für die Kripo tun?" kommt er gleich auf den Kern der Angelegenheit zu sprechen. „Nun, zunächst vielen Dank, Herr Pfarrer, dass Sie sich für uns Zeit nehmen" beginnt Müller. „Das ist doch selbstverständlich. Außerdem wäre es doch seltsam, wenn ich mich nicht für den Grund interessieren würde, wenn die Kripo bei uns anklopft" macht Pfarrer Streit seinen Standpunkt deutlich.

„Wie Sie sicher wissen, ist eines Ihrer Gemeindemitglieder, Frau

Antonia Adler, vor kurzem verstorben. Kannten Sie Frau Adler?" beginnt Rike mit der Befragung. „Ja, natürlich kannte ich sie. Ich bin zwar erst seit September 2021 hier in Neckargemünd, aber Frau Adler war eine der ersten Menschen, die ich kennenlernen durfte. Sie war bei meinem Einführungsgottesdienst auf der Bergfeste Dilsberg und übergab mir aus diesem Anlass ein kleines Begrüßungsgeschenk. Und wenige Wochen später war ich bei ihr in der Schützenhausstraße zu Gast, da sie mir etwas sagen wollte" berichtet der Geistliche. „Um was ging es da genau?" will Kriminalhauptkommissar Müller wissen. „Sie wissen, Herr Kommissar, dass hier das Beichtgeheimnis und die besondere Vertrauensstellung zwischen einem Priester und seinen Gemeindemitgliedern der Auskunftsmöglichkeit enge Grenzen setzt. Und Sie wissen sicher auch, dass dies auch gegenüber Ermittlungsbehörden gilt. Ich kann zwar ad hoc nicht die jeweiligen Paragraphen der Zivilprozessordnung und Artikel des Konkordats nennen, aber ich denke, dass das jetzt auch nicht notwendig ist. Und das Beichtgeheimnis betrifft ausdrücklich nicht nur Dinge, die ich im Beichtstuhl, sondern in jedem seelsorgerischen Gespräch von meinen Gemeindemitgliedern anvertraut bekomme.“ „Natürlich sind uns die besonderen Rechte und Pflichte ihres Standes bekannt“ bekennt Müller. „Sie sollten aber wissen, dass Frau Adler nach heutigen Erkenntnissen nicht an einem natürlichen Tod verstorben ist. Und dies sollte, da es Frau Adler keinesfalls mehr zum Nachteil gereicht, es Ihnen ermöglichen, zumindest Dinge zu berichten, die uns helfen können, den Mord aufzuklären.“ „Das ist ja fürchterlich!“ Der Pfarrer ist offensichtlich geschockt. „Und ich habe sie auch noch bestattet und nichts geahnt. Dies befreit mich zwar nicht von meiner Schweigepflicht, aber sie wäre sicher einverstanden, daß ich, ohne das Beichtgeheimnis zu verletzen, Ihnen zumindest etwas berichte.“ Er führt fort:

„Als ich bei Frau Adler in der Schützenhausstraße zu Gast war, habe ich mich danach öfters gefragt, was eigentlich der Zweck der Einladung war. Ich kam bei meinem Überlegungen zu dem Ergebnis, dass sie mich vermutlich erstmal kennenlernen wollte. Dies ist eigentlich nicht ungewöhnlich, da natürlich eine Beziehung zwischen Pfarrer und Gläubigem erst entsteht, wenn ein entsprechendes Vertrauen hergestellt ist. So war unser erstes Treffen ein nettes Kaffeetrinken mit, wie wir heute sagen, Smalltalk. Es kam bald die nächste Einladung, sie müssen aber wissen, dass ich als leitender Pfarrer für insgesamt 14 Pfarrgemeinden zuständig bin, und folglich solche Einladungen nicht in einem engen Rhythmus wiederholt annehmen kann. So haben wir uns dann wieder kurz vor Ostern 2022 getroffen. Bei dieser Gelegenheit überreichte sie mir einen sehr großzügigen Scheck, den wir verwenden sollten, wenn wieder einmal die Orgel oder die Kirche am Marktplatz einer Renovierung bedürfe.

Einen Scheck, wie ich ihn noch nie als Spende erhalten habe – es waren immerhin 100.000 €. Sie müssen wissen, das ist eine Dimension, bei der ich erstmal in Freiburg nachfragen musste, ob ich dies annehmen darf und wer eigentlich eine Spendenbescheinigung in dieser Höhe ausstellt." „Sie werden aber sicher jemanden gefunden haben" fragt Rike spitzbübisch nach und Pfarrer Streit fügt genauso spitzbübisch hinzu „Ja, und ich wurde gefragt, ob die Spende denn tatsächlich für Neckargemünd gewesen sei oder nicht doch für die gute Sache des Erzbistums. Ich war mir aber sicher, dass die Verwendung hier zu erfolgen hatte." Lächelnd erinnert er sich an das Telefonat mit dem Generalvikar der Erzdiözese, welches nur zum Teil zu dessen Zufriedenheit endete.

„Ein paar Monate später hat mich Frau Adler wiederum nach dem Sonntagsgottesdienst angesprochen" führt der Geistliche fort. „Sie bräuchte meinen Rat und ob es möglich wäre, dass wir uns nochmals vertraulich treffen könnten. An einem Sommerabend war ich dann bei ihr. Wir saßen auf der Terrasse und sie erzählte mir, dass sie nicht immer auf dem Pfad der Tugend wandeln würde. Ich hatte den Eindruck, sie hatte Gewissensbisse, war aber dann doch nicht bereit, sich ihre Sorgen oder Reuegedanken von der Seele zu reden. Ich kann ihnen insofern völlig problemlos über das Gespräch berichten, da es nicht den Charakter einer Beichte angenommen hat. Wir haben uns aber intensiv gedanklich über die Frage ausgetauscht, was moralisch richtig und falsch ist und nicht zuletzt, ob Gott falsches Verhalten verzeiht, wenn der reuige Gläubige versucht, sein falsches Tun zu beenden. Ich hatte beim Gehen den Eindruck, dass Frau Adler sehr ernsthaft ihr schuldhaftes Verhalten ändern wollte. Was es aber konkret war, davon hatte ich weiterhin keine Ahnung."

„Und das war ihr letzter Kontakt mit Frau Adler?" will Rike Klein wissen. „Aber nein. Ich sah sie am Abend bevor sie starb. Frau Sonnenschein, die im Martin-Luther-Haus ihren 80. Geburtstag feierte, ist ebenfalls Gemeindemitglied. Und sie können an meinem Körperumfang sehen, dass meine Berufung nicht nur seelsorgerische, sondern auch körperliche Anforderungen an mich stellt. So war ich, wie an vielen anderen Abenden auch, zu ihrer Geburtstagsfeier mit einem phantastischen Buffet vom Metzger Krauss eingeladen und habe dort auch Frau Adler gesprochen. Und dabei hat sie mir gesagt, dass sie vor Weihnachten zur Beichte will und sie gerade dabei ist, ihre Probleme zu lösen." „Und einige Stunden später war sie tot" bemerkt Klaus Müller trocken.

Als Rike Klein und Klaus Müller wenig später das Pfarrheim und den sehr sympathischen und weltoffenen Pfarrer Streit verlassen, nehmen sie viele Erkenntnisse mit. Neben den kriminalistisch wichtigen ist es für Klaus Müller die unerwartete Überlegung, sich vielleicht doch mal wieder in der Kirche und damit bei dem jungen Pfarrer auch als Katholik sehen zu lassen. Und für Rike Klein ist es die völlig unerwartete Erkenntnis, dass es tatsächlich katholische Pfarrer gibt, die der Moderne zugewandt sind und sich dennoch offensichtlich ihrer schwierigen Mission in einer stark säkularisierten Welt bewusst sind. Und während sie wieder Richtung

Heidelberg fahren, sagt Rike zu ihrem Vorgesetzten „und dann ist er auch noch sehr sympathisch. Da muss es schon eine besondere Berufung sein, wenn jemand wie Pfarrer Streit Priester wird und damit in diesem Alter auch die Auflagen des Zölibats auf sich nimmt."

34

Hoffenheim ist regional nicht nur für seine TSG, sondern auch für seine stationären und mobilen Tempokontrollen bekannt. Leider wurde Daniel Schubert nicht auf diese Besonderheit hingewiesen. So übersieht er in der geradezu endlosen Tempo 30 Zone einen grau gestrichenen Anhänger, als er mit Tempo 42 die Messstelle passiert. Verärgert über die Tatsache, dass er diesen Anhänger eines privaten und für die Stadt Sinsheim tätigen Dienstleisters übersehen hat, tritt er aufs Gas und wird etwa 250 Meter weiter von der dort installierten stationären Messstelle im Tempo 50 Bereich nochmals mit 62 km/h erwischt. „So ein Mist“ flucht Schubert vor sich hin. „Drei Strafzettel an einem Tag. Das kann auch nur mir passieren.“ Er ist immer noch innerlich auf 180, als er das Ortsschild von Zuzenhausen passiert. Und wenige Meter später ist durch die dortige stationäre Blitzersäule ein weitere Tempoverstoß dokumentiert. Diesmal sind es wieder über 40 km/h, die ihn endgültig aus der Fassung bringen. Als er vor dem

Rathaus in Meckesheim aussteigt, ist sein erster Gedanke, dass er heute Abend gleich wieder die ausschließliche Verwendung im Innendienst beantragt. „Wenn das immer so teuer wird, bin ich nach dem ersten Monat Außendienst wahrscheinliche den Führerschein los" denkt er sich, bevor er das Bürgerbüro in der Friedrichstraße 10 in Meckesheim betritt.

Bereits kurze Zeit später ist er schon wieder auf dem Weg zurück zu seinem Auto. Auch die Mitarbeiterinnen des Meckesheimer Rathauses waren sehr freundlich. In der Sache selbst konnte ihm aber niemand weiterhelfen. Weder der Kämmerer, noch der Hauptamtsleiter, die eigentlich bei allen öffentlichen Gremiensitzungen dabei sind, konnten sich an Frau Adler als Besucherin erinnern. Zur Sicherheit konnte Schubert auch noch mit dem Bürgermeister sprechen, der sich aber ebenfalls nicht an Frau Adler erinnern konnte. Nachdem auch die Protokollführerin der Sitzungen befragt wurde, ist sich Schubert sicher, dass Frau Adler persönlich nicht in Meckesheim bei Sitzungen anwesend war.

Sein letztes Fahrziel für heute ist die Gemeinde Lobbach. Aber der im Schwarzwald aufgewachsene und ansonsten überwiegend in den städtischen Bezirken von Mannheim und Heidelberg orientierte Schubert hat überraschend ein Problem. Auf seiner Karte des Rhein-Neckar-Kreises, sein betagter Opel verfügt noch nicht über so moderne Dinge wie ein Navigationsgerät, findet er auch nach wiederholter Suche keinen Ort namens Lobbach. Auch auf die Gefahr hin, sich zu blamieren, fragt er eine Passantin, ob sie ihm den Weg nach Lobbach sagen könnte. Sie blickt ihn an und fragt im für die Gegend typischen Dialekt „Möchte Sie nach Lowefeld oder Wimmerschbach?" „Nein, nach Lobbach und zwar dort direkt ins Rathaus. Dort gibt es einen Bürgermeister Knecht, der auf mich wartet." „Ach de Edgar, warum sage Sie dann des net glei? Ja dem soin neie Bau steht in Wimmerschbach. Do fahre si em Kreisel die Luisenstroß naus und donn immer gradaus. Donn kumme Si durch Münschzell und

Loffeld. Snägschte Dorf isch donn Wimmerschbach und mitten drin steht dem Egdar soi neies Rothaus. Des kenne Si nett üwersehe" beendet die Passantin die umfangreiche Wegbeschreibung. „Vielen Dank. Also jetzt zum Kreisel und dann in die Luisenstraße und immer geradeaus" fasst Schubert das zusammen, was er nach seiner Einschätzung richtig verstanden hat. "Ja, unn donn immer gradaus. Si wäre`s schun finne." Damit strebt die Dame der Volksbank zu, die immerhin in Meckesheim ihre Filiale mit Geldautomat und Auszugsdrucker erhalten hat.

Schubert passiert nun den Kreisel in der Ortsmitte von Meckesheim und ist geradezu erleichtert, als er auf der großen Hinweistafel „Lobbach" mit der Entfernungsangabe 6 km geschrieben sieht. Akkurat beachtet er jetzt die 30 km-Zonen, die ihn sowohl in der Meckesheimer Luisenstraße als auch der Ortsdurchfahrt von Mönchzell in seinem Bewegungsdrang bremsen. Kaum in Lobenfeld angekommen, laut Ortsschild ein Ortsteil von Lobbach, fragt er wiederum einen Passanten, wie er denn jetzt nach Lobbach komme.

Dieser schüttelt nur den Kopf und lässt Schubert bei geöffnetem Fenster stehen. Mangels Alternative fährt er weiter und steht kurz darauf in der Hauptstraße 38 in Waldwimmersbach vor einem offensichtlich gerade fertig gebauten Rathaus. Ein Mitarbeiter des Rechnungsamtes erbarmt sich des unorientierten Ermittlers und begleitet ihn bis zum Büro des amtierenden Bürgermeisters Edgar Knecht.

Edgar Knecht, vor seiner Wahl 2017 zum Bürgermeister jahrelanger Hauptamtsleiter und Feuerwehrkommandant seiner Gemeinde, kann für sich in Anspruch nehmen, praktisch jedermann von den rund zweitausendvierhundert Einwohnern in seiner Gemeinde persönlich zu kennen. Daniel Schubert, der das Ortsoberhaupt gleich sympathisch findet, zeigt ihm das Foto von Frau Adler, und Edgar Knecht erklärt auf Anhieb, dass diese Dame ihm noch nicht begegnet sei. „Wissen Sie" führt er aus, „in Gemeinden unserer Größenordnung kommt es ganz selten vor, dass mehr als eine Handvoll Bürger die Gemeinderatssitzungen besuchen. Und die kenne ich grundsätzlich alle persönlich. Wenn da ein fremdes Gesicht auftaucht, lerne ich die Dame oder den Herrn spätestens nach der Sitzung kennen. Ich stelle mich denen grundsätzlich vor. Und daher weiß ich genau, dass ich diese Dame nicht kenne" so der Rathauschef.

„Dann hat sich meine Fragestellung schon erledigt und ich möchte Sie nicht länger aufhalten." Daniel Schubert leert den letzten Schluck aus der Kaffeetasse, die Edgar Knecht persönlich gebracht hat. „Aber eine Frage hätte ich in einem ganz anderen Zusammenhang doch noch." Der Bürgermeister schaut ihn interessiert an. „Wieso heißt Ihre Gemeinde eigentlich Lobbach, wenn es einen solchen Ortsteil doch überhaupt nicht gibt?" Der Bürgermeister lächelt versonnen. „Das fragen sich so viele Menschen, wenn Sie erstmals bei uns zu Gast sind" berichtet er. „Nun, die meisten vermuten, dass es eine Vermengung der früheren Ortsnamen Lobenfeld und Waldwimmersbach ist. Also „Lob" von Lobenfeld und das „bach" von Waldwimmersbach. Das ist aber nicht richtig. Der Zusammenschluss zwischen beiden Gemeinden 1974 war keine Liebesheirat. Es war für viele unserer damaligen Mitbürger das kleinere Übel. Das größere Übel wäre die Eingemeindung nach Neckargemünd beziehungsweise Meckesheim gewesen. Das wollte man hier auf gar keinen Fall, und so gab es die Notlösung Lobenfeld und Waldwimmersbach zu fusionieren. Aber wie sollte man heißen und wie sollte das Wappen aussehen? Für die letzte Frage haben wir dann 22 Jahre ab dem Zusammenschluss gebraucht und das Ergebnis war, beide bisherigen Wappen in einem neuen Gemeindewappen gemeinsam abzubilden. Und der Name? Weder für Lobenfeld noch für Waldwimmersbach fand sich eine Akzeptanz. Und so kam man im Gemeinderat auf die Idee, dass unsere Gemeinde doch Lobbach heißen könnte. Schließlich verbindet der Lobbach beide Ortsteile miteinander. So wurde dies dann beschlossen, mit dem gravierenden Nachteil, dass fremde Besucher häufig Lobbach auf der Landkarte suchen, aber nicht fündig werden. An dieses Problem, das vor der Erfindung des GPS und der Navigationssysteme gravierender war, hat man damals aus kommunalpolitischer Sicht nicht gedacht" endet die Ausführung des Bürgermeisters.

„Man, respektive ich, lerne doch jeden Tag dazu" sagt Schubert und führt fort „dann mal herzlichen Dank für die Unterweisung in kurpfälzischer Heimatkunde." Mit diesen Worten ist er auch schon auf dem Weg aus dem Rathaus zu seinem alten Opel, der ihn dann, den Wegweiser folgend, nach Heidelberg führt. „Wenigstens Heidelberg ist hier überall angeschrieben" denkt Schubert noch, bevor er seine erste und durchaus erlebnisreiche Dienstreise in der Tiefgarage des Kriminaldezernats beendet.

35

„Was, fünfzig Prozent?" ereifert sich Caro Richter am Telefon gegenüber ihrem Komplizen. „Warst du besoffen, als du mit ihr das verhandelt hast?" -Pause- "Nie glaube ich dir das. Das hat sie nicht verlangt, das waren deine Hormone, die mit dir durchgegangen sind." -Pause- "Die alte Adler war schon raffgierig. Aber selbst die war mit vierzig Prozent zufrieden. Mach, dass du das korrigiert kriegst." Grußlos wirft sie den Hörer auf die Gabel und schreit so laut, dass ihre Mitarbeiterin im Vorzimmer zusammenzuckt „Männer!"

Nach diesem unerfreulichen Telefonat mit Michael Herrmann gibt sie ihrer Assistentin bescheid, dass sie zwei Stunden ungestört sein will. Diese ist geradezu erleichtert, kennt sie doch die Launen ihrer Chefin, der in solchen Phasen am besten großräumig aus dem Wege zu gehen ist.
Als weitere Störungen ausgeschlossen sind, nimmt Caro Richter ein Großkuvert zur Hand, welches sie gestern Abend in ihrem Briefkasten vorgefunden hat, und das sie jetzt vorsichtig auspackt. Hervor kommen in einem großen Maßstab ausgedruckte und mehrfach gefaltete Gemarkungspläne der Gemeinden Mauer, Meckesheim, Eschelbronn und Lobbach, auf denen rot, blau und grün schraffierte Flächen eingezeichnet sind. Eine

Agenda unten rechts verdeutlicht die Bedeutung:

Rot = Siedlungs-/Wohngebiete
Blau = Gewerbegebiete
Grün = Natur-Ausgleichsflächen

Als sich Caro Richter einen Überblick über die Dimension und Art der Flächen verschafft hat, lächelt sie zufrieden und murmelt leise „Na, das hat sich wieder gelohnt" vor sich hin. Nachdem sie ihren eigenen Laptop aus ihrer Aktentasche geholt hat, startet sie diesen und notiert anschließend die jeweiligen Flurstücke in einer zusätzlich mit Passwort abgesicherten Datei. Anschließend packt sie diesen wieder ein, faltet die Lagepläne wieder sorgfältig zusammen und stecktsie in ein bereitliegendes Kuvert, auf dem der Name von Nadine Scheerer vermerkt ist.

Auch dieses Kuvert legt sie in ihre Aktentasche. Diese wird dann die nächsten Tage in ihrem kleinen Tresor in ihrer Wohnung liegen. Aus ihrer Sicht solange, bis dieser Idiot von Michael Herrmann den Anteil der Unternehmerstochter wieder deutlich unter 50 Prozent gedrückt hat. „Das wär ja noch schöner. Neu im Geschäft und sahnt gleich mehr ab als alle anderen zusammen.“ Mit diesem Gedanken beendet Caro Richter ihre sehr private Tätigkeit und signalisiert ihren Mitarbeiterinnen, dass sie ab sofort wieder gestört werden darf.

36

„Und stell dir vor, da bin ich das erste Mal überhaupt im Außendienst und sammle von jedem Blitzer in dieser Gegend ein Erinnerungsfoto ein.“ Daniel Schubert kann wenigstens inzwischen über seine Odyssee wieder mit Humor berichten. Und auch Alex Reinhardt kann herzlich über diese Erfahrungen lachen. Ist ihm doch noch gut in Erinnerung, dass er beim Überqueren der Mannheimer Jungbuschbrücke vor kurzem auch erwischt wurde, und sein neben ihm sitzender Freund Daniel sich darüber lustig machte, schließlich sei ihm so etwas praktisch noch nie passiert.

Später berichtet Daniel seinem Freund und dem Kater Kamikaze, der sich zwischen beiden auf der Couch platziert hat, dass er nicht verstehe, wie Frau Adler an so gewinnbringende Informationen gekommen ist, ohne sich persönlich selbst vor Ort kund zu tun. „Das ist doch ganz einfach" erklärt ihm Alex. „Da geht es um viel Geld und wo viel Geld ist, da ist Korruption und das Verbrechen nicht weit." „Wie meinst du das?" fragt Schubert nach. „Na, denk doch mal nach. Wenn du aus einer wertlosen Wiese sehr wertvollen Baugrund entwickelst, dann geht es schnell um Millionen. Und was passiert, wenn Millionen zu scheffeln sind? Da gibt es ehrliche Menschen, die meinen, dass Baugrund billig sein muss und möglicher Gewinn, wenn überhaupt, in die Gemeindekasse gehört. Und dann gibt es andere Menschen, die sich sofort überlegen, wie sie von den Millionen möglichst viel in ihre eigene Taschen schaufeln können. Ist doch logisch, wo Geld ist, ist auch Gier, und falscher Ehrgeiz nicht weit. Oder glaubst du immer noch ausschließlich an das Gute im Menschen?" erkundigt sich Alex bei seinem Lebenspartner.

„Grundsätzlich immer, aber eben nur grundsätzlich. Ausnahmen gibt es immer" antwortet Schubert. „Aber lass uns jetzt das Thema wechseln. Morgen ist auch noch ein Tag, und ich muss mir nicht den Abend mit Gedanken über illegale Dinge versauen. Kamikaze ist ja wie immer schon abgefüttert, aber ich habe auch Hunger. Haben wir was im Kühlschrank?" Statt zu antworten, öffnet Alex eine der bekannten Apps der Essens-Lieferdienste. Und wenige Minuten klingelt ein Pizzabote an ihrer Wohnungstüre. Nicht nur sie, sondern auch der Kater Kamikaze nehmen den leckeren Duft wahr, der dem Boten vorangeht. Und so sind alle drei überzeugt, dass ein leckeres Essen auf sie wartet und der Abend einen weiteren angenehmen Verlauf nehmen wird.

Weniger angenehm ist heute die Stimmung im Heidelberger Philosophenweg zwischen Rike und Michael. Zwar sind sie immer noch in der Phase der Verliebtheit und damit eines Abschnitts, in dem Streitereien oft mit einer liebevollen Versöhnung enden, aber danach sieht es jetzt nicht aus. „Das kannst du nicht tun.

Das ist viel zu gefährlich!" fährt Michael Rike in einem sehr ungewohnten Ton an. „Natürlich kann ich das tun. Ich bin erwachsen und kann auch ohne einen englischen Besserwisser entscheiden, was ich mache." „Aber unbedingt Motorradfahren, muss das sein?" „Hast du nicht selbst erzählt, wie gern du auf der Insel gefahren bist, und wie sehr dir das fehlt?" erinnert ihn Rike. „Und jetzt will ich das auch ausprobieren und das einzige, was dem Herrn einfällt, ist, an der Entscheidung rumzumeckern." „Ich meckere nicht. Ich mache mir Sorgen. Du bist schließlich eine Frau." „Und damit wohl unfähig, auch etwas Spaß zu haben? Ach, weißt Du was? Das ist mir jetzt zu blöde." Und wenige Sekunden später stürmt Rike aus der Wohnung ihres Freundes, um mehr oder weniger direkt das wenige Meter entfernte „Aix-en-Provence" anzusteuern.

Während Rike dem dritten Frustbier entgegentrinkt und Erik ihr Leid klagt, macht sich im englischen Paignton bei einem emeritierten Professor für Geschichte ein Telefon bemerkbar. „Wer ist denn das?" denkt Steve McNamara noch. Als er jedoch die Nummer auf dem Display erkennt, meldet er sich mit „Hallo, wie geht`s den beiden Turteltäubchen heute?" und am schluchzenden Ton erkennt er sofort, dass das möglicherweise heute die völlig falsche Frage war. Als er einige Minuten später das Gespräch beendet, erkundigt sich seine Frau Ellen, was denn los sei. Er habe doch nach seiner gestrigen Rückkehr aus Deutschland berichtet, dass Michael sehr glücklich sei und mit Rike offensichtlich einen Volltreffer im Glück gelandet habe. Steve, den normalerweise wenig schocken kann, schaut seine Frau ernst an und sagt „Ja, da wusste ich noch nicht, dass Rike anfangen will, Motorrad zu fahren. Und Michael hatte ihr wohl berichtet, dass er früher in England sehr gerne gefahren ist. Er hat allerdings vergessen zu erwähnen, dass seine letzte Freundin Anne bei einem Motorradunfall ums Leben gekommen ist. Und jetzt ist er total von der Rolle, weil er sich unendlich Sorgen macht, dass dies nochmals passieren könnte. Und bevor er irgendwie diesem Gedanken Ausdruck

verleihen konnte, war Rike wohl schon beleidigt auf und davon" berichtet Steve. „Und was hast du ihm geraten?" kommt die umgehende Frage. „Na, was wohl. Er soll sich auf die Socken machen und Rike über den damaligen Unfall berichten. Wäre doch völlig idiotisch, wenn sie sich deshalb verkrachen würden. Und er soll sich nicht trauen, anzurufen, bevor das Problem aus der Welt geschafft ist."
„Das hast du gut gemacht, Steve. Und sofort danach gibst du auch mir bescheid. Schließlich habe auch ich Michael sehr gerne und es wäre schade, wenn er sein junges Glück wieder verlieren würde."

37

Klaus Müller hat sich heute dabei erwischt, wie er wie selbstverständlich drei Gedecke zum Frühstück richtet. Seine Frau ist weiterhin in Bad Orb, aber Lena hat ihm auf der Rückfahrt berichtet, dass ihr Freund Jan in Heiligkreuzsteinach lebe und er es so schwer habe, ohne Auto pünktlich in seiner Schule in Neckargemünd zu sein. Folglich könne er doch auch unter der Woche bei ihr sein. Sie sei schließlich siebzehn und kein Kind mehr. Außerdem wisse sie, wie zu verhüten sei, sodass sie, gemeint waren Klaus und Anne, sich keine Sorgen machen müssten. Da Klaus aufgrund dieser Mitteilungen einige Minuten sprachlos war, nahm Lena dies als Zustimmung auf und so ist ihr Haushalt klammheimlich um eine weitere Person erweitert worden.

Offensichtlich fällt bei beiden heute die erste Unterrichtsstunde aus. Das jedenfalls vermutet der Familienvater, da er, als er gegen 7.30 Uhr das Haus verlässt, von Lena und Jan noch nichts gesehen hat. „Dann seht ihr wenigstens, dass ich an euch gedacht habe" ist scin letzter Gedanke, bevor er leise die Haustüre hinter sich zuzieht.

Bereits auf Höhe der Orthopädischen Klinik beginnt auf der B37 der heutige Stau der zahlreichen Pendler. Seit die Corona-Maßnahmen reduziert wurden und damit auch die Zahl der Menschen mit Homeoffice wieder deutlich zurückgegangen ist, zeigt sich hier das typische

Verkehrsproblem Heidelbergs. Bedingt durch die Topographie des engen Neckartals, welches sich durch die Berge des kleinen und großen Odenwalds den Weg bahnen muss, gibt es nicht sehr viele Einfallstraßen für die im Osten und Südosten wohnenden Pendler. Die allermeisten hiervon nutzen ab Neckargemünd die zwei Straßen, die direkt entlang des Neckars in die innerstädtischen Teile von Heidelberg führen. Leider passieren diese auf dem Weg in die Innenstadt die vorgelagerten Stadtteile Schlierbach beziehungsweise Ziegelhausen. Die Folge ist, dass jeden Morgen und jeden späteren Nachmittag tausende von PKW die Straßen über ihre Leistungsfähigkeit hinaus strapazieren. Und so ist auch heute Klaus Müller mehr als vierzig Minuten unterwegs, bis er sein Dezernat in Heidelbergs Stadtzentrum erreicht hat. Als er zufällig in der Tiefgarage auf Kriminalrat Bauer trifft, ist auch dieser bereits genervt. Der Kriminalrat, waschechter Pfälzer, der vor kurzem seiner Frau zuliebe seinen Wohnsitz von Ludwigshafen in das rund 90 km entfernte „Dornröschendorf" Dörrenbach bei Bad Bergzabern verlegte, sieht richtig geschafft aus.

„So ein Mist", beginnt er seinem Kollegen zu berichten. „Zuerst Stress auf der B 10, dann Baustelle und Stau vor der Rheinbrücke in Speyer und zu guter Letzt noch der ewig lange Stau auf der Speyerer Straße stadteinwärts. Wenn nicht bald die Rheinbrücken in Mannheim wieder frei sind, kriege ich noch die Krise und geh zurück in die Pfalz." „Na, soweit kommt`s noch, Chef" richtet KHK Müller ihn auf. „Wir brauchen Sie hier, wer sollte sonst für Recht und Ordnung auf den Kurpfälzer Straßen sorgen? Alleine und ohne Sie wären wir doch völlig hilflos." Bauer schaut seinen Kollegen ernst in dessen Gesicht. „Da haben Sie natürlich auch wieder recht." Und mit Stolz im Unterton: „Wenn selbst meine Untergebenen mich so einschätzen, kann ich sie nicht im Stich lassen." Bevor er den Aufzug verlässt, sagt Bauer zu seinem Mitarbeiter „Übrigens: ich brauche bis 11 Uhr einen Zwischenbericht, wo Sie und

Ihre Truppe in den Ermittlungen stehen. Schließlich macht das Verbrechen auch keine Pausen." Während sich die Aufzugstür schließt, fragt sich der Kriminalhauptkommissar sehr ernsthaft, warum er vor wenigen Augenblicken seinem Vorgesetzten nicht zur Idee eines Wechsels in die Südpfalz zugeraten hat.

Im Büro angekommen, ist von Rike Klein und Daniel Schubert noch nichts zu sehen. Auf seinem Schreibtisch findet er einen Zettel vor, nachdem er Herrn Prof. Apfel vom Giftinformationszentrum Baden-Württemberg, welches beim Universitätsklinikum Freiburg angesiedelt ist, zurückrufen kann. Er wurde ihm vom Gerichtsmediziner Dr. Terhoven als der Fachmann empfohlen, wenn es um Vergiftungen geht. Zwei Minuten später, nachdem der erste Kaffee des Tages die betagte Maschine des Dezernats verlassen hat, sind sowohl KHK Müller als auch Prof. Apfel gesprächsbereit. „Schön, Herr Professor Apfel, dass ich Sie erreiche" beginnt Klaus Müller das Gespräch. „Sie wurden mir von ihrem Kollegen Dr. Terhoven von der

Gerichtsmedizin als kompetenter Ansprechpartner bei Vergiftungen mit dem Wirkstoff Brodifacum empfohlen." „Ja, da hat der Kollege sicherlich recht. Bevor ich mich um die Folge von Vergiftungen beruflich kümmerte, habe ich einige Jahre an der Entwicklung von Mitteln gegen Nager mitgearbeitet. Aber in der Regel ist das Wissen heute nur noch wenig gefragt. Was haben Sie denn für ein Problem?" erkundigt sich der Wissenschaftler. „Nun, wir haben hier eine 77jährige Tote, die an den Folgen der Einnahme von Brodifacoum verstorben ist. Unser Gerichtsmedizinisches Institut ist der Auffassung, dass dies mit einem handelsüblichen Gift nahezu ausgeschlossen ist." „Da hat Ihr Institut recht" klingt es aus Freiburg. „Die heutigen Rodentizide sind eigentlich für Menschen kaum gefährlich. Zwar ist der Wirkstoff auch bei Menschen in sehr hoher Dosis möglicherweise tödlich, aber die Mittel sind geschmacklich so geprägt, dass jeder, der auch nur eine minimalste Menge hiervon einnehmen würde, dies als völlig ungenießbar und ekelerregend empfinden würde.

Selbst ein Suizid halte ich daher für kaum möglich, da mit hoher Wahrscheinlichkeit sehr schnell ein Brechreiz einsetzen würde." „Aber der Wirkstoff ist unbestritten die Todesursache. Können Sie sich eine andere Einnahme, zum Beispiel über reinen Kontakt mit dem Gift, als Todesursache vorstellen?" will Hartmut Müller wissen. „Nein, das ist völlig unmöglich. Über reinen Kontakt ist die Aufnahme per Atmung oder Hautkontakt in letaler Dosis vollkommen ausgeschlossen. Selbst wenn Ihre Dame in der Badewanne damit gebadet hätte, wäre ihr ohne Schlucken höchstens übel. Sie wäre aber nicht daran gestorben.

Es gibt aber noch eine andere Möglichkeit." Interessiert horcht Klaus Müller auf. „Bis in die achtziger Jahre war die geschmackliche Einfärbung nicht üblich. Da gab es durchaus Rattengift, welches praktisch geschmacksneutral war. Zu dieser Zeit gab es auch noch Vergiftungsfälle an Menschen, gelegentlich auch mit Todesfolge. Und ich bin mir sicher, dass wir damals nicht alle unnatürlichen Tode infolge der

Vergiftung mit Rattengift entdeckt haben. Sie müssen wissen, Herr Müller, dass die Menschen wie die Nager bei diesem Gift an inneren Blutungen schmerzfrei versterben. Wenn bei der Leichenschau nicht genau hingeschaut wird, sieht das wie ein natürlicher Tod aus. Gerade natürlich bei älteren Menschen.“ „Und wird dieses Gift nicht durch die lange Lagerzeit unschädlich?“ fragt der Kriminalhauptkommissar nach. „Nun, nicht unbedingt. Wenn das Gift kühl, trocken und vielleicht auch noch ohne Lichteinfluss aufbewahrt wird, ist es theoretisch ewig haltbar. Insofern besteht durchaus die Möglichkeit, dass aus dieser Zeit noch irgendwo etwas rumgelegen haben kann.“ „Und andere Möglichkeiten gibt es nicht?“ erkundigt sich Klaus Müller nochmals. „Ich sehe eigentlich keine“ so die Antwort von Professor Apfel. „Selbst in China und Osteuropa ist das Gift aus genannten Gründen inzwischen geschmacklich eingefärbt. Dort zum Schutz der Menschen, bei uns sogar mit Geschmackstoffen, die auch Hunde und Katzen davor abhalten, das Zeug zu fressen“ beendet der Fachmann seine Ausführungen. „Gut, dann fasse

ich nochmals unser Gespräch für meine weitere Suche zusammen." Müller überschaut nochmals seine Notizen. „Wir suchen nach einem Täter, der mindestens 30 Jahre altes Rattengift selbst an einem kühlen und trockenen Ort aufbewahrt hat, oder Zugriff auf Gift hat, welches genau diese Voraussetzungen erfüllt."
„Ja, und wenn ich ergänzen darf: suchen Sie als Schwerpunkt im Bereich der Landwirtschaft oder Unternehmen. Die normalen Haushalte haben um diese Zeit normalerweise mit den üblichen Schlagfallen ihre Probleme zu lösen versucht. Die Rodentizide waren in diesen Jahren noch eine vergleichsweise teure Lösung. Die war nur für Landwirte oder Firmen mit Nagerproblemen wirtschaftlich." Nach diesem letzten Hinweis des Professors aus Freiburg bedankt sich der Kriminalhauptkommissar für das sehr informative Telefonat. „Das muss ich Rike und Daniel sagen." Mit diesem Gedanken im Kopf stürmt ihr Chef in das Nachbarbüro, wo die genannten gerade die Frage diskutieren, warum sich der Dienstherr nicht finanziell an den Kosten für im Dienst erhaltene Strafzettel beteiligt.

„Ihr habt Probleme" ist Müllers einziger Kommentar, als er den Grund für die Diskussion seiner Mitarbeiter erfährt. „Wir machen jetzt eine Teambesprechung, dann sind wir wieder alle auf dem gleichen Sachstand. Später um elf muss ich hoch zu Bauer und Knopf zum Rapport. Da ist es mir recht, wenn ich etwas mehr berichten kann, als das wenige, was ich bisher von euch erfahren habe."

„Und so ist völlig offensichtlich, dass unsere Tote niemals, geschweige denn regelmäßig, an irgendwelchen Sitzungen teilgenommen hat. Folglich konnte sie daraus auch nicht erfahren haben, wie und wo sich der Kauf von Land spekulativ lohnen könnte" endet Daniel Schuberts Bericht über seine Odyssee durch den Kraichgau und Vorderen Odenwald. Rike Klein und ihr Vorgesetzter Müller nicken zustimmend mit dem Kopf. Sie teilen die Einschätzung ihres Kollegen und sind bei der anschließenden Diskussion unschlüssig, ob diese Information von wesentlicher Bedeutung für die weiteren Ermittlungen sein kann. „Wir dürfen den Aspekt keinesfalls aus den

Augen verlieren" gibt Müller dann die Zielrichtung vor. „Schließlich war mit den Transaktionen sehr viel Geld verbunden, und Geld ist immer ein mögliches Motiv."

„Apropos Geld, als du vorhin telefoniert hast, hat sich gleichzeitig der Notar Dr. Sieber aus Waibstadt gemeldet. Er war bei der Privatbank, bei der du, Klaus, auch schon vorstellig warst. Dr. Sieber wollte das Vermögensverzeichnis der Verstorbenen vervollständigen und hat in diesem Zusammenhang Einblick in ihr Bankschließfach und das aktuelle Depot genommen. Danach war er wohl noch eine Weile beschäftigt, um zu prüfen, welche Grundstücke Frau Adler zum Zeitpunkt ihres Todes noch gehört haben. Es gibt da inzwischen in Baden-Württemberg die Möglichkeit, diese Prüfung elektronisch vorzunehmen. Und das Ergebnis seiner Recherche ist, dass er den Wert ihrer Geldeinlagen und Edelmetalle auf beinahe zwei Millionen Euro taxiert. Hinzu kommen noch, haltet euch fest, Grundstücke in insgesamt neun Städten und Gemeinden mit zusammen mehreren Hektar Größe. Und bei genauem Hinsehen sind auch diese sehr viel

Geld wert, da sie entweder in absehbarer Zukunft oder bereits in die Umlegung als Baugebiet für Wohnungen oder Gewerbe einbezogen sind. Die alte Dame war also mehrfache Millionärin und gleichzeitig Großgrundbesitzerin in unserer Region" fasst Rike das Telefon mit Dr. Sieber zusammen.
„Da werden sich aber die Erben freuen" kommentiert Daniel Schubert die Erbschaft. „Ja, und die vermeintlichen Erben, die leer ausgehen, senkrecht die Wände hochgehen" ergänzt Rike Klein. „Genau, und deshalb werden wir denen morgen früh einen Besuch abstatten." Klaus Müller schaut seine Mitarbeiter fragend an. „Wissen die eigentlich inzwischen, dass sie nichts erben?" „Vermutlich, der Notar sagte mir, dass zwei Briefe an die Kinder ihrer verstorbenen Schwester im Schließfach waren, die im Falle ihres Todes an diese zu versenden sind." berichtet Rike weiter. „Na, dann wird ja möglicherweise eine Bombenstimmung bei unserem Besuch herrschen. Und das kann uns ja eigentlich nur recht sein." Damit leitet Klaus Müller zu seinem Bericht über das vor einer

Stunde geführte Gespräch mit Prof. Apfel über. Das Ganze nicht ohne den Hinweis, dass der Neffe der Ermordeten aus der Landwirtschaft kommt und somit möglicherweise er, oder auch seine Schwester, an altes, geschmacksneutrales Rattengift herankommen könnte.

„Wenn ich dann in ein paar Minuten in die Höhle des Löwen gehe, habe ich die Bitte, dass ihr die Dokumentation unserer bisherigen Ermittlungsergebnisse und Protokolle vervollständigt. Wir dürfen bei diesen komplexen Ermittlungen keine Fehler machen. Nicht, dass wir zum Schluss einen oder mehrere Täter ermitteln, diese aber aus formalen Gründen freigesprochen werden. Morgen machen wir dann eine Landpartie nach Weiler und Bammental. Bin gespannt, wie die vermeintlichen Erben auf uns reagieren. Und, Schubert, bis zu unserem Trip morgen früh sollten wir über die wirtschaftlichen Verhältnisse von Dirk Schneider und seiner Schwester informiert sein."

38

„Sie möchte nicht gestört werden“ ruft die hübsche Assistent des Risikomanagements Michael Herrmann hinterher. Aber in diesem Moment ist er schon im Büro von Carolyn Richter verschwunden. „Sechzig zu vierzig“ ist die kurze Botschaft, die er mit einem Grinsen Caro Richter überbringt. „Das geht ja gerade noch“ ist ihr Kommentar, bevor sie die nächsten Entspannungsübungen auf ihrer Gymnastikmatte in Angriff nimmt. „Dann mach, dass du wieder aus meinem Büro kommst. Niemand soll dich hier als regelmäßigen Besucher sehen. Ich rufe jetzt Sandra an, und du lässt spätestens morgen deinen Goldfisch von der Leine. Ist das klar?“ „Jaja, schon klar.“ Damit verlässt Michael Herrmann das Büro bei weitem weniger gut gelaunt, als er es eine Minute vorher betreten hatte. „Sie hätten mir ruhig sagen können, dass sie mies drauf ist“ herrscht er die unschuldige Mitarbeiterin an, die kurz zuvor versucht hat, ihn vom Betreten des Büros ihrer Chefin abzuhalten.

Für spezielle Transaktionen und Kontakte nutzt Carolyn Richter immer ein Prepaid-Handy, das nicht zu ihr zurückverfolgt werden kann. Über dieses wählt sie jetzt die Nummer einer guten Freundin, die wie sie auch die Atmosphäre in den umliegenden Spielbanken Bad Dürkheim, Saarbrücken und Baden-Baden zu schätzen weiß. Als die gute Freundin, die nebenbei in einem führenden Büro für Städteplanung in einer Vertrauensstellung arbeitet, abnimmt, bedankt sich Caro für die eingegangene Post und sie verabreden sich für einen netten Mädelsabend am nächsten Samstag in Bad Dürkheim. Beide wissen, dass dies sicherlich ein kostspieliger Abend werden wird. Sie wissen aber auch, dass die Finanzierung dieses Abends aufgrund der besonderen Kenntnisse der Freundin sichergestellt ist.

Auch Michael Herrmann greift in diesen Minuten zum Telefon. Er kann seine neue Mandantin und noch neuere Geliebte Nadine Scheerer nicht erreichen. So hinterlässt er ihr auf der Mailbox eine längere Nachricht, die neben den unvermeidlichen Liebesschwüren auch den dringenden Wunsch beinhaltet, dass sie sich heute Abend unbedingt sehen müssen.

39

„Wir haben in Neckargemünd anscheinend nur reiche Witwen, die bis zum Tod keiner kennt" berichtet Klaus Müller seiner Frau, die ihre Reha in dem kleinen hessischen Kurstädtchen zunehmend genießt, am Telefon. „Solange ich nicht dazu gehöre, ist ja nichts dagegen einzuwenden" ist ihr lapidarer Kommentar. „Gibt`s sonst was Neues zuhause?". Und nach dieser einfachen Frage, die Anne Müller eher aus Routine gestellt hat, berichtet ihr Mann mit einem durchaus gemischten Gefühl über die Tatsache, dass ihre Tochter langsam erwachsen wird und im Zusammenhang damit ihr Haushalt irgendwie Zuwachs in Form von Jan bekommen hat. „So, dann hast du ihn jetzt auch endlich kennen gelernt." Klaus Müller schaut sein Handy an, als habe er eben nicht richtig gehört. „Wie?" „Naja, Jan und Lena sind ja schon eine ganze Weile zusammen. Der Einzige, der das nicht gemerkt hat, bist natürlich Du." Anne berichtet weiter: „Eigentlich wollte dir Lena das schon lange sagen, aber du hast ja immer nur deine Fälle im Kopf." Während er weiter zuhört, hat der Familienvater das Gefühl, dass gerade eine ganze Panzerkolonne über ihn hinwegfährt. „Sie hat sich bei mir mal ausgeweint und gemeint, dass du dich überhaupt nicht für sie interessierst. Ich habe ihr dann versucht klarzumachen, dass dem nicht so ist, aber du einen sehr kräftezehrenden Job hast. Glücklich war sie aber damit nicht. Und so haben wir vereinbart, dass wir Jan so lange für uns behalten, bis du irgendwann mal Zeit hast. Und so gesehen, hat sich die gemeinsame Autofahrt nach Bad Orb schon mal gelohnt." Es ist jetzt lange still in der Leitung. Nach etlichen Sekunden meint Klaus: „Ich glaube, als Vater muss ich noch an Qualität zulegen. Glaubst du, das wird mir gelingen?" „Du bist ja schon auf dem Weg, Klaus. Versuch doch, etwas mehr den Ausgleich zwischen Familie und Beruf zu finden. Schließlich wird es nicht mehr lange dauern, und dann wird Lena

nur noch zu Besuch bei uns vorbeikommen."
Wenig später ist das Telefonat beendet. Zurück bleiben eine kurende Ehefrau, die sich auf die morgige Frühgymnastik sowie die anschließende Runde im Thermalbecken freut, und ein ernüchterter Ehemann. Dieser wird sich die nächsten Stunden den Kopf darüber zermartern, wie es geschehen konnte, dass er wohl vieles in seiner Familie überhaupt nicht mitbekommen hat.

„Und ich hab das überhaupt nicht mitbekommen." Michael Bannings schüttelt ungläubig den Kopf. „Ja, Michael. Der Auslöser, um über den Motorradführerschein nachzudenken, warst letztlich du selbst." Erik, der Barkeeper des „Aix-en-Provence", schaut ihn nachdenklich an. „Und deshalb war sie davon überzeugt, dass du begeistert sein wirst, wenn sie gemeinsam mit dir auf Tour gehen kann. Rike hat sich wohl sehr darauf gefreut. Und dann sitzt sie gestern weinend an meiner Bar, leert meinen Biervorrat und gesteht mir, dass sie überhaupt nicht versteht, wie du reagiert hast." Bei diesen Worten stürzt Michael ein weiteres Glas besten schottischen Whiskys von der Insel Skye hinunter. Der intensive und besonders raue Nachklang des schottischen Nationalgetränks passt zu seiner Stimmung. „Schenk mir bitte nochmals einen ein, Erik. Wenn ich mir genug Mut angetrunken habe, erzähle ich dir, weshalb ich nicht will, dass Rike mit dem Motorradfahren anfängt. Danach brauche ich dann eine Idee, wie ich das mit ihr wieder auf die Reihe bringe."

40

Als Rike am nächsten Morgen ihre Wohnung in der Heidelberger Weststadt verlässt, hat sie eine üble Nacht hinter sich. Entgegen der Gewohnheit der letzten Monate hat sie mit Michael gestern Abend weder telefoniert noch mit ihm direkt gesprochen. Eine Flasche lieblichen Dornfelders war erforderlich, um sie in den Schlaf zu bringen. Die ungewohnte Menge Alkohol machte diesen Schlaf zur Tortur. Ständig war ein zorniger Michael in ihren Träumen präsent, dazwischen war Antonia

Adler, der aufgrund ihrer Vergiftung Schaum vor dem Munde stand und ihr ständig „sucht meinen Mörder" zurief. Schweißgebadet wachte sie mehrmals in dieser Nacht auf und war froh, als sie in aller Frühe endlich aufstehen konnte, um von den Alpträumen nicht mehr geplagt zu werden.
So war sie heute natürlich die erste Mitarbeiterin des Teams und nutzte die ungewohnte Ruhe, um nochmals über den bisherigen Ermittlungsstand nachzudenken. Wie während ihres Studiums in der Polizeihochschule vielfach geübt, visualisierte sie die Ergebnisse an einer großen Pinwand.

Als Klaus Müller und Daniel Schubert eintreffen, trägt sie ihre Darstellung der Lage vor. „Im Ergebnis", fasst sie zusammen, „haben wir bisher zwei unterschiedliche Ermittlungsstränge. Strang eins dreht sich um die Frage, wie die Tote an ihre gewinnbringenden Informationen zu den Grundstücksgeschäften gekommen ist, und ob sich hieraus möglicherweise für Dritte ein Mordmotiv ergeben kann. Der zweite Strang untersucht die Frage, ob möglicherweise die Erben oder andere vermeintliche Erben in das Tötungsdelikt verflochten sind. Interessanterweise können wir den tatsächlichen Alleinerben, die „Stiftung zur Förderung der kirchlichen Backsteinbauten in Nordostdeutschland“, vom Verdacht ausnehmen. Die Stiftung ist glaubhaft nicht über das Testament der Erblasserin informiert gewesen. Außerdem sind hier keinerlei persönliche Interessen zu vermuten. Deshalb ist die Frage zu stellen, ob es Menschen gibt, die auf das Erbe von Frau Adler spekuliert haben. Und da sind in erster Linie ihr Neffe Dirk Schneider und dessen Schwester Heidemarie zu nennen. Wir können davon ausgehen, dass sie nichts über den tatsächlichen Inhalt des Testamens ihrer Tante wussten. Wir sollten davon ausgehen, dass sie sich bisher als die Erben ihrer Tante sahen."

„Habt ihr etwas über die wirtschaftlichen Verhältnisse dieser Zwei herausfinden können?“ erkundigt sich Kriminalhauptkommissar Müller.

„Da kann ich helfen.“ Schubert ergreift die Initiative. „Ich hatte gestern noch Kontakt mit den

Finanzbehörden. Heidemarie Schneider hat wohl ein geregeltes Einkommen und scheint in geordneten Verhältnissen zu leben. Kein Schufa-Eintrag und keinerlei Auffälligkeiten finanzieller Art. Ganz im Gegensatz zu ihrem Bruder. Dirk Schneider ist offensichtlich nahe am finanziellen Abgrund oder vielleicht sogar schon einen Schritt weiter. Hier ein Auszug: Steuerschulden bei der Finanzverwaltung, mehrere Schufa-Einträge zu bedienten und offenen Krediten und darüber hinaus offensichtlich Ärger mit Inkasso-Unternehmen. Da scheint richtig Druck im Kessel zu herrschen, und eine Erbschaft wäre für ihn sicherlich mehr als ein Lichtblick" endet Schuberts Überblick über die Finanzen der Geschwister Schneider.

„Dann lasst uns mal schnell bei beiden vorbei fahren. Wir sollten sie im Hochgefühl einer hohen Erbschaft befragen und nicht, wenn sie davon wissen, dass sie in die Röhre schauen und möglicherweise ihre Tante umsonst ermordet haben. Rike, du fährst mit Schubert zu Heidemarie Schneider nach Bammental, ich besuche ihren Bruder in Sinsheim. Und damit sie sich nicht gegenseitig abstimmen können, schlagen wir jeweils um 11 Uhr vor Ort auf. Also, los geht`s!" Mit diesen Worten steht Klaus Müller vom Besprechungstisch auf. Bevor er den Raum verlässt, dreht er sich nochmals um und sagt: „Übrigens, sehr gute Arbeit. Ich bin richtig stolz auf uns!" Mit diesen Worten lässt er zwei sprachlose Ermittler ob seines Lobs zurück.

41

Zeitgleich, als die Ermittler ihre Autos Richtung Bammental und Sinsheim- Weiler besteigen, versucht der Banker Michael Herrmann seine Neukundin, Neugeliebte und baldige Neukomplizin telefonisch zu erreichen. Gestern hatte sie auf seine Nachricht auf der Mailbox nicht mehr reagiert. Natürlich hat er sich für diesen Zweck auch ein Prepaid-Handy zugelegt. Zu groß ist aus seiner Sicht die Gefahr, dass zu einem späteren Zeitpunkt die Kontakte über seine dienstlichen oder privaten Telefone nachverfolgt werden könnten. Als er sie nach dem dritten Versuch endlich erreicht, verabreden sie sich für den heutigen Abend. „Ich bringe dir auch etwas mit.“ Verlockend klingen die Worte in Nadine Scheerers Ohren. „Darf ich erfahren, was?“ „Darfst du, es ist aber kein normales Geschenk. Es sind drei Gemarkungskarten, die uns hoffentlich in den nächsten Wochen viel Freude bereiten.“ Seine Geliebte hört die Erregung ihres Freundes aus dessen Stimme deutlich heraus. „Und, gibt es noch etwas, was uns heute Abend viel Freude bereiten kann?“ erkundigt sie sich mit gurrendem Ton.“ „Ganz sicher sogar, ich nehme mir auch die ganze Nacht dafür Zeit“ ist die erhoffte Antwort, bevor sie sich für 20 Uhr in seinem Neuenheimer Penthouse, unweit der Neckarwiese und natürlich mit Blick auf Alte Brücke und Schloss, verabreden.

42

Als Klaus Müller um 11 Uhr unweit des Bammentaler Rathauses an der Tür eines einfachen, aber gepflegten Einfamilienhauses läutet, ist zunächst das zornige Bellen eines Hundes zu hören. Ein scharfes

Kommando einer weiblichen Stimme beendet schlagartig die tierische Begrüßung, und wenige Sekunden später steht ihm eine rund 50jährige, etwas korpulente und resolut auftretende Frau gegenüber. „Da sind Sie ja endlich, es wurde ja Zeit" ist eine Form der Begrüßung, die er so in seiner beruflichen Laufbahn nicht oft erleben durfte. „Jetzt kommen Sie endlich herein, braucht ja nicht jeder sehen, dass ich Besuch von Ihnen bekomme." Stumm folgt der Ermittler der Hausherrin in ein Wohnzimmer, an dem die Wohntrends der vergangenen 50 Jahre offensichtlich spurlos vorbeigegangen sind. „Also, wie viel ist es?" mit unverhohlener Gier schaut die Dame, die Klaus Müller für Heidemarie Schneider hält, ihn an. „Nun, lassen Sie uns zunächst mal ein paar Formalien klären" beginnt Müller. „Sind Sie Frau Heidemarie Schneider, die Nichte von Antonia Adler aus Neckargemünd?" „Natürlich, wer soll denn sonst hier wohnen? Außer meiner Hündin Bella bin ich die einzige Bewohnerin in diesem Haus. Und jetzt sagen Sie endlich, was hat mir meine Tante hinterlassen? Sie sind doch der Anwalt aus

Waibstadt? Mein Bruder und ich haben uns schon gefragt, wann wir endlich über unser Erbe informiert werden."
„Ich glaube, da muss ich Sie enttäuschen." Klaus Müller schaut in ein überraschtes Gesicht, dem gerade die Zornesröte eine neue Farbe verleiht. Bevor Heidemarie Schneider auf die Idee kommt, ihn rauszuwerfen, fügt er mit Bestimmtheit hinzu. „Mein Name ist Klaus Müller, Kriminalhauptkommissar bei der Kripo Heidelberg und leitender Ermittler im Todesfall Antonia Adler." „Leitender Ermittler? Todesfall?" Ungläubig schaut Heidemarie Schneider ihr Gegenüber an. „Wir gehen davon aus, dass Ihre Tante eines nicht natürlichen Todes starb" setzt dieser fort. „Die Gerichtsmedizin hat als Todesursache eine Vergiftung festgestellt. Suizid scheidet nach den bisherigen Ermittlungen als Todesursache aus, sodass wir Stand jetzt von einem Tötungsdelikt zum Nachteil Ihrer Tante ausgehen. Und jetzt bin ich bei Ihnen, da Sie möglicherweise einer der Menschen sind, die vom Tode Frau Adlers profitieren würden."

„Dann brauche ich erstmal einen Schnaps und muss mich setzen." Sie strebt zielstrebig dem Kühlschrank und einer darin befindlichen Flasche mit klarem Inhalt zu, und lässt sich dann auf einen betagten Stuhl geradezu fallen. Nachdem sie dann unmittelbar hintereinander zwei Klare, ohne das Gesicht zu verzerren, in sich gekippt hat, ist sie anscheinend wieder in der Lage, einen klaren Gedanken zu fassen. „Und was wollen Sie von mir? Ich habe meine Tante garantiert nicht umgebracht. Wir hatten schon jahrelang keinen intensiven Kontakt mehr." „Das will ich Ihnen ja auch nicht unterstellen" beruhigt Klaus Müller die Dame des Hauses. Schließlich gilt es, diese vor weiteren Schnäpsen abzuhalten, da ansonsten die Befragung wenig Sinn machen dürfte. „Uns geht es aktuell um die Frage, wer eigentlich Ihre Tante war. Wie hat sie gelebt und gab es möglicherweise im Umfeld Menschen, die von ihrem Tode profitieren könnten. Gibt es weitere Angehörige oder Freunde, die einen engen Kontakt zu ihr hatten?" „Da kann ich Ihnen wirklich nur wenig weiterhelfen." Heidemarie Schneider scheint die folgende Pause für Erinnerungen aus ihrem Gedächtnis zu nutzen. „Unsere Familie ist seit jeher, sagen wir mal, durch eine geringe Harmonie gezeichnet. Man könnte auch sagen, wir sind traditionell verstritten. Das scheint aber inzwischen relativ normal in unserem Land zu sein. Meine Tante hat schon früh den Kontakt zu ihrer Schwester, also meiner vor 16 Jahren verstorbenen Mutter, auf das Notwendigste reduziert. Sie haben sich eigentlich nur auf Beerdigungen oder runden Geburtstagen anderer Verwandter gesehen. Zwischen ihnen gab es praktisch keine Kontakte. Als meine Mutter dann verstorben war, habe ich meine Tante bei ihrer Beerdigung und danach noch gelegentlich zufällig auf dem Wochenmarkt in Neckargemünd getroffen. Nichtsdestotrotz habe ich sie jedes Jahr an ihrem Geburtstag angerufen und gratuliert. Das war eigentlich eher ein Ritual als inneres Bedürfnis. Natürlich wollte ich meine Chancen erhalten, dass ich gemeinsam mit meinem Bruder eines Tages ihr Erbe antreten kann. Deshalb war ich ja überzeugt, dass Sie der Testamentsvollstrecker sind. Stellen

Sie sich vor, der weigert sich ja sogar, mit mir oder meinem Bruder auch nur zu reden. Dabei muss der doch langsam auf uns zukommen. Der kann doch nicht ewig warten." Bevor ihre Gedanken wieder auf das Erbe umschwenken, hakt Klaus Müller nach. „Und hatte ihre Tante einen Lebenspartner oder andere enge Freunde? Wie hat sie denn gelebt?"

„Meine Tante war ein eher zurückgezogen lebender Mensch. Ich weiß gar nicht, ob sie eigentlich je richtig gelebt hat. Sehr früh hat sie einen wesentlich älteren Mann kennengelernt und geheiratet, der aber schon vor vielen Jahren verstorben ist. Tante hat nie über ihn gesprochen und schon damals zu meiner Familie Abstand gehalten. Kontakt zu uns suchte sie, wie ich Ihnen schon berichtet habe, auch zu einem späteren Zeitpunkt keinen. Beruflich war sie Mitarbeiterin im Verkauf in einem kleinen Schreibwarenladen in Heidelberg. Der Laden hat dann irgendwann zugemacht, weil der Inhaber verstorben war. Und dann hat meine Tante auch mit dem Arbeiten aufgehört. Wenn ich darüber

nachdenke, ist das komisch, denn eigentlich hätte sie sich das damals gar nicht leisten können. Viel Geld hatte sie auch nicht zur Verfügung. Ich glaube, dass ihr ganzer Stolz ihr Häuslein im Schützenhausweg in Neckargemünd war. Das ist ja schon was wert, wenn auch eher wegen der Lage und dem Grundstück."
„Und, gab es Freunde oder Bekannte, mit denen sie etwas unternommen hat?" gibt Müller der Befragung einen neuen Impuls. „Nein, eigentlich nicht. Ich glaube, sie hatte in Neckargemünd genau eine Freundin. Sie hat mir auf dem Wochenmarkt zumindest mal eine Frieda vorgestellt. Ansonsten kam sie aus einer, wie wir sagen, „gut katholisch" geprägten Familie. Im Klartext bedeutet das, dass sie streng erzogen wurde und jeden Sonntag, genau wie auch meine Mutter, in die Kirche ging. Ich weiß nicht, ob sie das bis zum Ende beibehalten hat. Vorstellen kann ich es mir allerdings."
„Die Frieda haben wir bereits gefunden." Der Kriminalhauptkommissar fügt noch hinzu „Und der Kontakt mit der katholischen Kirche bestand nach unserer Kenntnis ebenfalls bis zu

ihrem Tode. Aber kommen wir nochmals zu einem anderen Aspekt. Frau Schneider, können Sie sich vorstellen, dass Ihre Tante Interesse an Immobiliengeschäften entwickelt hat?" „Nein, nie!" Sie muss bei dem Gedanken an diese Frage lauthals lachen. „Sie hatte ja überhaupt kein Geld dazu und außerdem, wie sollte sie eine Ahnung vom Ablauf von Immobiliengeschäften haben? Tante Antonia war da sicherlich völlig unbedarft."
„Ja, gut, Frau Schneider. Das war`s dann für den Augenblick." Müller erhebt sich von dem äußerst unbequemen Stuhl, der offensichtlich für genau solche unbeliebten Besucher wie ihn angeschafft wurde. „Wir werden sicherlich nochmals auf Sie zu kommen und möglicherweise auch ins Dezernat nach Heidelberg einbestellen. Zunächst aber danke ich Ihnen für heute und verabschiede mich jetzt von Ihnen."
„Ja, aber was ist jetzt mit meinem Erbe? Bis wann können wir denn mit der Ausstellung des Erbscheines rechnen?" Geradezu flehend wartet die Nichte der Toten auf eine Antwort des Ermittlers. „Das kann ich Ihnen nicht

sagen. Das ist ausschließlich Aufgabe des Testamentsvollstreckers. Er wird die Erben sicherlich so bald als möglich informieren." Mit diesen Worten geht Müller zielstrebig der Haustüre entgegen. Als er in seinen Wagen einsteigt und das Gespräch Revue passieren lässt, notiert er sich zwei Fragen, die möglicherweise entscheidend sein können:

1. Wie kann Antonia Adler aufhören zu arbeiten, wenn sie noch nicht im Rentenalter ist und kein Top-Einkommen hatte?
2. Gab es wirklich so wenig Kontakte zu ihrer Tante, wie Heidemarie Schneider angegeben hat, oder hat sie hier etwas zu verbergen?

43

„Und du bist dann wirklich von der Insel Föhr hierher nach Heidelberg gezogen?" Ungläubig schaut Daniel seine Kollegin Rike, mit der er jetzt die Heidelberger Tiefgarage auf dem Weg nach Sinsheim verlässt, an. „Und ich dachte schon, die Flucht aus meinem kleinen Schwarzwalddorf sei ein riesiger Umbruch." „Na, so riesig

war das, glaube ich, wirklich nicht." Rike beginnt auf einmal lauthals zu lachen. „Immerhin hast du die Menschen hier vom Dialekt her noch verstanden. Als ich das erste Mal in der Stadt unterwegs war und einem der wenigen „echten" Heidelberger über den Weg gelaufen bin, dachte ich zunächst, ich sei in einem anderen Land.
Und bei meinen ersten Ermittlungen in Meckesheim, du erinnerst dich ja auch noch gut an den Toten auf der Martinskapelle, da habe ich weder die Kollegen der Kriminaltechnik, geschweige denn ein paar der dortigen Einwohner auf Anhieb verstanden. Und als Klaus mir dann klargemacht hat, dass ich wohl diesen Dialekt zumindest lernen müsste, zu verstehen, habe ich kurze Zeit über eine Rückversetzung nach Schleswig-Holstein nachgedacht."

„Und warum bist du dann hiergeblieben?" Neugierig fragt Daniel Schubert, der sich bisher nie für das Privatleben der Kollegen interessiert hat, nach. „Es waren eigentlich drei Gründe. Zunächst muss ich zugeben, dass das Flair von

Heidelberg und seinem Umland ein ganz Besonderes ist. Das milde Klima, die vielen jungen Leute und Studenten und nicht zuletzt das Lebensgefühl, in einem schönen Cafe zu sitzen und einfach denken zu können, dass man jetzt dazu gehört, ist kaum zu toppen. Später kam dann die lapidare Feststellung hinzu, dass es in unserem Team sehr schön ist. Und als mir mein in Neuenheim wohnender Freund Michael in einer kleinen, netten Bar über den Weg gelaufen ist, war es um mich und die Frage, wo ich wohnen möchte, geschehen. Inzwischen fühle ich mich hier nach nicht ganz einem Jahr pudelwohl" endet die Liebeserklärung an ihr jetziges Leben. „Und wie war es bei dir?" Mit Interesse schaut sie, da sie wieder einmal vor der Alten Polizeidirektion in der Kurfürsten-Anlage im Stau stehen, ihren Kollegen an. Dabei fällt ihr ein, dass sie eigentlich überhaupt nichts über Daniel Schubert weiß. Eigentlich eine Blamage, wenn man bedenkt, dass sie bereits einige Monate gemeinsam in einem sehr kleinen Team arbeiten.

„Bei mir ist die Sachlage etwas anders", beginnt Schubert. „Ich denke, du kannst Dinge für dich behalten und dann ist es vielleicht Zeit, dir das ein oder andere zu offenbaren.“ Gespannt schaut er Rike an, die ihn mit einem bejahenden Nicken auffordert, weiterzusprechen.

„Wir haben etwas gemeinsam. Das ist die Tatsache, dass wir beide hier in der Kurpfalz einen Freund gefunden haben. Mein Freund heißt Alex, ist Leiter eines Fitnessstudios in Mannheim-Waldhof und meine große Liebe.“ Schlagartig versteht Rike, weshalb ihr Kollege in der Vergangenheit darauf bedacht war, wenig Privates von sich zu geben. „Ich glaube, dass es möglicherweise auf Föhr genauso schwierig ist, seine Sexualität auszuleben, wie in meinem Schwarzwalddorf. Besonders wenn die Art der Sexualität vielleicht nicht der geltenden Norm entspricht. Ab dem Moment, als mir klar war, dass ich weniger den Mädchen denn den attraktiven Jungs hinterher blicke, hatte ich es zunächst mit mir, und nach dem Coming-Out mit einer ganzen Reihe anderer Menschen innerhalb und auch außerhalb der Familie, schwer. Folglich habe ich mich bei der

erstbesten Gelegenheit, wie man bei uns sagt, „vom Acker" gemacht.
Auf der Polizeischule hatte ich meine Ruhe und später habe ich mich dann für eine Großstadt als Dienstort entschieden. Freiburg wollte ich nicht, das war mir zu wenig von Zuhause entfernt. Die württembergischen größeren Städte waren mir zu spießig, und so habe ich mich für das lebensfrohe und sehr tolerante Heidelberg entschieden. Bei der Wohnungssuche, du weißt ja, wie knapp die Kohle als angehender Ermittler im gehobenen Polizeidienst ist, bin ich letztlich in Mannheim gelandet.
Mannheim war vor Jahren um Welten günstiger als Heidelberg. Inzwischen sind ja leider eigentlich beide Städte kaum mehr bezahlbar." „Und da hast du dann Alex kennengelernt?" fragt Rike, als sie gerade an der Ampel am Karlstorbahnhof bremsen muss, nach. „Ja, Alex lief quasi in mich rein. Ich wohne ja in der Innenstadt und bin viel mit der Straßenbahn unterwegs. Ich wollte raus, er rein und dann sind wir auf dem Einstieg zusammengeknallt. Wir fielen raus, die Bahn fuhr ohne uns

ab und zehn Minuten später im Cafe tauschten wir nicht nur unsere Adresse, sondern auch sehr interessierte Blicke aus. Und zwei Monate später wohnte nicht nur Kamikaze, sondern auch Alex bei mir in der Wohnung. Es hat einfach alles gepasst.“ Sein Schwärmen ist auch jetzt deutlich zu hören.
„Kamikaze?“ echot fragend Rike. „Ja, ein Straßen-Stubentiger aus dem Tierheim. Niemand wollte ihn haben. Kamikaze, so habe ich ihn dann genannt, machte alles kaputt, was in seine Fänge geriet. Erst als ich meine komplette Wohnung mit Katzenspielzeug drapiert habe, wurde es besser. Und heute ist er ein Schmusekater par excellence, der seinen Freigang offensichtlich nicht vermisst.
Wie, glaubst du, wird Klaus Müller reagieren, wenn er von meinem privaten Leben erfährt?“ „Da kannst du sicher beruhigt sein. Klaus ist zum einen ein sehr toleranter Mensch, zum anderen muss er gerade damit fertig werden, dass aus seiner kleinen Tochter eine junge Frau wird. Die hat auch genaue Vorstellungen von ihrem Privatleben, die Klaus erstmal

verdauen muss. Insofern wäre es vielleicht jetzt auch ein guter Zeitpunkt, aus deinem Leben kein Geheimnis zu machen." Mit diesem Mutmacher wechselt Rike geschickt das Thema. „Wenn wir jetzt auf die B45 kommen, sind wir ja relativ schnell in Sinsheim. Wie wollen wir denn taktisch gegenüber Dirk Schneider vorgehen? Was schlägst du vor?"
Überrascht schaut sie Daniel Schubert an. „Das fragst du mich ernsthaft? Du bist doch viel routinierter in solchen Angelegenheiten." „Ja schon, aber Routine im Sinne von unendlich viel Erfahrung habe ich auch noch nicht. Und außerdem interessiert mich, was du denkst." „Also, wir sollten die Gunst der Stunde nutzen, solange er sich als angehender Erbe sieht. Da ist er sicher gesprächiger, als wenn er gerade erfahren hat, dass seine Tante ihn leer ausgehen lassen hat." Rike nickt ihrem Kollegen zustimmend zu. „In diesem Gefühl sollten wir ihn belassen und ihn dann zu seiner Beziehung und zu Auffälligkeiten seiner Tante befragen. Natürlich auch, wann und wo er sie zum letzten Mal gesehen hat. Wenn wir dann dabei noch die Augen

offen halten, dann können wir uns vielleicht einen interessanten Eindruck über ihn verschaffen", endet Daniel Schubert. „So machen wir es, halten wir gemeinsam die Augen auf." Mit diesen Worten tritt Rike Klein etwas heftiger aufs Gaspedal, obwohl dies zwischen Neckargemünd und Sinsheim legal eigentlich fast überhaupt nicht mehr möglich ist.

Nach fast einer Stunde Fahrzeit, und nachdem sie die kurvenreiche Strecke zwischen Sinsheim und dessen Ortsteil Weiler hinter einem Traktor mit Anhänger verbracht haben, stehen sie vor einem deutlich in die Jahre gekommenen landwirtschaftlichem Gehöft. Das Tor in dem im fränkischen Stil gehaltenen Bauernhof hängt nur noch symbolisch in den Angeln. Das Holz der Nebengebäude ist schon auf den ersten Blick als morsch zu erkennen. Gestrichen wurde hier schon Jahrzehnte nicht mehr, und auch das Hauptgebäude ist bereits sehr in Mitleidenschaft gezogen worden.

44

Zur gleichen Zeit steht Theodor Wendel etwa 15 km Luftlinie von Weiler entfernt am Ortsrand von Meckesheim vor seiner Immobilie. Auch dieser Bauernhof ist, wie der 56jährige selbst, sichtbar in die Jahre gekommen. Wendel ist sicher nicht das, was man einen erfolgreicher Landwirt nennen kann.
Zu lange war er der Tradition seiner Familie verbunden und versuchte, mit einem Schweinemastbetrieb finanziell über die Runden zu kommen. Spätestens jedoch, als die traditionellen Märkte aufgrund des Wegfalls des „Eisernen Vorhangs" eine tiefgreifende Veränderung erfuhren, stand er auf verlorenem Posten. Mit seinen 35 Hektar Grund und wenigen hundert Schweinen konnte er den neu entstehenden Großbetrieben aus Mecklenburg und Polen kein Paroli bieten. Er verlor einen Großteil seiner bisherigen Abnehmer. Aber auch die wenigen verbleibenden Käufer seiner Schweine waren nicht bereit, kostendeckende Preise zu zahlen. Da parallel neue Vorschriften zur Schweinehaltung ständig Investitionen

in die Stallungen erforderten, war bereits Ende der 90er Jahre sein Eigenkapital aufgebraucht.
Wendel verfing sich in einer endlosen Schuldenspirale. Als Letzter seiner Zunft in der Gemeinde beendete Wendel die Schweinemast und versuchte noch, mit dem Anbau von Feldfrüchten eine Neuausrichtung und wirtschaftliche Gesundung zu erreichen. Aber die Erlöse vom Feldfruchtanbau waren nicht ausreichend, um die Schulden zu reduzieren, und inzwischen hat auch seine Bank offene Kredite gekündigt.
So steht er jetzt, von der Ex-Frau und den inzwischen verstorbenen Eltern verlassen, vor einem wirtschaftlichen und sozialen Trümmerhaufen. Sowohl sein Wohnhaus als auch seine ehemaligen Stallungen tun ein Übriges, um genau diesen Eindruck auch nach außen abzustrahlen. Wenn Wendel von seinem Hof über die Felder schaut, fällt sein Blick am Horizont auf die großen Hallen des Industriegebiets. Schon oft hat er davon geträumt, dass er von diesem profitieren könne, aber zu abgelegen ist sein Hof, dass damit irgendwann zu rechnen wäre.

Als sich sein Blick von seinen Feldern löst, ist am Beginn seiner Zufahrt eine große Staubwolke auszumachen. Bei näherem Hinsehen erkennt Wendel, dass diese von einem Sportwagen ausgelöst ist, der sich mit hoher Geschwindigkeit seinem Hof nähert. „Na prima", denkt Wendel, „jetzt kommt der Gerichtsvollzieher schon im Rennwagen zu seiner Kundschaft." Er richtet sich gedanklich auf die Fortsetzung eines sehr negativen Gesprächs mit dem Gerichtsvollzieher des Amtsgerichtes Heidelberg von letzter Woche ein. „Dabei hat der mir doch eine Schonfrist von drei Wochen bis zur nächsten Ratenzahlung eingeräumt." Seine Gedanken werden jedoch schnell in andere Bahnen gelenkt, als das Fahrzeug bei ihm stehen bleibt.

Eine gut aussehende Blondine in einem eng anliegenden weißen Hosenanzug entsteigt dem sicherlich sehr teuren Fahrzeug. Beides ist für diesen Hof wie eine Erscheinung aus einer anderen Welt. Dies gilt auch für die Schuhe der Dame, die von der Optik eher Reitstiefeln entsprechen und deren Neupreis sicherlich über dem liegt, was der ganze Fuhrpark von Bauer Wendel wert ist. Beim genaueren Hinsehen glaubt Bauer Wendel zu erkennen, dass das Fahrzeug wohl ein italienischer Sportwagen ist. Das Logo meint er bereits im Fernsehen gesehen zu haben, und so ist er sich sicher, dass die Dame mit einem Maserati vorgefahren ist. Überzeugt, dass sie sich in der Adresse geirrt hat, wischt er seine Hände an seiner blauen Schürze ab und geht auf die sonderbare Besucherin zu. „Zur SAP sinn si hier falsch" wählt er eine wenig nette Begrüßungsart. „Die Stroß isch hier zu End und si misse widder umdrehe." Überzeugt, sich klar und verständlich ausgedrückt zu haben, wendet er sich bereits wieder ab. In diesem Moment sagt das fremde Wesen: „Wenn Sie Theodor Wendel sind, bin ich bei Ihnen richtig. Die Leute haben mir den Weg zu Ihnen gewiesen. Ich wäre dankbar, wenn Sie mir fünf Minuten Ihrer wertvollen Zeit opfern würden." Ungewohnt, seinen vollen Namen und nicht nur „Theo" als Ansprache zu hören, schaut Wendel sein Gegenüber an. „Ja, der bin isch. Awer ich sag`s Ihne gleisch. Wenn Sie wegen moiner Schulde komme, isch konn net mehr zahle. Unn mit demm Gerischtsvollzieher bin isch einisch." Nach dieser Abhandlung in kurpfälzer Dialekt erfolgt die weitere Dokumentation des Gesprächs wegen der besseren Lesbarkeit in hochdeutscher Sprache.

„Nein, ich komme nicht wegen Ihrer Schulden", setzt die unbekannte Besucherin ein unerhofftes Zeichen. „Eigentlich komme ich eher, um Sie von diesen Schulden zu befreien." Bei diesen Worten hellt sich der Gesichtsausdruck von Theodor Wendel sichtbar auf. „Wenn das so ist, dann nehme ich mir gerne Zeit für Sie. Kommen Sie mit ins Haus, da redet`s sich leichter," Mit diesen Worten geht er seiner unbekannten Besucherin voran.
Als sie die Küche erreichen, bietet er ihr einen Platz auf der Küchenbank an. Als sie dankend annimmt, räumt er die Lage alter Werbezeitschriften auf die Seite, wischt mit einer Hand die Brotkrümel vom Tisch auf den Boden und nimmt einen Wischlappen, mit dem wohl bereits der letzte Kurfürst seinen Boden putzen ließ, um mit diesem zu versuchen, die letzten

Spuren von Kaffeetassen und Tellern auf dem alten Tischtuch zu entfernen. „Möchten Sie einen Kaffee?" wendet er sich der unbekannten Besucherin zu. Nadine Scheerer, sie ist die ihm unbekannte Besucherin, nimmt das Angebot dankend an. Dabei ist ihr schon jetzt bei dem Gedanken schlecht, aus einer in dieser Küche stehenden Kaffeetasse zu trinken. Aber sie hat sich vorgenommen, die von ihr ins Auge gefasste Aktion mit Erfolg abzuschließen, und da ist ihr jedes Mittel recht. „Herr Wendel", beginnt sie ihr Spiel, „Sie werden sich sicherlich fragen, wieso ich zu Ihnen komme." Der Landwirt nickt schweigend. „Wissen Sie, ich wohne hier in der Gegend und bin leidenschaftliche Reiterin." „Sie brauchen gar nicht weiterreden, Frau ?, wie heißen Sie eigentlich?" „Scheerer, Nadine Scheerer. Warum brauche ich nicht weiterreden, Herr Wendel?" „Weil ich keinen Stall und keine Koppel vermiete. Das habe ich einmal gemacht und hat mir nur Ärger eingebracht. Das mache ich nie mehr." Nadine Scheerer schaut ihm tief in die Augen. „Das tut mir aber sehr leid, dass Sie dabei negative

Erfahrungen gemacht haben, Herr Wendel. Aber ich möchte mich auch nicht bei Ihnen einmieten." „Futter kriegen Sie von mir auch nicht. Ich baue Hülsenfrüchte, Getreide und Rüben an. Sie können also in Ruhe ihren Kaffee trinken und dann gehen wir wieder unseres Weges." Wendel sagt dies zwar bestimmt, aber nicht unfreundlich. Seit ihn seine Frau verlassen hat, ist Nadine Scheerer sicherlich das attraktivste Wesen, das er hier auf dem Hof als Besucherin hatte. „Vielleicht bleibe ich doch fünf Minuten länger, Herr Wendel. Denn eigentlich passt mein Vorschlag hervorragend zu Ihrer Situation." Und dann redet Nadine Scheerer auf den Bauern Wendel zehn Minuten ohne Pause ein. Als sie eine Stunde und zwei fürchterlich schale Tassen Kaffee später in ihren Maserati steigt, verabschiedet Theodor Wendel sie mit den Worten „Also, Frau Scheerer. Wir denken nochmal darüber nach. Sie über den Preis für das Land und meinen Hof und ich, ob ich mit einem sorgenfreien Leben in unserer Gegend zurecht kommen würde. Und nächste Woche sehen wir uns nochmals hier bei einem

weiteren Kaffee." „Sehr gerne, Herr Wendel, es war mir ein Vergnügen." Damit startet Nadine Scheerer ihren Sportwagen und fährt mit vollem Tempo davon.
Kurz bevor sie die Auffahrt zur Bundesstraße erreicht, hält sie am Seitenrand der Hofzufahrt und übergibt sich mehrmals. „Und wenn du mir deine Äcker nicht verkaufst, bring ich dich um", sagt sie zu sich selbst, um ihren Ekel zu überwinden, den sie verspürte, als sie aus einer völlig verdreckten Tasse einen genauso ungenießbaren Kaffee mit offensichtlich abgelaufener Milch kredenzt bekam. Aber um Sympathie zu gewinnen, war Nadine Scheerer schon immer jedes Mittel recht.

45

„Sind Sie Dirk Schneider, Neffe von Antonia Adler aus Neckargemünd?" Rike Klein ruft dies einem Mann in typischer Raiffeisen-Kluft zu, der im Hof des heruntergekommenen Bauernhofes steht. „Ja, der bin ich, wird Zeit, dass Sie endlich kommen. Und gleich zu Zweit, da müssen Sie ja wirklich gute Nachricht bringen. Kommen Sie herein." Sichtlich erfreut winkt Dirk Schneider die unbekannten Besucher in sein Haus.

Für Rike Klein ist es das erste Mal, dass sie ein typisches kurpfälzisches Bauernhaus aus dem frühen 19. Jahrhundert betritt. Das Haus ist seit dieser Zeit fast unverändert. Während der groß gewachsene Daniel Schubert schon in der Haustüre unbewusst seinen Kopf einzieht, ist die Deckenhöhe im Inneren des Hauses nochmals deutlich geringer. Die Küche, die von einem altmodischen Holzherd mit Wasserschiff und einem mächtigen Rauchabzug beherrscht wird, ist höchstens 15 m² groß. Der Hausherr bittet sie an einen rustikalen Tisch, der offensichtlich auch bereits von Holzwürmern besucht wurde. „Also, wie viel ist es und wie komme ich an die Kohle?" ist die unerwartete Gesprächseröffnung von Seiten Dirk Schneiders. Schubert und Klein schauen sich an, dann übernimmt die Nordfriesin die weitere Gesprächsführung. „Ich glaube, dass wir Sie enttäuschen müssen, Herr Schneider. Wir sind nicht wegen einer möglichen Erbschaft zu Ihnen gekommen, sondern weil wir in Sachen des Todes Ihrer Tante Antonia Adler ermitteln." Ihrem Gegenüber bleibt vor Erstaunen der Mund offen. „Wir sind Mitarbeiter der Heidelberger Kriminalpolizei. Das ist Polizeiobermeister Schubert und ich bin Kriminalkommissarin Klein. Und wir sind heute bei Ihnen, um näheres über Ihre Tante, Ihrer beiderlei Beziehung und das jeweilige Umfeld zu erfahren und hoffen, dass Sie uns weiterhelfen können." Bei Dirk Schneider steht immer noch der Mund offen. Nach weiteren Sekunden des Wartens stammelt er „Wie, Polizei? Aber ich brauche doch die Erbschaft" und blickt wieder geistesabwesend Löcher in die Luft.

Rike beschließt, ihn aus seinem Zustand zu holen und die Chancen zu nutzen, die sich aus seiner augenscheinlichen Schockstarre ergeben: „Herr Schneider, Sie wissen ja, dass Ihre Tante vor kurzem verstorben ist. Was Sie vielleicht nicht wissen ist, dass nach ihrer Bestattung Zweifel aufkamen, ob sie eines natürlichen Todes gestorben sei. Für die Staatsanwaltschaft waren die Zweifel so erheblich, dass eine Exhumierung verfügt wurde. Bei der anschließenden gerichtsmedizinischen Untersuchung wurde zweifelsfrei festgestellt, dass Frau Adler nicht eines natürlichen Todes gestorben ist. Und da nach unseren bisherigen Erkenntnissen Suizid auszuschließen ist, haben wir die Ermittlungen aufgenommen. Und deshalb sind wir jetzt auch bei Ihnen, Herr Schneider. Wie war denn die Beziehung zwischen Ihnen und Ihrer Tante?"

Der noch immer über die Nachrichten sichtlich geschockte Neffe der Toten überlegt lange, bevor er zu einer Antwort ansetzt. „Naja, wissen Sie, meine Tante und ich hatten eigentlich ein eher distanziertes Verhältnis.

Ich bin ja auch nur deshalb Erbe, weil außer mir und meiner Schwester keine weitere Verwandtschaft im engeren Sinne mehr existiert. Tante Antonia hat mich immer für einen Versager gehalten. Vielleicht hat sie sogar recht. Meine Ehe ist früh in die Hosen gegangen, mit meinem Hof ist kein Staat zu machen und wirtschaftlich bin ich auch nie auf einen grünen Zweig gekommen. Als ich sie vor ein paar Jahren besucht und gefragt habe, ob sie mir ein paar tausend Euro leihen könnte, ist die Alte völlig aus dem Häuschen geraten. Sie hat mich beschimpft, was mir einfiele, bei einer armen Rentnerin Kohle leihen zu wollen und eigentlich müsste ich doch eher sie unterstützen. Dabei hat die doch immer mehr als genug Geld gehabt, so knausrig wie sie zu sich selbst war. Danach ist unser Kontakt nur noch sporadisch gewesen. Ich habe zum Geburtstag telefonisch gratuliert, und als ich ihr zum fünfundsiebzigsten einen Blumenstrauß geschickt habe, hat sie am Telefon nur den Tipp für mich übrig gehabt, auf solch teure Abenteuer künftig zu verzichten." Nachdem er aus einem wohl schon länger geöffnetem Bier der Palmbräu-Brauerei aus Eppingen einen tiefen Schluck genommen hat, führt er fort: „Das letzte, was ich von ihr vernommen habe war, dass sie gestorben ist. Und das war auch ein Zufall. Mich hat meine Nachbarin gefragt, ob die Todesanzeige in der Zeitung nicht meine Tante in Neckargemünd beträfe. Ich war völlig verdutzt und habe daraufhin meine Schwester in Bammental angerufen. Die hatte aber auch nichts mitbekommen." Nach einem weiteren tiefen Schluck schaut er die Ermittler an. „Wenn ich es mir überlege, hatten wir die letzten Jahre eigentlich überhaupt keine Beziehung mehr. Sie war ein richtiges „Reff", wie man bei uns sagt. Also unfreundlich, schroff und ablehnend gegenüber jedem, der etwas von ihr wollte. Ich kann es Ihnen offen sagen: ich werde sie sicher nicht vermissen." Mit diesen offenen Worten ist seine Einschätzung zu der bilateralen Beziehung mit seiner Tante beendet.

„Und wie schätzen Sie die finanzielle Lage Ihrer Tante ein?" leitet Schubert zu einem anderen Aspekt über. „Wie ich es bereits sagte: sie muss sicher etwas Geld gehabt haben, da sie zu sich selbst sehr geizig war. Als wir noch mehr Kontakt hatten, hatte sie mir einmal erzählt, dass sie ihr Auto abschaffen werde, um Geld zu sparen. Ihr reiche eine „Karte ab 60" des Verkehrsverbundes. Dabei bin ich mir sicher, dass die Kiste hundertprozentig bezahlt war. Das gilt sicher auch für ihr kleines Haus in Neckargemünd. Deshalb bin ich mir auch sicher, dass es zumindest ein kleines Erbe für mich und meine Schwester geben wird." „Dazu können wir Ihnen natürlich keine Auskunft geben, Herr Schneider", enttäuscht Rike Klein den flehenden Blick ihres Gegenüber. „Haben Sie jemals was mitbekommen, dass Ihre Tante neben ihrem Haus in Neckargemünd weitere Grundstücke besitzt?" gibt sie einen neuen Impuls. „Nein, Tante Antonia redete nie über Geld oder Geschäfte. Bisher habe ich geglaubt, dass das auch nicht ihre Welt ist beziehungsweise war. Gibt es die Möglichkeit?" fragt Dirk Schneider, der vor seinem inneren Auge bereits hektarweise weiteres Erbe auf sich zukommen sieht. „Nein, wir wissen es wie gesagt nicht", entgegnet Rike, um die Gesprächsbereitschaft von Dirk Schneider zu erhalten. „Wie wir von Dr. Sieber aus Waibstadt wissen, ist Ihnen offensichtlich bekannt, dass er der Testamentsvollstrecker Ihrer Tante ist. Ich gehe davon aus, dass er in der nächsten Zeit auf die Erben zugehen wird. Wenn Sie Erbe sind, erhalten Sie sicherlich bald eine entsprechende Mitteilung." „Das hoffe ich doch sehr, dass er sich beeilen wird" stimmt Schneider ihr mit fester Stimme zu. „Es ist ja nicht auszuhalten, wie der sich einer Kontaktaufnahme unsererseits entzieht. Dem werde ich was erzählen, wenn er die Kohle ausgezahlt hat."

Als sie kurze Zeit später das Wohnhaus verlassen und gemeinsam mit Dirk Schneider zu dem Auto der Ermittler gehen, wirft Rike einen prüfenden Blick auf die umliegenden Gebäude. „Von so einem alten Hof habe ich immer mal geträumt. Sie werden sicherlich einiges an Geld und Arbeit hineinstecken, wenn das Erbe an Sie übertragen wurde." „Ja, das ist wohl notwendig. Wissen Sie, die Familie meines Vaters hat diesen Hof schon mindestens zweihundert Jahre. Den will ich eigentlich nicht abgeben. Aber der Verdienst als Landwirt im Nebenerwerb ist gering, und da ich nichts anderes gelernt habe, bekomme ich immer wieder nur Aushilfsjobs und bin dazwischen regelmäßig arbeitslos." „Also dann, Herr Schneider, vielen Dank für Ihre Zeit und ich gehe davon aus, dass wir uns noch einmal sehen werden." Mit diesen Worten setzt sich Rike Klein hinters Steuer, während ihr Kollege Schubert bereits angeschnallt auf dem Beifahrersitz Platz genommen hat.

Gerade als sie aus dem Bauernhof ausfahren wollen, kommt ihnen im Torbogen ein freundlicher Mann in blau-gelber Dienstkleidung entgegen, der einen Brief in den alten, schief hängenden Briefkasten einwirft. „Das war knapp" bemerkt Rike zu ihrem Beifahrer. „Ich fürchte, dass in wenigen Minuten Dirk Schneider nochmals deutlich weniger freundliche Worte für seine Tante finden wird, als das bereits gegenüber uns der Fall war." Schubert nickt und ergänzt „Und Auskünfte gegenüber der Polizei werden dann vielleicht auch spärlicher ausfallen."

Während Rike in gewohnt sportlicher Manier die letzten Kurven Richtung Sinsheim passiert, hört der Nachbar Harald Schenk aus dem Anwesen Schneider in Weiler einen fürchterlichen Schrei. Als er eindeutig die Worte „Diese Sau, diese alte Sau“ hört, nimmt er von seiner Absicht, Erste Hilfe zu leisten, Abstand. Es ist deutlich zu vernehmen, dass sein Nachbar offensichtlich guter Gesundheit ist und lediglich auf einen anderen Menschen sauer ist, der ihm wohl irgendetwas Negatives angetan hat.

46

„Einfach exzellent.“ Nadine Scheerer genießt sichtbar die kleine kulinarische Köstlichkeit, die die Köche des Europäischen Hofs in Heidelberg, dem traditionellen 5-Sterne-Haus in der Innenstadt, heute als Mittagstisch zubereitet haben. Michael Herrmann, der zum Entsetzen des Maître d’hôtel sein Dry Aged-Filetsteak mit Salz und Pfeffer geradezu überschüttet, nickt bestätigend. „Du kannst dir nicht vorstellen, wie es auf dem Hof aussieht! Der ist völlig runtergekommen. Dreckig, teilweise modrig und überall liegt Schrott herum. Dann ein alter verwanzter Wohnwagen, der wohl noch nie etwas Pflege gesehen hat. Und von irgendeiner Feier liegen noch alte Toiletten im Gebüsch. Grauenhaft! Wenn du mir das vorher gesagt hättest, wäre ich nie hingefahren. Aber dem hab ich`s dann gezeigt!" Der Stolz einer Siegerin ist aus der Stimme herauszuhören, während sie entschlossen einer kleinen Garnele den Garaus macht, die sich in ihrer Menüfolge als Beigabe eingefunden hat. „Und dann musste ich auch noch Kaffee bei dem trinken. Ähhh!" Sie schüttelt sich vor Ekel. „Eine solche Tasse findest du höchstens im fernen Sibirien. Vor hundert Jahren gefertigt, nie mit Spülmittel saubergemacht und dann noch überall angestoßen, so dass das Porzellan völlig hinüber ist. Und der Kaffee, als wenn du Spülmittel zu trinken bekommst, mir war ganz schlecht danach." Sie schüttelt erneut den Kopf und verschweigt ihrem Komplizen die Tatsache, dass sie sich sogar

übergeben musste. „Aber egal, der meint jetzt, ich bin eine passionierte Reiterin und auf der Suche nach einem Hof, den ich umbaue und dessen Grund ich für die Pferdezucht brauche. Und als ich ihm sagte, dass ich alle 36 Hektar und das Gebäude kaufen will, ist der fast in Ohnmacht gefallen. Da hast du die Euros schon in den Augen stehen sehen."
„Aber wir brauchen doch nur 10 Hektar von ihm." Michael Herrmann, der eher in Aktien denn Fläche denkt, schaut sie verständnislos an. „Ja, du Dummerchen." Die Unternehmerstochter nimmt jetzt eine Avocado ins Visier. „Denk doch mal nach. Wenn ich dem sage, ich will 10 Hektar, geht er nie darauf ein. Er träumt von der Idee, den ganzen Mist hinter sich zu lassen. Und ich mache ihn so heiß auf die Idee, dass wir unsere 10 Hektar und dazu noch den Rest für einen Schnäppchenpreis bekommen. Lass mich nur machen." Mit einem Schnippen nach dem in der Nähe stehenden Ober macht Nadine Scheerer klar, dass sie jetzt Lust auf ein Glas Champagner hat, und bei einem weiteren Blick auf Michael

Herrmann ist auch klar, wer die heutige Rechnung zu übernehmen hat.

47

Nachdem die Ermittler von ihren Missionen in Bammental und Weiler zurückgekehrt sind, finden sich neben ihnen auch Kriminalrat Bauer und Staatsanwalt Knopf zur nachmittäglichen Besprechung ein. Zur Überraschung der Polizisten ergreift der Staatsanwalt gleich zu Beginn das Wort: „Frau Klein, meine Herren, wir sind in einer ungewöhnlichen Situation. Nachdem mir Kriminalrat Bauer über ihre ersten Erkenntnisse über die Tote berichtet hat, habe auch ich über meine Behörde ein paar Erkundigungen eingezogen. Offensichtlich ist es so, dass eine unscheinbar lebende ältere Dame zu Tode kam, die bei genauer Betrachtung nicht so unscheinbar war. Frau Adler ist wohl Multimillionärin und niemand kann auf den ersten Blick erklären, wie es dazu kam. Aus diesem Grunde habe ich mich der Frage gewidmet, wie ihr Wohlstand zu erklären ist. Und in Zusammenarbeit mit Standesämtern und letztlich einem Pensionsfonds gab es

Erkenntnisse, die ich Ihnen vorstellen will.“ Der Staatsanwalt, den die Ermittler bisher eher als Frager denn Antwortgeber erlebt haben, macht eine Kunstpause, die die Spannung erhöht. „Die Lösung liegt in Ernst Adler, ihrem Mann, der am 21. April 1919 in Bonn geboren wurde. Antonia Adler heiratete den wesentlich älteren Mann im Alter von 18 Jahren im Jahr 1963. Ernst Adler war beruflich sehr erfolgreich. Bis 1975 war er im Vorstand einer großen Aktiengesellschaft in unserer Region. Auf einer Dienstreise verstarb er völlig überraschend und hinterließ seiner Frau, neben dem kleinen Haus in Neckargemünd, eine herausragend gute Altersversorgung seines Unternehmens. Seitdem bekam Antonia Adler jeden Monat eine Pension, von deren Höhe wir nur träumen können. Im Jahr 2021 waren dies laut Pensionskasse netto 116.850 €. So wie Sie den Lebensstil der Dame beschrieben haben ist klar, wie sie somit zumindest zu einem ansehnlichen Vermögen gekommen ist. Wenn wir nun berücksichtigen, dass sie wohl ein glückliches Händchen im Bereich von Grundstücksverkäufen gehabt hat, ist verständlich, dass sie als schwerreiche Dame das Zeitliche gesegnet hat" endet der Staatsanwalt.

„Da haben Sie natürlich schon irgendwie recht." Klaus Müller ist vorsichtig mit seinen Worten, schließlich kann er es nicht auf einen Konflikt mit dem Staatsanwalt ankommen lassen. „Komisch ist trotzdem, dass selbst die engsten Verwandten von Frau Adler nichts von deren Geschäften mitbekommen haben. Und genauso auffällig ist die mustergültige Ordnung ihrer Immobilienunterlagen. Ausdrucke von Gemarkungsplänen mit konkret eingezeichneten Entwicklungsgebieten, Käufe und Verkäufe zu sehr glücklichen Zeitpunkten und nicht zuletzt die inzwischen widerlegte Darstellung gegenüber ihres Notars, dass sie regelmäßig auf Sitzungen der Gemeinderäte als Zuhörerin gewesen sei, und hierbei die für sie wichtigen Informationen entnehmen konnte. Zusammengefasst glaube ich nicht, dass das alles nur von Frau Adler initiiert wurde. Ich glaube, dass es hier irgendwo Insider-Informationen gegeben haben muss. Und

da es hier um sehr, sehr viel Geld geht, könnte hierin auch ein Motiv für die Tat liegen. Wir sollten es zumindest weiter verfolgen." Mit diesen Worten schaut er erwartungsvoll seinen Vorgesetzten, Kriminalrat Bauer, an. „Ja, tun Sie das, Müller. Gibt es noch andere Ermittlungsansätze oder Ideen?"
Rike Klein schaut, bevor sie antwortet, zuerst ihre beiden zunickenden Kollegen an. „Wir waren zeitgleich heute Morgen bei der Nichte und dem Neffen der Toten zum Gespräch. Kollege Schubert und ich bei Dirk Schneider, ihrem Neffen, der in Sinsheim-Weiler lebt. Er begrüßte uns in der festen Erwartung, dass wir die Überbringer der frohen Botschaft über die Auszahlung des Erbes von Frau Adler sind. Das Geld ist ihm wohl mehr als willkommen. Er wohnt in einem alten Bauernhof, der sicherlich eine sehr teure Vollrenovierung bräuchte. Er rechnet überhaupt nicht damit, dass er möglicherweise kein Erbe ist. Das Verhältnis zu seiner Tante war zuletzt kaum existent. Sie hatten vor Jahren wohl eine Auseinandersetzung, weil er von ihr Geld leihen wollte. Sie hat dies wohl

schroff abgelehnt und daraufhin ist die Verbindung auf ein Minimum reduziert worden. Die Darstellung glaube ich ihm durchaus. Ebenso hatte er wohl keine Ahnung, dass seine Tante Immobiliengeschäfte tätigte und monatlich über eine Riesen-Pension verfügte. Seine Erwartung im Bezug auf das Erbe ist die Hoffnung, dass eine kleine Summe übrig bleibt, für die er sicher sofort Verwendung findet. Insgesamt hatten Schubert und ich den Eindruck, dass er zumindest überwiegend offen mit uns war. Wir müssen uns aber intensiver um seine wirtschaftlichen Verhältnisse kümmern. Denn im Hinblick auf das erwartete Erbe kann seine Geldnot durchaus ein Tatmotiv sein" beendet Rike ihren Bericht.
„Dem möchte ich mich anschließen" übernimmt Kriminalhauptkommissar Müller den weiteren Report. „Auch ich wurde als Testamentsvollstrecker begrüßt. Das nicht freundlich, sondern sofort fordernd und mit der Frage, wo ich so lange geblieben wäre. Auch Heidemarie Schneider, also die Nichte der Toten, rechnet fest mit ihrem Erbteil. Als ich mich vorstellte und den Grund meines

Kommens sagte, war sie regelrecht geschockt. Ich kann aber nicht sagen, ob aufgrund der Ermittlungen, der Todesursache oder der schlagartigen Erkenntnis, dass es mit dem Erbe noch etwas dauern kann." „Und wie ging es dann weiter?" hakt Staatsanwalt Knopf nach. „Eigentlich genauso, wie es die Kollegen ein paar Kilometer weiter zeitgleich erlebt haben. Sie stellte das Verhältnis zwischen ihr und ihrer Tante als relativ unstet dar. Sie hätten nur gelegentliche Kontakte gehabt, sie wisse eigentlich gar nicht, wovon ihre Tante gelebt hätte und auch über deren Privatleben wisse sie eigentlich nichts. Immobiliengeschäfte ihrer Tante seien undenkbar. Sie traute ihr weder die finanzielle Potenz noch die dazu notwendige Intelligenz zu. Ich hatte den Eindruck, dass sie wahrheitsgemäß berichtet hat. Zu ihrem äußeren Rahmen ist zu sagen, dass ihr Wohnhaus in gutem Zustand ist. Sie ist vermutlich weniger als ihr Bruder auf ein baldiges Erbe angewiesen. Dennoch sehr fordernd und forsch im Auftreten. Auch bei ihr müssen wir noch den finanziellen Hintergrund checken. Ihr ist bewusst, dass das

Haus im Neckargemünder Schützenhausweg einiges wert ist. Und in ihrer Vorstellung hat sie das Haus sicherlich bereits gewinnbringend verkauft."

„Dann fassen wir einmal zusammen", zieht Kriminalrat Bauer vorläufige Bilanz. „Wir haben ein sehr vermögendes Todesopfer und zwei vermeintliche Erben, die keine Erben sind, aber möglicherweise ein Mordmotiv haben. Unsere Tote ist eine Immobilienspekulantin, die offensichtlich hervorragende Informationen hatte, deren Herkunft völlig schleierhaft ist und die wir ergründen müssen. Und letztlich haben wir einen reellen Erben, über den Sie bisher noch gar nichts berichtet haben. Wie sieht es da aus?"
„Da können wir Entwarnung geben" vertritt Daniel Schubert die Überzeugung der Ermittler. „Alleinerbe ist die „Stiftung zur Förderung der kirchlichen Backsteinbauten in Nordostdeutschland". Die wissen von ihrem Glück noch nichts und sind als gemeinsame Stiftung der evangelisch-lutherischen Kirche und der Länder

Mecklenburg-Vorpommern, Hamburg und Schleswig-Holstein völlig unverdächtig." „Das ist plausibel und folgerichtig. Immerhin da können wir uns weitere Ermittlungen ersparen" bestätigt der Staatsanwalt die Einschätzung von Schubert.

„Also, weiter ans Werk." Kriminalrat Bauer steht auf und beendet damit die gemeinsame Besprechung. „Sie berichten mir weiter täglich über Ihre Ergebnisse. Sie wissen, die besten Erfolge werden meist erzielt, solange die Leiche noch nicht kalt ist." Damit verlassen der Kriminalrat und der Staatsanwalt den kleinen Besprechungsraum des Kriminaldezernats. „Wie gut, dass ich ihm nicht gesagt habe, dass die Leiche schon eiskalt war, als wir die Ermittlungen aufgenommen haben. Aber dennoch, gehen wir weiter ran. Aber zuerst widmen wir uns dem Protokollieren der Zwischenergebnisse. Und morgen, 8 Uhr, stimmen wir die nächsten Schritte ab." Damit ist klar, was die drei die nächsten zwei Stunden bis zum Feierabend zu tun haben.

Das Ende des Zweiten Weltkrieges und die folgende Besatzungszeit durch die Alliierten hat vielen Städten in Deutschland Neues beschert. Dies gilt auch und besonders für einige kleinere Städte in der ehemals französischen Besatzungszone, wie Baden-Baden und Bad Dürkheim. Während Baden-Baden als Sitz der französischen Zentralverwaltung schon aus diesem Grunde eine herausragende Rolle einnahm, war das am Rande der Pfalz gelegene Städtchen Bad Dürkheim lange Zeit in einem Dornröschenschlaf. Die im Schatten der Industriestädte Mannheim und Ludwigshafen gelegene Kurstadt war bis 1945 ein Synonym für Provinz, Wein und das damit verbundene größte Weinfest der Welt, dem „Dürkheimer Wurstmarkt". Aber gelangweilte französische Offiziere, der Versuch eines Ausbruchs aus dem Provinzmilieu und nicht zuletzt die Suche nach neuen finanziellen Einnahmen für die Stadt und das neugegründete Land Rheinland-Pfalz, brachten die Wende. Neues Leben gab es besonders in einem klassizistischen Gebäude mit der

Adresse Schlossplatz 6-7. Große Tische wurden herbei gebracht, Mitarbeiter mit speziellen Kenntnissen gewonnen und Richtlinien erstellt, wie die neue Einrichtung sowohl vor Missbrauch als auch vor Spielsüchtigen geschützt werden kann. In dieser am 9.9.1949 von bezeichnenderweise der Mutter des damaligen französischen Generalgouverneurs, Madame Brozen-Faverau, mit einer vergoldeten Elfenbeinkugel eröffneten Spielbank Bad Dürkheim, fanden sich schnell prominente und weniger prominente Besucher ein. Zu den Prominenten gehörten beispielsweise Max Schmeling, Theodor Heuss, Rudolf Forstner oder Hildegard Knef. Diese vergnügten sich überwiegend bei den klassischen Spielen wie Roulette, Baccara oder anderen Kartenspielen. Sieben Jahrzehnte später gehören zu den regelmäßigen, aber sicher weniger prominenten Besuchern auch Carolyn Richter, leitende Mitarbeiterin einer Privatbank in Heidelberg, und Sandra Werner, Sekretärin eines Kurpfälzer Stadtplanungsbüros, die sich für 21 Uhr am Portal der Spielbank verabredet haben.

Carolyn Richter und Sandra Werner kennen sich inzwischen über 10 Jahre. Erstmals begegnet sind sie sich in einem der Spielbank benachbarten Cafe. Während Carolyn Richter nach deutlichen Gewinnen und beseelt von Glückshormonen das Cafe ansteuerte, saß darin bereits eine am Boden zerstörte Sandra Werner. Hatte sie, die nicht die eigentliche Spielbank, sondern die dazugehörige Automatenspielmöglichkeit im „Jackpot Corner" regelmäßig aufsuchte, gerade ihr komplettes Monats-Nettogehalt innerhalb eines Abends verspielt.
Beide Frauen kamen ins Gespräch und nach einem Tröstungssekt, dessen Bezahlung die erfolgreiche Bankerin übernahm, verabredeten sie sich für ein weiteres Treffen in Heidelberg. Nach weiteren Treffen sowie dem Austausch über private Details aus ihrem jeweiligen Leben entstand eine erste freundschaftliche Bande. Wenig später unterbreitete Carolyn Richter ihrer neuen Freundin einen Vorschlag, der diese sowohl aus ihrer damaligen finanziellen Notlage, als auch in eine finanziell glorreiche Zukunft führen sollte. Und zu dieser

glorreichen Zukunft gehören, wie auch heute, weitere gemeinsame Besuche der Spielbank in Bad Dürkheim.

Nach dem Eintreten und der Registration als Besucherinnen der Spielbank wechselt Carolyn Richter zunächst eine größere Menge Bargeld in Jetons um. Die zweimal gleiche Stückelung wählt sie in den Formaten 10 €, 50 €, 100 € und 500 €. Als sie zu Sandra Werner zurückkommt, gibt sie ihr die Hälfte der eingewechselten Jetons. „So, das wäre erledigt. Sandra, lass uns beginnen. Ich bin schon ganz kribbelig." Mit diesen Worten nimmt sie ihre Freundin am Arm und geht mit ihr zu einem auf der rechten Seite platzierten Spieltisch, bei dem unmittelbar nebeneinander zwei Plätze frei sind. „Das ist ein gutes Zeichen." Sandra Werner sieht Caro Richter strahlend an. „Jetzt sprengen wir die Bank und danach gehen wir richtig feiern!" Mit diesen Worten nehmen sie Platz, ordern das erste Glas Sekt des Abends und nehmen gemeinsam die Aufmerksamkeit eines der beiden Croupiers in Anspruch. „Zero und Rouge für die Dame, und Noir und das letzte Dutzend für Sie, Frau Richter", bestätigt dieser die ersten Einsätze des Abends. Zahlreiche Adrenalinschübe und zwei Stunden weiter sitzen beide Damen in einem kleinen Separee. „Jetzt habe ich schon wieder dreitausend verloren, und du bist in der Gewinnzone" lamentiert Sandra Werner ihre Ergebnisse. „Ja, du hast einfach Pech gehabt. Aber das ist ja kein Drama" bestätigt ihre Freundin und führt fort „Das kann dir doch fast egal sein. Mit dem, was du mir diese Woche geliefert hast, kannst du noch viel verlieren. Wenn es uns gelingt, die Grundstücke zu übernehmen, ist das für dich mindestens 50.000 € wert. Das sind doch beste Aussichten!" Sandra Werner nickt ihr stumm zu, während sie genüsslich und mit einer gewissen Vorfreude auf den zu erwartenden Geldsegen auf eine Olive beißt. "Dann hoffe ich mal, dass das im gleichen Tempo wie bei der Alten über die Bühne geht. Die war mit ihrer Masche ja irgendwie unschlagbar. Du gehst zu irgendwelchen Landbesitzern, sprichst zu ihnen wegen der Realisierung deines Lebenstraumes und deinem absehbaren Lebensende und kaufst ihnen ihr Land deshalb sehr schnell, und zu einem Spottpreis, ab. Zurück bleiben Verkäufer mit einem guten moralischen Gefühl und eine ältere Dame, die ihr und damit auch unser Vermögen wieder einmal grandios vermehrt hat." „Ein Vermögen, das übrigens auch dir, Sandra, zu vielen schönen Spielabenden in Bad Dürkheim verhilft. Und mir zu einer neue wunderschönen Eigentumswohnung mitten in Mannheim" zeigt Carolyn Richter die Vorteile der Deals für alle Beteiligten auf.

„Und bei den schönen Spielabenden in Bad Dürkheim machen wir jetzt weiter." Entschlossen steht Sandra Werner auf. „Los, trink aus. Mein Glück wartet an Tisch Drei." Mit großen Schritten schreitet Sandra Werner, gefolgt von ihrer ebenfalls spielsüchtigen Freundin, zu dem Tisch, an dem sie zwei freie Plätze direkt neben dem Croupier erblickt hat.

„Und warum hast du mir das nicht vorher gesagt?“ Ungläubig schaut Rike Klein ihren englischen Freund Michael Bannon an. „Ich wollte meine alten Wunden nicht nochmals aufreißen“ sagt dieser mit Tränen in den Augen. „Du musst wissen, dass ich kaum über die Trauer um Anne hinweggekommen bin. Sie war damals mit ihrer Honda auf dem Heimweg von mir. Ein Auto nahm ihr die Vorfahrt, es kam zu einem seitlichen Zusammenprall, und sie hat sich tödlich beim Aufschlag auf das Fahrzeug verletzt. Als ich vom Unfall unweit meiner damaligen Wohnung in Oxford hörte, bin ich sofort hingerast. Als ich ankam, wurde Anne gerade in einen Zinksarg gelegt. Das Bild verfolgt mich sicherlich bis an mein Lebensende. Ich bin nie darüber hinweggekommen und dann förmlich aus Oxford, England und meinem bisherigen Leben geflohen. Deshalb bin ich auch in Heidelberg gelandet.“

Rike sind inzwischen ebenfalls die Tränen in die Augen geflossen. Sie nimmt ihn zärtlich mit den Worten „Liebster, das habe ich wirklich nicht wissen können“ in den Arm, und aus Michael bricht nun mit einem nicht enden wollenden Weinen und Schluchzen der angestaute Schmerz der letzten Jahre aus.

Stunden später, nachdem Michael in einen komaähnlichen Schlaf gefallen war, steht Rike auf seiner Terrasse am Philosophenweg und schaut hinüber auf die illuminierte Schlossruine. Obwohl es jetzt im November bereits ziemlich winterlich ist, spürt sie keine Kälte. Zu nah und intensiv ist ihr der ungewohnte Gefühlsausbruch von Michael an die eigenen Nieren gegangen. Noch nie war ihr so wie jetzt bewusst, wie sehr sie einen Menschen liebt. Und mit der jetzt gewonnenen Überzeugung, in Michael den Mann für ihr weiteres Leben gefunden zu haben, schließt sie die Terrassentür, und wenige Sekunden später legt sie sich wieder mit einem wohligen Gefühl in dessen Arme.

50

Nicht nur Rike hatte eine unruhige Nacht hinter sich, das gilt auch für Daniel Schubert. Zu verdanken hat er diese aber seinem tierischen

Hausgefährten. Kamikaze, Schmusekater und bereits seit längerem eigentlicher Mittelpunkt der Männer-WG, war bisher, was seinen Geschlechtstrieb und normale Lebensgewohnheiten anderer Kater anging, eher unauffällig. Eigentlich auch kein Wunder, da im Tierheim abgegebene Kater grundsätzlich, bevor eine Weitergabe an neue Besitzer erfolgt, durch die Tierheimärzte kastriert werden. In der Folge war Kamikaze bis heute Nacht weder an Freigang noch an anderen Katzen interessiert. Dies änderte sich schlagartig, zum Leidwesen von Daniel Schubert und seinem Freund Alex. Ein Stockwerk tiefer ist eine neue Mieterin eingezogen, die ebenfalls einen Stubentiger ihr Eigen nennt. Und so durchzog die ganze Nacht das Mietshaus in der Nähe des Tattersalls ein lautes Fauchen und Miauen, da beide Kater jeweils versuchten, ihrem unsichtbaren Konkurrenten das jeweilige Revier zu markieren. Daniel war deshalb froh, als er bereits kurz nach 6 Uhr die gemeinsame Wohnung verlassen und seinem Freund Alex die Aufgabe überlassen konnte, die Ruhe im Mietshaus für Menschen und Kater wieder herzustellen.

Er staunt nicht schlecht, als er kurz vor 7 Uhr nicht der erste Ermittler in ihrem Dezernat ist. Auch Rike Klein ist bereits vor Ort und sieht ebenfalls ziemlich mitgenommen aus. Als um 8 Uhr Kriminalhauptkommissar Klaus Müller die morgendliche Besprechung beginnt, stellt er erstaunt fest, dass ihm gegenüber ein ziemlich geschafft wirkendes Duo sitzt.

„So wie wir alle aussehen, nimmt uns der Fall doch ganz schön mit" beginnt Müller. Auch er ist ziemlich gereizt, da er bereits heute Morgen eine Auseinandersetzung mit seiner Tochter über Küchenhygiene führen musste. „Kriminalrat Bauer hat ja gestern absolut treffend die richtigen Fragen aufgeworfen. Wir haben genau zwei unterschiedliche Ermittlungsansätze. Ansatz Eins - das familiäre Umfeld, welches sich als Erbe gesehen hat. Ansatz Zwei - die erfolgreichen Immobiliengeschäfte der Toten und hierin möglicherweise verwickelte Partner. Also - wie wollen wir

vorgehen?" „Ich finde, dass wir zunächst die Familie Schneider sich von ihrem Schock, kein Erbe zu erhalten, erholen lassen sollten. Irgendwie war das, was sie uns erzählt haben, ziemlich glaubhaft. Zumindest konnten wir bisher keine unplausiblen Sachverhalte erkennen".
„Da gebe ich dir recht" sagt Müller, und Schubert nickt bestätigend ebenfalls mit dem Kopf. „Wenn ihr mir hier zustimmt, sollten wir uns also der Frage widmen, wie Frau Adler die Immobilien erworben und verkauft hat. Vielleicht kommen wir so der Antwort näher, ob es weitere Begünstigte gab. Denn irgendwie" so die Ermittlerin weiter, „kann ich mir kaum vorstellen, dass eine fast achtzigjährige Dame ohne externe Tipps extrem erfolgreich in Bauland investiert." Auch jetzt nicken Daniel Schubert und Klaus Müller ihrer Kollegin zu.
„Dann lasst uns doch mal mit einem reden, der an Frau Adler Land verkaufte" schlägt Schubert vor. „Ja, das macht ihr beide. Ich werde als Leiter unserer Ermittlungsgruppe versuchen, mit einem Sachkundigen in der Immobilienbranche zu reden, was

sich denn da möglicherweise Grenzwertiges in der Kurpfalz tut" beendet Müller zusammenfassend die Besprechung.

51

Theodor „Theo" Wendel ist in Meckesheim ein beliebter und geselliger Mensch. Wie so viele Landwirte lange Zeit Sänger im inzwischen mangels Nachwuchs nicht mehr existierenden Männerchor des Gesangvereins „Sängereinheit", und darüber hinaus Jäger und Mitglied in der Jagdhornbläsergruppe „Neurott", die für ihre gepflegte Hornmusik weit über die Grenzen dieses kleinen Kraichgauortes bekannt ist. Sein heutiger Kopfschmerz ist weniger auf die gestrige Probe, denn auf die anschließende gemeinsame Verkostung selbstgebrannter Schnäpse zurückzuführen.
Seit einigen Tagen ist er jetzt in einer ununterbrochen guten Stimmung. Er denkt noch immer geradezu ungläubig an das Gespräch mit Nadine Scheerer zurück, die für sein altes Gehöft und die sechsunddreißig Hektar

Land offensichtlich bereit ist, ein kleines Vermögen zu bezahlen. „Ein kleines Vermögen, das mich meine Schulden vergessen lässt und dann einen Neuanfang im Süden ermöglicht" denkt Wendel, und sieht sich in seinen Gedanken am Strand von Mallorca liegen, und gelegentlich den ein oder anderen Touristen in eine Bodega zur Weinprobe zu begleiten. Während er notdürftig ein Loch auf dem Dach seines alten Geräteschuppenens zu reparieren versucht, erinnert er sich an das letzte Gespräch mit seinem Bankberater. Eigentlich war es kein Gespräch, sondern eher die Ankündigung einer unvermeidlichen Zwangsvollstreckung. Die Bank, so der eigentlich nette Mensch der hiesigen Bank, stehe natürlich zu ihren Kunden. Dies auch und besonders in schlechten Zeiten. Aber wenn diese so lange wie bei Wendel andauerten, dann sei irgendwann der Tag gekommen, an dem die Verlängerung auslaufender Kredite kritisch zu hinterfragen sei. Theo Wendel hat seinem Berater dann ziemlich heftig geantwortet und in der Folge all die Banken angefragt, die laut Internet und Werbung auch in schwierigen Fällen helfen. Aber egal ob Direktbanken, weitere regional ansässige Banken oder auch eine Heidelberger Privatbank, alle haben dankend die Übernahme der bestehenden Kredite abgelehnt. Und so kam die gut aussehende Nadine Scheerer im eleganten italienischen Sportwagen gerade im rechten Augenblick.

„Ich werde mich später etwas in Schale werfen", denkt Bauer Wendel noch. Schließlich gilt es heute, mit ihr über sein Land zu fahren und sie von den Vorteilen des Areals zu überzeugen. „Und mit etwas Glück sind wir bereits heute Abend handelseinig und in zwei, drei Monaten starte ich unter der balearischen Sonne durch." Wenig später schlägt er den letzten Nagel in das Holz, steigt vom kaputten Dach herunter und danach unter die selten genutzte Dusche, um dabei festzustellen, dass jetzt wohl auch die Heizung ihren Geist aufgegeben hat.

52

„Das letzte größere Grundstücksgeschäft vor ihrem Tod hat

Frau Adler auf der Gemarkung Dielheim abgewickelt." Schubert schiebt Rike Klein einen der Ordner über den Schreibtisch zu. Diesen hatte das Team der Kriminaltechnik um Hakan Yildirim im Haus der Verstorbenen sichergestellt. „Hier hat sie insgesamt fünf beieinanderliegende Grundstücke mit insgesamt 32 Ar, also 3.200 m², erworben. Diese wurden vor kurzem als Bauerwartungsland bzw. Baugebiet für Wohngebäude ausgewiesen." Rike Klein blättert hilflos in einem ganzen Stapel Ausdrucke und Tabellen. „Ich kann dir vielleicht zusammenfassend helfen." Schubert fährt fort: „Ich habe mir die aktuellen Bodenrichtwerte der Gemeinde Dielheim besorgt. Demnach kostet der Quadratmeter Bauland nach Einschätzung des „Gutachterausschusses Südöstlicher Rhein-Neckar-Kreis" aktuell 480 Euro je Quadratmeter. Der entsprechende Richtwert für den Quadratmeter Grünland beläuft sich auf 1 Euro, und für den Quadratmeter Ackergelände auf 2 Euro. Wenn also Frau Adler 32 Ar Ackerfläche für wahrscheinlich rund 6.400 Euro gekauft hat, war dieses Areal als Bauland wenig später das zweihundertvierzigfache, also 1.536.000 Euro, wert. Selbst wenn man jetzt noch einen deutlich höheren Einkaufspreis, Erschließungskosten und ein mögliches Vorkaufsrecht der Gemeinde, zu einem extrem niedrigen Preis zu kaufen, einrechnet, ist klar, dass da auf jeden Fall ganz schnell eine Million oder mehr hängen bleibt." „Mein lieber Schwan, da geht es ja um ganz schön viel Kohle." „Ja", bestätigt Schubert seiner Kollegin, „Land ist das heutige Kurpfälzer Gold."

Der Verkäufer von vier der fünf Grundstücke heißt Klaus Fischer und wohnt in Heidelberg-Kirchheim. Er ist ziemlich erstaunt, als ihn die Kriminalpolizei anruft und fragt, ob zwei Ermittler in einer Stunde bei ihm vorbei kommen können. Da er schon immer neugierig war und als Rentner seinen Tag frei einteilen kann, ist er gerne bereit, Rike Klein und Daniel Schubert in der Pleikartsförsterstraße zu empfangen. Als die beiden an seiner Haustür läuten, dauert es lange, bis diese geöffnet wird. Klaus Fischer ist ein freundlicher, aber gesundheitlich sichtlich angeschlagener Endsiebziger. Seine aus Dielheim stammende Frau ist, wie er den beiden Beamten berichtet, vor einigen Jahren verstorben und auch er sei, wie sie ja sehen könnten, nicht mehr bei bester Gesundheit. „Jetzt bin isch awer gschbannt, was di Kripo vun mir will" führt er elegant und im besten Kurpfälzer Dialekt von seiner familiären Situation zu dem überraschenden Besuch über. „Isch wer doch nix verbroche hawe?" Rike hat nach wie vor gelegentliche Probleme mit dem hiesigen Kurpfälzer Dialekt. Als gebürtige Nordfriesin, die auf der Insel Föhr aufgewachsen ist und auch später, bis zu ihrem Umzug nach Heidelberg, auf diesem Eiland gelebt hat, ist es ihr immer noch ein Rätsel, wie die Menschen solch grässliche Umlaute formen können. „Keine Angst, Herr Fischer" beruhigt sie den Rentner. „Sie stehen nicht im Mittelpunkt unserer Ermittlungen. Dennoch ist es für uns wichtig, mit Ihnen zu reden, da Sie möglicherweise ein wichtiger Zeuge sind." Klaus Fischer, der in seinen bisherigen fast acht Lebensjahrzehnten noch nie etwas mit der Kriminalpolizei zu tun hatte, schaut sie fragend an. „Dess konn isch ma gar nett vorstelle. Fräuleinsche, isch hab doch nix mit Kriminelle zu du.“ „Die Kriminellen sind heute überall, Herr Fischer.“ Schubert springt seiner Kollegin bei, die Sekunden später noch immer an der Bezeichnung "Fräuleinsche" zu knabbern hat. „Sie haben doch in Dielheim vier Grundstücke verkauft. Käuferin war nach unseren Unterlagen Frau Antonia Adler aus Neckargemünd. Und wir möchten einfach wissen, wie sich der damalige Verkauf abgespielt hat.“ Klaus Fischer, dessen Worte der besseren Lesbarkeit willen jetzt in hochdeutsch aufgeschrieben werden, berichtet wie folgt: „Ja, die Antonia. Das ist schon eine klasse Frau. Und so eine Wohltäterin, ich war von Anfang an begeistert. Wissen Sie, irgendwann stand sie einfach vor meiner Haustüre. Antonia, so stellte sie sich vor, war eine adrette und rüstige Dame. Wir haben uns gleich gut verstanden. Wir sind ja praktisch gleich alt, aber der liebe Gott hat ihr wohl eine deutlich robustere Gesundheit als mir geschenkt. Sie müssen wissen, dass Antonia ein Herz für Tiere hat. Tiere haben sie ihr

Leben lang begleitet. Ich kann das nachvollziehen, schließlich stamme ich auch aus einer Landwirtschaft und bin mit Tieren groß geworden. Antonia hat mir erzählt, dass sie keine Erben hat und schon immer den Traum hatte, misshandelten und schlecht gehaltenen Tieren eine Zuflucht zu stiften. Und jetzt, wo sie erkannt habe, dass auch sie nicht ewig leben wird, ist sie dabei, ihr Vorhaben in die Tat umzusetzen." „Und was hatte sie genau vor?" Rike ist es wichtig, weitere Details zu erfahren. „Sie will in Dielheim eine Art Gnadenhof errichten." Klaus Fischer erinnert sich genau an das Gespräch. „Sie hat von der früheren Nachbarin meiner Frau erfahren, dass die von ihr ins Auge gefassten Areale mir gehören. Und nachdem ich von ihren Plänen gehört habe, waren wir uns schnell einig, dass ich die Idee unterstütze und ihr meine Grundstücke verkaufe." „Und was wollten Sie dafür?" hakt Schubert nach. „Ach, junger Mann. In meinem Alter und wenn Sie keine Kinder haben, ist es nicht so wichtig, noch viel Geld zu haben. Mir reicht das bisschen, was ich habe. Für mich war es eine innere Freude,

Antonia und ihr Vorhaben zu unterstützen, und so haben wir uns natürlich auf einen eher symbolischen Kaufpreis geeinigt." „Der wie hoch war?" fragt Rike, die inzwischen die Bezeichnung „Fräuleinsche" verdaut hat. „Na, ein Euro für den Quadratmeter. Das war ja dann auch einfach zu rechnen. Für die 25 Ar waren das dann genau zweitausendfünfhundert Euro, die Antonia mir dann überwiesen hat. Und stellen Sie sich vor, die Nebenkosten für Grundbuch und Notar hat sie dann komplett von sich aus übernommen." „Na, das war aber so was von großzügig!" ist der zynische Kommentar Schuberts, dessen Zweideutigkeit der Senior aber nicht registriert. „Das finde ich auch, normalerweise hätte ich ja die Hälfte übernommen."

„Darf ich aber jetzt dennoch fragen, weshalb Sie sich nach Antonia erkundigen?" „Ja, das dürfen Sie gerne. Frau Adler wurde vor kurzem tot in Neckargemünd aufgefunden. Und da wir von einem Tötungsdelikt ausgehen, erkundigen wir uns nach allem, was Frau Adler in der Zeit vor ihrem Tod Ungewöhnliches gemacht hat." „Ach Gott, die arme Antonia. Dann wird sie ja vielleicht den Bau ihres Gnadenhofes gar nicht mehr erlebt haben." Kopfschüttelnd begleitet der Senior seine beiden Besucher zur Tür. Kurze Zeit später sitzen diese in ihrem Auto, um wieder zurück ins Dezernat in der Römerstraße zu fahren.

„Die hat den Verkäufer mit dieser blöden Story völlig abgezockt! Den Quadratmeter für einen angeblich guten Zweck und einen Euro gekauft. Kurze Zeit später ist dieser Fleck Erde das mindestens dreihundertfünfzigfache Wert. Ich könnte grade kotzen!" Schubert ist noch völlig außer sich, als er und Rike gegenüber Kriminalrat Bauer und Klaus Müller berichten.
„Wir haben daraufhin mit der Verkäuferin des weiteren Grundstücks in Dielheim telefoniert", berichtet Rike Klein weiter. „Diese hat, nachdem sie sogar Klaus Fischer angerufen hat, um für den Gnadenhof zu werben, ebenfalls für einen Euro der Quadratmeter an Antonia Adler verkauft. Bei ihr waren es lediglich

vierhundert Quadratmeter, aber auch daraus wurde zum Schluss ein ganzer Bauplatz.“ „Und das war immer die gleiche Masche?“ Kriminalrat Bauer fragt fassungslos nach. „Nicht ganz.“ Schubert findet wieder gemäßigtere Worte „In Sinsheim-Dühren hat sie angeblich ein ganzes Altenpflegeheim für arme und kranke Senioren stiften wollen. Und in Zuzenhausen sollte ein Tierfriedhof durch sie entstehen. Es ist unglaublich, die hat sich irgendwie kundig gemacht, auf was die bisherigen Besitzer der begehrten Grundstücke ansprechen, und dann die richtige Karte gezogen. Die Verkäufer in Zuzenhausen waren beispielsweise im ganzen Ort für ihre Liebe zu aus Spanien nach Deutschland verbrachten Podencos bekannt. Das muss sie erfahren und dann genau die richtige Tonlage getroffen haben. Und wer denkt bei einer so alten Dame an unlautere Absichten?“ „Ich glaube aber nicht, dass das eine fast achtzigjährige Frau alleine durchziehen kann. Das ist doch kaum zu glauben!“ Klaus Müller ist so etwas in seiner Karriere noch nicht untergekommen. „Also, wir müssen da mehr ran. Ich bin überzeugt, dass es hier Hintermänner gibt, die dabei mitverdient haben." „Gibt es weitere Erkenntnisse zu den verhinderten Erben, also dem Neffen und der Nichte?" fragt der Kriminalrat. „Nein, wir sind ja schließlich auch nur zu Dritt". Bauer schaut seinen Leitenden Ermittler ungläubig an, selten hat er diesen einen so gereizten Satz ausstoßen gehört. „Ja, ist schon gut, Herr Müller. Machen Sie ruhig weiter, Sie sind schon ein gutes Team." Und um dann nicht weiter zu stören und mögliche Konflikte herauf zu beschwören, verlässt der Kriminalrat umgehend den Raum und beschließt auf dem Rückweg zu seinem Büro, noch bei Staatsanwalt Knopf und seiner legendären Espressomaschine vorbei zu gehen.

53

„Also, weiteres Vorgehen?" Müller schaut Rike Klein und Daniel Schubert gespannt an. „Irgendwie hat Kriminalrat Bauer schon recht", formuliert Rike Klein angesichts des Gefühlsausbruchs ihres Chefs sehr vorsichtig. „Wir sollten die zwei nächsten Verwandten nicht aus dem

Blickfeld verlieren. Daniel und ich haben uns, als wir den etwas in die Jahre gekommenen Hof von Dirk Schneider in Weiler verlassen haben, schon darüber unterhalten, dass es dort sicher schon immer viele Nager und Schädlinge gegeben hat. Folglich ist es durchaus möglich, dass Dirk Schneider noch irgendwo uraltes Rattengift liegen hatte. Und die Gelegenheit, das seiner Tante unterzujubeln, hätte er sicherlich gehabt." „Das stimmt schon, Rike." Daniel Schubert unterbricht sie, „Aber wenn wir abwägen sollen, ob wir zunächst den Schneiders weiter auf den Zahn fühlen, oder uns nochmals um Informationen über die Grundstücksdeals kümmern, wäre ich für die zweite Variante. Die Schneiders laufen uns nicht weg. Aber möglicherweise verlieren wir mit der Zeit Spuren, die uns zu Komplizen in Sachen Grundstücke führen können. Und da geht es ja offensichtlich um viel mehr Kohle, als die Schneiders je als Erbe zu hoffen wagten."

„Das hat was für sich." Kriminalkommissar Müller fasst zusammen. „Also, zuerst Grundstücksgeschäfte und dann, wenn wir hier nicht erfolgreich sind, weiter bei den Schneiders. Ihr interviewt als nächstes noch einige Grundstücksverkäufer, ich mache mich mal kundig, ob es bei unserer Polizei oder anderen Stellen Menschen gibt, die mir was über spekulative Grundstücksgeschäfte erzählen können. Ihr dokumentiert den Rest des Tages eure Zwischenerkenntnisse. Ich mache mich jetzt vom Acker und werde heute Abend mit meiner Lena und ihrem Prinzen versuchen, konfliktfrei Essen zu gehen".

54

Wer den Landwirt Theodor „Theo" Wendel zu kennen glaubte, wird heute eines Besseren belehrt. Der 56jährige steht in einer fein gebügelten Cordhose, einem ebenso fehlerfrei gebügelten Hemd und einem bayerischen „Jankerl" vor seinem Hof, als ein älterer Herr mit seinem Traktor vorbei kommt. „Ja, grüß dich, Theo." Ungläubig schaut er von seinem Lanz-Bulldog herab. „Was ist denn heut passiert? Willst du auf deine alten Tage noch heiraten?" fragt er nicht ganz ernsthaft Theodor Wendel. „Nein, nein. Ich kriege Besuch. Und für besonderen Besuch, muss man sich einfach hübsch machen." In diesem Moment hat sich unbemerkt ein elfenbeinfarbener italienischer Sportwagen genähert, aus dem eine gutaussehende, stilvoll gekleidete Dame steigt. Dem Traktoristen fallen beinahe die Augen aus, und er glaubt an einen Hörsturz, als er „Guten Morgen, Theobald, wie geht es dir?" zu vernehmen glaubt. „Ich muss jetzt schnell weiter", stößt er noch aus, bevor er mit Vollgas seinem Stammtisch zueilt, um dort sofort zu erzählen, was er soeben Unglaubliches erlebt hat.

Nadine Scheerer, die heute wieder elegant, aber mit festem Schuhwerk gekleidet ist, nimmt mit einem Lächeln zur Kenntnis, dass ihr Charme und ihre Fähigkeiten zu flirten auch bei Theobald Wendel gewirkt haben. Dieser ist sichtlich wegen ihrem Besuch aufgeregt und drängt sofort zum Aufbruch. „Nadine, lass uns mal deine künftigen Pferdekoppeln besichtigen. Ich glaube aber, dass es besser ist, wenn wir meinen alten Opel nehmen und nicht dein italienisches Edelross." Kurze Zeit später fahren sie von seinem Hof und besichtigen die 36 Hektar Land, die dem Landwirt in Meckesheim und dem benachbarten Mauer gehören. Wendel ist so in seinem Glücksgefühl gefangen, dass er nicht wahrnimmt, dass Nadine Scheerer sechsundzwanzig dieser sechsunddreißig Hektar sichtbar wenig interessieren. Lediglich am Ortsrand von Meckesheim bittet sie Wendel, dass sie einmal alleine über das Gelände laufen kann. Sie möchte testen, ob der Boden trittfest genug für ihre Pferde ist.

Nach einigen Minuten kommt sie zufrieden zu dem am Auto wartenden Theobald Wendel zurück. „So, lieber Theo. Ich darf dich doch Theo nennen?“ Mit einem gurrenden Ton leitet sie zur nächsten Runde über. „Jetzt müssen wir uns nur noch über den Preis einigen. Aber ich glaube, dass wir beide uns doch sicher einig werden.“

Zwei Stunden später verlässt eine sichtlich zufriedene Nadine Scheerer einen noch zufriedeneren Theobald Wendel. Dieser sieht sich gedanklich bereits am Strand auf seiner Baleareninsel, mit einem Longdrink in der einen, und einer schönen Frau in der anderen Hand. „Der Alten hab ich`s gegeben!“ Triumphierend reißt er ein „Schumi`s Jubiläumsbier“ zur Feier des Tages auf. „Für mein altes Gehöft und das Land eine halbe Million Euro. Die hat nicht mal kapiert, wie viel sie mir dafür geboten hat. Und wenn ich meine Schulden bezahlt habe, bleiben immer noch dreihunderttausend. Malle - ich komme!“ Mit einem Urschrei brüllt er die letzten drei Wörter von seiner Terrasse heraus. Ein im Ort bekannter und zufällig vorbei kommender Radfahrer in Tarnfarben zuckt zusammen und ist erst wieder beruhigt, als er feststellt, dass es kein Hilferuf, sondern eher ein unkontrollierter Freudenausdruck war.

Zur gleichen Zeit jagt Nadine Scheerer triumphierend mit ihrem Maserati die Steigung von Meckesheim Richtung Oberhof hinauf. Der Sound ihres Auspuffes übertönt außen den Gesang von Freddy Mercury, der mit „We are the champions" genau das emotionale Empfinden von Nadine Scheerer wieder gibt.
Sie kann es kaum erwarten, Michael Herrmann heute Abend am Telefon zu berichten, dass sie das begehrte Areal für den Spottpreis von einer halben Million an Land gezogen hat. „Und gleich morgen mache ich dem Notar Füße, dass in spätestens drei Wochen der Deal vollzogen ist."

55

Rike ist heute die erste von beiden, die sich an der Bar im „Aix-en-Provence" niederlässt. „Na?" fragt Erik, „Hängt der Haussegen wieder gerade?". „Ja, Gott sei Dank." Rike lächelt erleichtert. „Wir haben uns ausgesprochen und ich habe vieles über Michael erfahren, was ich vorher nicht wissen konnte. Aber lass uns über was anderes reden, Erik. Und wenn du noch ein Glas von dem schönen Chardonnay hast, würde ich mich sehr freuen." „Dein Wunsch ist mir Befehl." Erik lächelt seinen Stammgast an. „Ah, hallo Michael. Möchtest du auch einen Chardonnay?" Michael Bannings, Partner von Rike Klein, schüttelt den Kopf. „Nein, heute nicht. Schenk mir lieber ein frisches Pils aus. Aber erst, wenn Rike mit ihrem Wein versorgt wurde." Und während Erik dem kleinen Vorratsraum im Keller zustrebt, um den gewünschten Wein zu holen, legt Michael seiner Rike einen Zettel mit einer Webadresse auf den Tresen. „Was ist das?" Fragend schaut sie ihn an. „Das ist die Webadresse von einer Fahrschule in Wiesloch. Die bieten Intensivkurse Motorrad an. Und wenn alles gut geht, hast du in zwei bis drei Wochen deinen Führerschein. Ich habe mit denen heute telefoniert. Übermorgen kannst du mit Theorie und Praxis starten." Rike glaubt ihren

Ohren nicht zu trauen. „Und wieso der Sinneswandel?" „Ich habe nach dem gestrigen Abend über vieles nachgedacht. Und glaube mir, vieles von dem, was ich gesagt habe, tut mir leid. Du hast in vielem Recht und ich muss lernen, die Vergangenheit endgültig hinter mir zu lassen." Rike nimmt Michael in den Arm und gibt ihm zärtlich einen Kuss. „Eigentlich wollte ich dir sagen, dass das mit dem Motorrad vielleicht doch eine Schnapsidee war. Aber jetzt, jetzt schreibe ich denen später noch eine Mail und werde mich zum Führerschein anmelden." Und nachdem Erik sowohl den Weißwein als auch das Pils in gewohnter Manier eingeschenkt hat, wenden sie sich anderen Themen zu und verbringen diesmal einen netten und harmonischen Abend miteinander.

Weniger harmonisch geht es mal wieder in einem Einfamilienhaus in Kleingemünd zu. Nachdem Klaus Müller sich durch die neue Tempo 30 Zone in der Ortsdurchfahrt von Neckargemünd gekämpft hat, kommt er bereits ziemlich gereizt zuhause an. Seine Laune bessert sich auch nicht, als er die Wohnung in einem völligen Chaos vorfindet. Im Wohnzimmer liegen stapelweise Klamotten, die Küche ist völlig verdreckt und unaufgeräumt, außerdemm bergeweise Schuhe im Flur, über die er hinwegsteigen muss. Seine Tochter und deren Mitbewohner Jan sind nicht auffindbar und auch sein Versuch, seine Frau in Bad Orb anzurufen, schlägt fehl. „Die können was erleben, wenn sie wieder kommen", ist sein Gedanke, als er eine stinkende Socke von seinem Stuhl im Wohnzimmer entfernt. So ist es vielleicht ein Glück, dass er die Rückkehr seiner verliebten Tochter, genauso wie den Rückruf seiner Frau, an diesem Abend auf der Couch verschläft. Und als er am nächsten Morgen mit schmerzendem Rücken erwacht, hält ihm seine Lena mit den Worten „Guten Morgen, Papa. Und bevor du schimpfst: wir räumen gleich die Wohnung auf" eine dampfende Tasse Kaffee unter die Nase. Und bei diesen Worten und dem herrlich duftenden Kaffee bessert sich Müllers Laune schlagartig.

56

Triumphierend betritt Michael Herrmann das Büro seiner Kollegin Carolyn Richter. „Die ist super, die ist klasse!" Seine Begeisterung kennt keine Grenzen. „Wen meinst du denn überhaupt?" Sie kann seinen Gefühlsausbrüchen kaum folgen. „Natürlich die Scheerer. Die hat mich gestern Nacht noch angerufen. Der Trottel aus Meckesheim hat angebissen. In Kürze ist Notartermin, dann kann sie den kompletten Hof übernehmen." „Bist du blöde? Du weißt doch genau, dass es in Baden-Württemberg nur Landwirten und ähnlichen Berufen erlaubt ist, landwirtschaftliche Flächen über einem Hektar zu erwerben. Deshalb hat doch die alte Adler immer nur bis zu 99 Ar gekauft. Bist du jetzt größenwahnsinnig?" Mit einer wenig schönen Geste drückt sie Michael Herrmann gegenüber aus, was sie von der Aktion hält. „Keine Sorge", er lacht. „Die Scheerer ist ja noch viel besser als die Adler. Als ich ihr von der Bestimmung erzählte, sagte sie, dass sie eine Lösung finden wird. Und das hat sie." Strahlend schaut er

Carolyn Richter an. „Sie hat einfach ein Gewerbe als angehende gewerbliche Pferdezüchterin angemeldet. Und schwupp - damit kannst du kaufen, was und wo du willst. Und nirgens steht, dass ein angehender Pferdezuchtbetrieb als erstes Pferde braucht, bevor er die geeigneten Immobilien erworben hat." Carolyn Richter steht der Mund vor Staunen offen. „Wenn das klappt ist das ja echt genial." „Das klappt. Und wenn das Land wieder von ihr als Bauland verkauft ist, meldet sie den Betrieb wieder ab. Kann ja niemand wissen, dass es auf einmal völlig unerwartet Bauland wird und die Gesellschaft dringend das Areal benötigt." Lachend und mit einem weiterhin triumphierenden Ausdruck im Gesicht verlässt er die weiterhin staunende Komplizin.

57

Die morgendliche Besprechung im Kriminaldezernat bringt wenig Neuigkeiten. Rike und Daniel konnten am gestrigen Nachmittag zwei weitere Verkäufer von Grundstücken an Frau Adler erreichen und machen sich deshalb gleich auf den Weg nach Dossenheim und Lampenhain, einen kleinen Weiler im Odenwald, der zu der Ortschaft mit dem längsten Namen in der Region „Heiligkreuzsteinach" gehört.

Ein möglicherweise weitaus interessanterer Termin wartet um 11 Uhr auf Klaus Müller. Der Kriminalhauptkommissar hat Verbindungen in die Zeitungsbranche genutzt, um Kontakt zu einer besonderen Art von Journalisten zu knüpfen. Seinen Kollegen gegenüber äußert er nur, dass er einen Informanten trifft, der ihm möglicherweise mehr über die Hintergründe bei Immobiliengeschäften illegaler Art erzählen kann. Völlig offen ist indes die Frage, ob diese Informationen dann im Hinblick auf den Mordfall Adler weiterhelfen können.

58

Journalismus in der heutigen Zeit ist ein sehr vielfältiger Bereich. Hans Meister, 56 Jahre alt und seit rund dreißig Jahren in der Welt der

Zeitungen und Zeitschriften zuhause, hat in diesem Metier eigentlich alles erlebt. Nach seinem Studium des Journalismus an der Katholischen Universität Eichstätt-Ingolstadt war er zunächst Redakteur des „Konradsblatts", einer wöchentlichen katholischen Zeitschrift, die im Bereich des Erzbistums Freiburg ihre Leser hat. Nach drei Jahren sagte er dessen Berichterstattung über kulturelle Highlights, die kirchlichen Sakralbauten oder die neuesten Nachrichten aus dem Vatikan ade und wechselte zum „Hamburger Abendblatt". Hier lernte er nicht nur die vielfältigen Facetten der Millionenmetropole kennen, sondern erlebte einen knallharten Konkurrenzkampf zwischen den Redakteuren. Der führte dazu, dass nur die besten Schlagzeilen Anerkennung und eine attraktive Bezahlung fanden. Zu seiner eigenen Überraschung war er der Beste, und fand auch schnell Kontakte in die Hamburger Unterwelt und das schillernde Milieu um die Reeperbahn in St. Pauli. Als er sich gegenüber seinem Reaktionsleiter im Zusammenhang mit albanischen

Zuhältern weigerte, einen Informanten aus diesem Milieu namentlich zu benennen, kam es zum Bruch und Meister verließ wenig später die Hamburger Abendnachrichten. Seitdem ist er als freier Journalist tätig und bietet seine Artikel und Rechercheergebnisse den unterschiedlichsten Printmedien an. Beiträge, die immer mehr unter dem Begriff „Investigativ Journalismus" einzuordnen sind. Als Folge seiner Nachforschungen wurde er inzwischen schon mehrmals mit Gewalt konfrontiert. So wurde er einmal in Berlin auf offener Straße von Angehörigen eines arabisch-stämmigen Clans zusammen geschlagen. Diese fanden seine Befragungen zu dem Verbleib einer 100-Kilo Goldmünze, die 2019 aus dem Grünen Gewölbe in Dresden gestohlen wurde, überhaupt nicht lustig.
In Warschau, bei einer Recherche über Autoschmuggel nach Osteuropa, wurde er angeschossen und überlebte nur mit viel Glück die Verletzung.
Bekannt wurde Meister, als er Storys über kriminelle Machenschaften im Zusammenhang mit Immobilien zu seinem Steckenpferd entwickelte. So war er

einer der Ersten, die 1994 über Ungereimtheiten bei der Refinanzierung von Luxusimmobilien in Süddeutschland berichtete, die in der Folge zu zahlreichen Verhaftungen und Prozessen führten. Einige Jahre später war er Teil eines Rechercheverbundes freier Journalisten, die über unseriöse Kaufaktivitäten russischer Oligarchen in Deutschland publizierten. Zuletzt leistete er Aufklärung im Zusammenhang mit den Korruptionsvorwürfen gegen einen bekannten niederbayerischen Politiker. Auch hier gab es offensichtlich enge Verflechtungen zur Immobilienbranche, die über Meisters Veröffentlichungen nicht amüsiert war.

Inzwischen ist Meister ein gefürchteter Mann. Egal, ob korrupte und sich persönliche Vorteile verschaffende Kommunalpolitiker, unlauter spekulierende Manager von Immobilienfonds oder Spekulanten, die Mieter aus billigen Unterkünften rauswerfen, um daraus Luxusappartements zu machen. Sie alle zittern vor ihm und der damit verbundenen Gefahr, sich und ihre schäbigen Methoden in den Medien namentlich wiederzufinden.

Als Folge seines für ihn persönlich nicht ungefährlichen Jobs ist Hans Meister inzwischen praktisch unauffindbar. Nur wenige Menschen wissen, wie sie ihn erreichen können und einer dieser Menschen stellte für Kriminalhauptkommissar Müller einen Kontakt zu Hans Meister her.

Müller war überrascht, als sich schon am gestrigen Nachmittag der Investigativjournalist bei ihm meldete. Müller habe Glück, er sei gerade im Rhein-Main-Gebiet unterwegs und wolle wissen, wie er denn der Heidelberger Kripo helfen könne. Müller erzählte ihm, dass seine Ermittlungen möglicherweise mit illegalen Immobiliengeschäften zu tun haben können und er sich mit jemandem unterhalten müsse, der hierüber Informationen haben könnte. Meister stimmte einem Treffen unter der Voraussetzung zu, dass er die Details des Treffens bestimme, mögliche Erkenntnisse später anonymisiert nutzen könne und Müller alleine käme.

Er habe sich in der Vergangenheit mit diesem Themenkomplex beschäftigt und sei gespannt, um welche Masche es diesmal ginge. Nach kurzem Zögern stimmte Müller den Voraussetzungen zu, und jetzt, kurz vor elf Uhr am nächsten Vormittag, ist er auf dem Weg zum Naturfreundehaus in Ober-Ramstadt, von wo sich ein sehr schöner Blick in das Rhein-Main-Gebiet bietet. Als er dort eintrifft ist er heute, also mitten in der Woche, der einzige Gast und setzt sich anweisungsgemäß auf die äußerste Bank im mit einem kleinen Zelt überdachten Biergarten. Einige Minuten später kommt ein zünftig gekleideter Wanderer mit einem großen Rucksack und einem Lederhut im australischen Stil auf ihn zu, der von einem belgischen Schäferhund begleitet wird. Der Wanderer setzt sich auf die Nachbarbank, bestellt sich ein alkoholfreies Weizenbier und blickt einige Minuten stumm in die vor ihm liegende Landschaft. Als Müller bereits das Interesse an dem Wanderer verliert, sagt dieser unerwartet: „Sie haben sich an meine Bedingungen gehalten. Respekt, dann können wir tatsächlich reden." Und in diesem Moment setzt er sich auf den Platz gegenüber von Müller und sagt „Heute heiße ich Franz, bitte sprechen Sie mich mit diesem Namen an.“ „Gut, ich bin der Klaus. Und jetzt lassen Sie uns mal ein bisschen über Immobiliengeschäfte reden.“

59

„Lieber Gott, wo kommen wir denn hier hin?“ Rike, die in gewohnt flotter Fahrweise den 3er Dienst-BMW von Schriesheim über Wilhelmsfeld Richtung Lampenhain jagt, blickt Ihren Kollegen verständnislos an. „Warst du noch nie im Odenwald? Hier tobt der Bär!“ Lachend jagt sie in eine scharfe Kehre, bevor sie den Kohlhof rechter Hand passiert. Schubert krallt sich immer fester in die Lehne seiner Beifahrertür, um Halt zu finden. Als sie die letzten Meter vor der Einfahrt nach Lampenhain passieren, atmet er erleichtert auf und setzt seine ursprünglichen Gedankengänge fort. „Weißt du, ich hätte die alte Adler eigentlich mal gerne kennen gelernt. Die muss ja voll drauf gewesen sein. Marschiert mir nichts, dir nichts in

Dossenheim zu der eben besuchten älteren Dame, heult ihr was vor, dass sie der Gemeinde Neckargemünd unbedingt einen Kinderspielplatz spenden will und, schwupps die wupps, hat sie für zwei Euro den Quadratmeter acht Ar eines wenig später entstehenden Baugebiets gekauft. Reingewinn geschätzt über den Daumen dreihunderttausend Euro. Das ist nicht nur durchtrieben, sondern auf seine Art sogar genial. Und nach wie vor wissen wir nicht, wie sie an die Informationen für ihr lohnendes Investment kam. Wenn es nicht mindestens moralisch verwerfbar wäre, so könnte es in eine Hitliste für "Tipps, wie man reich werden kann" aufgenommen werden."

„Vielleicht erfahren wir darüber jetzt mehr, wenn wir mit Herrn Antoni reden. Der hat ja auch an sie verkauft und sicher inzwischen mitbekommen, dass aus seinem Garten in Kürze ein Neubaugebiet wird."

Wenige Sekunden später zieht sie den BMW für Schubert unerwartet scharf in eine Linkskurve, um nach wenigen Metern vor dem Wohnhaus des Verkäufers zu halten. Aus dem Haus kommen zwei in schwarz gekleidete

Männer, die erstaunt reagieren, als Schubert sich nach Michael Antoni erkundigt. „Der Michael?“ reagiert einer der Befragten. „Wen sie den noch einmal sehen wollen, sind Sie leider zu spät. Der ist letzte Woche überraschend verstorben. Das Herz – da hatte er schon immer Probleme. Wir kommen gerade von seiner Beisetzung und fahren jetzt nach Heiligkreuz, um im „Roten Löwen“ seiner beim Leichenschmaus zu gedenken. Waren Sie Freunde von ihm?“ „Leider nein. Wir sind von der Heidelberger Kriminalpolizei und wollten ihn zu dem Verkauf eines Grundstücks befragen.“ „Geht`s um die Wiese in Dielheim? Sie müssen wissen, ich bin der Sohn des Verstorbenen. Und ich wollte eh deshalb zu Ihnen. Da ist mein Vater reingelegt worden.“ „Wie meinen Sie das?“ Rikes Interesse hat schlagartig zugelegt. „Na ist doch klar. Da kommt so eine Alte, jammert ihm was vor, dass sie einen Gnadenhof einrichten will, und mein Alter findet mal wieder seine soziale Ader. Ich habe ihm noch gesagt „Vater, da stimmt was nicht“, aber er war nicht mehr zu halten. Er müsse auch mal was für die Nachwelt tun, und der

Gnadenhof würde auch seinen Namen tragen. Und schneller als ich schauen konnte war der Notartermin, und als ich die Urkunde erstmals erblickte, nahm ich wahr, dass er der Alten sein Grundstück sogar geschenkt hat. Und das ohne jede weitere Verpflichtung oder Auflage. Unfassbar! So blöde konnte nur mein Alter sein. Und jetzt kommen Sie und erklären mir sicher, dass die Alte eine Schwindlerin war."
„Schwindlerin wissen wir nicht. Aber sicher hatte Frau Adler nicht vor, auf dem Grundstück Ihres Vaters einen Gnadenhof für alte Tiere zu errichten", antwortet Schubert. „Die kann was erleben, zu der fahre ich gleich morgen hin. Das machen wir rückgängig." Wutschnaubend schlägt der Sohn des Verstorbenen die Haustüre zu. „Das können Sie sich leider ersparen." Rike achtet genau auf die kommende Reaktion. „Die Käuferin wurde vor einigen Wochen ermordet, das Grundstück wurde mit einem riesigen Gewinn als Bauland inzwischen weiterverkauft." „So ein Sch…… - Vater, das hast du wieder einmal gut gemacht!"

„Die Reaktion war echt. Auf die Liste der Verdächtigen brauchen wir Antoni Junior nicht setzen.“ Daniel Schubert nickt seiner Kollegin zustimmend zu. „Dann zeige ich dir jetzt noch ein bißchen den Odenwald und wir fahren über das Steinachtal zurück Richtung Heidelberg. Und wenn das Wetter so schön bleibt, finden wir vielleicht noch irgendwo eine Gastlichkeit, wo wir bei einem Kaffee und mit Blick auf den Neckar beratschlagen können, was wir heute eigentlich erfahren haben.″

60

„Der Notartermin ist dann übernächste Woche Freitag in Neckarsteinach.“ Freudig erregt hört Theodor Wendel die Stimme seiner neuen Freundin Nadine Scheerer am Telefon. „Geht klar, Nadine. Und du überweist mir dann am gleichen Tag noch die Kohle?“ „Ja, natürlich, da kannst du dich hundertprozentig darauf verlassen.“ „Wunderbar, aber sag mir doch, wieso eigentlich Termin in Neckarsteinach. Wir sind doch beide aus Baden-Württemberg?“ „Theo, das ist eigentlich ganz einfach. Ein Termin bei einem baden-württembergischen Notar ist, obwohl die Zahl der zugelassenen Notare in den letzten Jahren deutlich zugenommen hat, schwierig und mit deutlichem Zeitverzug zu erhalten. Und ich habe dich doch so verstanden, dass du möglichst schnell dein Geld haben willst, um ein neues Leben zu beginnen. Und deshalb habe ich in Neckarsteinach nachgefragt, wo es Notare wie Sand am Meer gibt. Und natürlich gab es hier kurzfristig Termine. Deshalb sehen wir uns im hessischen Neckartal. Ist das ok?" Mit einem turtelnden Unterton, der Theo Wendel in kühnste Träume lockt, stellt Nadine Scheerer eine eigentlich nur rhetorische Frage. „Natürlich, liebe Nadine. Das ist sogar sehr ok." Und wenige Sekunden nachdem ein leichtes Knacken das Ende des Gesprächs bestätigt, öffnet der in Kürze ehemalige Hofbesitzer eine Flasche „Meckser Jubiläumsbier" und sieht sich in Gedanken bereits auf Mallorca, wo eine schöne Finca und unzählige schöne Frauen am Strand von El Arenal auf ihn warten.

Zur gleichen Zeit hat Nadine Scheerer bereits das hessische Notariat an der Strippe, bestätigt den Termin und auf nochmalige Nachfrage den vereinbarten Kaufpreis von einer halben Million Euro. Als die Notariatsgehilfin die Inhalte bestätigt und die Ausfertigung des Vertragsentwurfs bereits für den nächsten Tag avisiert, legt sie zum zweiten Mal befriedigt den Hörer auf. Die wenige Sekunden später per Messenger an Michael Herrmann gerichtete Nachricht beinhaltet lediglich das Wort „läuft" und einen nach oben gerichteten Daumen.

61

„Und was wollen Sie genau wissen?" fragt Investigativjournalist Hans Meister seinen gegenüber sitzenden Gesprächspartner. Dieser hat zuvor den Journalisten grob über die bisherigen Erkenntnisse der Ermittler in Kenntnis gesetzt. „Nun, uns interessiert, ob es möglich ist, dass in diesem Bereich illegale Aktivitäten, die einen Mord begründen könnten, denkbar sind. Und natürlich interessiert uns auch, ob Sie Vorgänge kennen, die uns helfen würden, Hintermänner oder -frauen der Ermordeten zu finden."

„Wissen Sie", beginnt der Journalist, „es gibt sicher keinen anderen Bereich, indem so viel geschummelt, betrogen, bestochen oder korrumpiert wird, wie im Bereich der Immobilien. Kein Wunder, werden hier doch jedes Jahr nur in Deutschland viele Milliarden Euro bewegt. Und die Folge hiervon ist, dass die Immobilienbranche das Haifischbecken schlechthin ist. Da wird geklüngelt, was das Zeug hält und je fetter die Beute, desto hemmungsloser wird

vorgegangen.“ Kriminalhauptkommissar Müller nickt zustimmend. „Meine Erfahrung ist, dass viele Player alle Hemmungen bei Immobilien fallen lassen. Je mehr zu holen ist, desto heftiger geht es ans Werk. Morde sind sicher selten, aber nicht ausgeschlossen. Stellen Sie sich doch einfach vor, das Tempelhofer Feld in Berlin wäre vor wenigen Jahren tatsächlich als Baugebiet erschlossen worden. Ein Neubaugebiet mitten in Berlin, in der Größe von dreihundert Hektar oder vierhundertfünfzig Fußballfeldern. Überlegen Sie doch mal, das sind drei Millionen Quadratmeter, und selbst wenn sie nur den aktuellen Bodenrichtwert von achthundert Euro je Quadratmeter zugrunde legen, gibt das einen Wert der Gesamtfläche von zwei Milliarden vierhundert Millionen Euro. Dafür haben manche Despoten schon ganze Völker hingeschlachtet.“
Müller, dem nicht nur wegen der Gesamtsumme, sondern auch wegen der Rechengeschwindigkeit seines Gegenüber sprachlos ist, ist sichtlich beeindruckt. „Das sind wahrlich gigantische Dimensionen. Jetzt gehen wir davon aus, dass

unsere Ermordete nicht unbedingt das Tempelhofer Feld oder die komplette Innenstadt von Mannheim kaufen wollte. Wir haben eher die Vermutung, dass sie regemäßig Tipps über in mittlerer Zukunft geplante Baugebiete bekommen hat. Und da sind wir auf Ihre Hilfe angewiesen, da wir keine Ahnung haben, wie sie an die Tipps überhaupt kommen konnte."

„Bevor ich Ihre Frage beantworten kann, brauche ich noch ein paar Informationen. Wie Sie vielleicht ahnen können, sorgt unser föderales System auch hier für eine Menge unterschiedlicher Regelungen und Vorgehensweisen. Deshalb müsste ich wissen, ob die Dame in einem bestimmten Bundesland unterwegs war, ob es immer in der gleichen Kommune war, und ob diese Kommune eigene Planungsbehörde im Sinne des Bauleitplanungsrechtes ist oder nicht. Und nicht zuletzt ist eine weitere wichtige Frage, ob sie das Land gekauft hat, bevor oder nachdem es als Bauerwartungsland deklariert war." Klaus Müller, der ohne das Wissen, geschweige der Zustimmung seiner Vorgesetzten den Kontakt zu dem Journalisten gesucht hat, wird es heiß und kalt. „Kann ich mich darauf verlassen, dass Sie die Informationen erst nutzen, nachdem wir die Ermittlungen erfolgreich abgeschlossen haben?“ Der Journalist nickt zustimmend. Nach einer kurzen Pause, in der der Ermittler kurz überlegt, ob er mit weiteren Informationen seine Dienstpflichten verletzt, öffnet er seine Aktentasche und die nächste Stunde sitzen er und der zünftige Wanderer analysierend und diskutierend über den verschiedensten Gemarkungskarten der Rhein-Neckar-Region.

Nachdem sie anschließend bei der freundlichen Bedienung, die noch nie Gäste erlebt hat, die so engagiert über Karten sitzend diskutieren, noch eine zünftige Mahlzeit in Form von Odenwälder Kochkäse geordert haben, fasst der Kriminalhauptkommissar die Ergebnisse zusammen:

„Also, Franz, nach Ihrer Überzeugung muss unsere Tote Informanten gehabt haben, die sehr früh in Planungen involviert sind. Da es nur Gemeinden aus Baden-Württemberg sind, diese

aber unterschiedlich weit selbst planen können, scheiden aus Ihrer Sicht einzelne Kommunalpolitiker wie Bürgermeister als Informationsquelle aus. Das gilt auch für Mitarbeiter des Landratsamtes, da dieses zwar für die Gemeinden des Kreises zuständig ist, die Tote aber auch Käufe in der kreisfreien Stadt Heidelberg abgewickelt hat.
Es bleibt also die Frage, wer oder welche Institution könnte das sein?"
„Ihr solltet mal mit zwei oder drei Bürgermeistern reden, die wissen, wer bei ihnen in die Planungsprozesse in einer frühen Phase involviert ist. Vielleicht findet ihr hier eine Parallele, die euch bei den weiteren Ermittlungen helfen kann." Hans Meister alias Franz wird durch die junge und attraktive Bedienung unterbrochen, die den beiden Gästen zwei mächtige Portionen Kochkäse mit einem halben Laib Brot serviert. „Ja, das ist vermutlich ein guter Ansatz. Und wenn Sie erlauben, ich heiße übrigens Klaus und lade Sie jetzt zum Essen ein." „Da sage ich nicht nein!" Lachend fügt der Journalist hinzu „Ich bin übrigens der Hans und immer für weitere Informationen dankbar."

Bereits wenig später erhalten Rike Klein und ihr Kollege Daniel Schubert telefonisch neue Anweisungen. Als Rike das Gespräch beendet, blickt sie ihr Kollege fragend an. „Keine Ahnung, wie er drauf gekommen ist. Aber wir haben jetzt drei Termine bei Bürgermeistern zu vereinbaren und uns mit ihnen zu unterhalten, wie sie eigentlich ihr Geschäft machen.“ „Dann machen wir jetzt noch schnell die Termine, und dann gehen wir ganz schnell ins verdiente Wochenende.“ „Das bin ich bei dir gar nicht gewohnt. Liegt bei euch was besonderes an, Daniel?“. „Ja, Alex hat dieses Wochenende ausnahmsweise frei und wir drei machen einen Ausflug in ein nettes Hotel in der Pfalz.“ „Drei?“ „Ja klar, Alex, ich und natürlich Kamikaze. Oder glaubst du, wir lassen unseren Stubentiger alleine zu Haus?“

62

Für Rike endet dieser Tag mit einer neuen Erfahrung. Mit einem etwas mulmigen Gefühl macht sie sich kurz nach 18 Uhr auf, die wenigen

Kilometer nach Wiesloch zu fahren. Da sie selbst kein Auto mehr besitzt, ist sie die einzige Fahrschülerin, die mit öffentlichen Verkehrsmitteln anreist.
So sitzt sie etwas später zwischen Susi und Anja, zwei 17jährigen Teenagern, die in Kürze ihre Führerscheinprüfung für das Auto ablegen wollen. „Warum bist du denn hier?" will die strohblond gefärbte Susi von Rike wissen. „Ich beginne heute mit dem Führerschein für das Motorrad. Und will mir damit einen kleinen Traum erfüllen." „Ohhh, und das in dem Alter?" Rike fühlt sich auf einmal mit ihren 28 Jahren uralt. „Da bin ich richtig neidisch. Meine Alten zahlen den Schein nur, wenn es nur beim Auto bleibt. Bei Motorrad würden die tot vom Sockel fallen." „So ähnlich war es bei mir auch", erinnert sich Rike. „Aber mein fortgeschrittenes Alter hat ja so gesehen auch Vorteile." Auf einmal fühlt sie sich in ihrer Haut doch wieder recht wohl.

Der Fahrlehrer, Jens, ein Endfünfziger, dem anzuhören ist, dass er wie Rike eher der norddeutschen

Tiefebene als der Kurpfalz entsprungen ist, nimmt sich am Ende der normalen Theorie noch separat Zeit. Heute gibt es für die zwei Anwärterinnen für den Führerschein A einen Exkurs über Brems- und Kurventechniken. Und Rike wie auch Andrea wird schnell klar, dass vermutlich die wahren Herausforderungen beim Motorradführerschein in den praktischen, denn den theoretischen Grundaufgaben liegen.

Da Rike durch ihren Freund Michael zum Intensiv-Führerscheinkurs angemeldet wurde, steht die erste Fahrstunde auf einem Verkehrsübungsplatz bereits morgen Nachmittag an. Und als Jens Rike erklärt, dass diese nur mit entsprechender Schutzkleidung erfolgen wird, ist klar, dass morgen früh ein Einkaufstripp nach Mannheim anstehen wird. Schließlich drängt die Zeit, denn Montag in einer Woche ist bereits die Prüfung angesetzt.

Als Rike gegen 22 Uhr ihrem Bus zustrebt, brummt ihr der Schädel. Und als der Bus wenig später in Leimen seine Endstation erreicht, wird sie vorsichtig von dem Busfahrer geweckt, der ihr ansieht, dass sie wohl heute einen harten Tag hatte.

63

„Und du wirst wirklich bereits nächste Woche von der Reha entlassen?" Klaus Müller hat heute ausnahmsweise bereits beim ersten Versuch seine Frau erreicht. „Ja, komme ich etwa zu früh?" „Nein, nein, auf keinen Fall. Es ist nur so, dass ich mitten in einem Fall stecke, und du eigentlich die letzten Tage eh nicht viel von mir gehabt hättest. Aber natürlich freuen wir uns, wenn du wieder Zuhause bist." „Ich freue mich auch, Klaus, dich und unsere Tochter wieder zu sehen." Kaum hat sich Klaus Müller von seiner Frau Anne verabschiedet, ruft er Lena und den wie immer anwesenden Jan zu, dass sie bitte sofort in die Küche kommen sollen. „Was ist denn passiert?" will Lena von ihrem Vater wissen. „Es wird ernst. Mama kommt nächste Woche Dienstag nach Hause. Wir müssen aufräumen."

64

An der Deutschen Weinstraße ist es eigentlich zu jeder Zeit auf seine Weise schön. Und natürlich ist die

Weinstraße auch in den eher tristen Herbstmonaten ein gefragter Hotspot. Die Aussicht auf einen Schoppen Wein in rustikaler Atmosphäre hilft so manchem über das trübe und oft nasse Wetter hinweg. Und so haben Alex und Daniel nach langer Suche ein schönes Quartier in St. Martin, einem wunderschönen Weinort in der Nähe von Neustadt, gefunden. Die lange Suche war nicht der Tatsache geschuldet, dass sie natürlich für sich ein Doppelzimmer buchen wollten. Der Grund war eher darin zu sehen, dass mit Kamikaze der dritte Mitreisende für mehrere Absagen angefragter Hotels sorgte. Während die Mitnahme von Hunden für Hotels heute eine Selbstverständlichkeit ist, ist das bei einer zusätzlichen Übernachtung für eine Samtpfote eher nicht der Fall. Aber letztlich hatte die Chefin eines Hotels in der Maikammerstraße Verständnis für den Kater, und nachdem die beiden Herren versicherten, eine Haftpflichtversicherung für den Kater abgeschlossen zu haben, war auch die Unterkunft für Kamikaze gebucht.

Nachdem Daniel und Alex den gestrigen Freitagabend in einem urigen Weinlokal verbrachten und dem dort ausgeschenkten Grauen Burgunder gut zusprachen, weckte sie heute erst gegen 10 Uhr der ungeduldig auf sein Frühstück wartende Kater. Beim Frühstück lassen sie nochmals den mit vielen Anekdoten gespickten Abend Revue passieren. So ist Daniel, der ja aus den Tiefen des Schwarzwaldes nach Mannheim gezogen ist, erst jetzt klar, dass ein Schoppen in der Pfalz ein Weinglas mit einem halben Liter ist. Und da er drei dieser Schoppen zugesprochen hat, hat er mit Schrecken die Planungen von Alex für den heutigen Tag vernommen.

Sie planen, von St. Martin auf den Kalmit zu steigen. Der Kalmit, an dessen Fuß die bekannte „Totenkopfstraße" ins Elmsteiner Tal führt, ist mit rund 672 Metern der höchste Berg des Pfälzer Waldes und beliebtes Wanderziel. Von der dortigen Hütte des Pfälzer Waldvereins haben die Wanderer eine phantastische Aussicht auf die Rheinebene und die dahinter liegenden

Berge des Odenwaldes, und - bei guter Sicht - des Schwarzwaldes.

„Du brauchst keine Angst zu haben, Daniel.“ Der Schalk blitzt bei diesen Worten aus den Augen von Alex, „Wenn wir die 450 Höhenmeter hinter uns haben, kannst du dich oben bei einem guten Essen und einem Dubbeglas mit Schorle stärken. Die Hütte ist heute geöffnet, und die wenigen Kilometer über den Pfälzer Weinsteig werden wir schon noch schaffen.“ „Du hast gut reden.“ Daniel fallen die Worte aufgrund ausgeprägter Kopfschmerzen sichtlich schwer, „Während ich dem Grauburgunder zugesprochen habe, hast du dich mit der Autofahrerschorle ziemlich zurück gehalten. Und das, obwohl wir beide in die Schänke gelaufen sind. Dann lass uns jetzt langsam zu Ende frühstücken, dann ziehe ich mir die Wandersachen an und dann gehen wir halt los.“ Mit einem entschlossenen Griff zur Kaffeetasse leert er diese in einem Zug, wischt sich den Mund mit der Serviette ab und verlässt entschlossen den Frühstücksraum, den neuen Taten entgegen.

„Und zuerst die Kupplung ziehen. Nein, nicht der rechte Hebel, die Kupplung ist links. Das rechts ist die Vorderradbremse.“ Die Stimme von Jens, dem Fahrlehrer des Motorrad-Intensivkurses, ist unerschütterlich. „Genau, Rike, und jetzt den linken Fußhebel einmal nach unten drücken und dann ist der erste Gang drin.“ Rike steht auch bei dem heute recht kühlen Novemberwetter der Schweiß auf der von ihrem heute Morgen gekauften Motorradhelm abgedeckten Stirn. „So kompliziert habe ich mir das irgendwie nicht vorgestellt“, denkt sie, während sie von Jens das Kommando hört, etwas mehr Gas zu geben. Aber während sie noch über das Kommando nachdenkt, ist die Honda NC750 bereits erfolgreich abgewürgt, und Rike hat größte Probleme, das Motorrad im Gleichgewicht zu halten. „Wenn du dein Motorrad nicht halten kannst und Gefahr besteht, dass du damit umkippst, versuche es möglichst sanft auf den Boden abzulegen, ohne dass du dich unter der Maschine einklemmst“ hört sie Jens in aller Gemütsruhe sagen. „Dann kannst du dich kaum verletzen, und der Schaden am Motorrad hält sich normalerweise auch in Grenzen. Das passiert jedem Motorradfahrer mindestens einmal. Die meisten Unfälle mit den Motorrädern passieren übrigens im Stehen. Rollt die Maschine, so sorgen die Zentrifugalkräfte dafür, dass es fast unmöglich, ist einfach so umzufallen. Also, jetzt nochmal. Motorrad starten, Kupplung ziehen, ersten Gang einlegen, mit der rechten Hand etwas, aber nicht zu viel Gas geben, und die Kupplung kommen lassen. Und wenn die Maschine rollt, natürlich die Füße hoch und auf die Rasten stellen." Nach weiteren 30 Minuten und den inzwischen ersten geglückten Anfahrtsversuchen sitzt eine völlig verschwitzte und körperlich geschaffte Rike auf der Bank des Verkehrsübungsplatzes. „Warum hat mir keiner gesagt, wie körperlich anstrengend das erste Fahren sein kann?" „Weil du dann vermutlich nie auf die Idee gekommen wärst, bei mir aufzuschlagen" hört sie Jens sagen, gleich darauf mit einer klaren Ansage: „Und jetzt auf. Du solltest heute zumindest noch die ersten kleinen Fahrübungen machen.

Schließlich hast du übernächsten Montag Prüfung, und bis dahin sollst du ja auch Spaß am Fahren gefunden haben." Wenige Minuten später lernt Rike erstmals, daß es verschiedene Kurventechniken wie das „Drücken" und das „Legen" gibt. Und als sie das Übungsgelände gegen 17 Uhr verlässt, ist sie sich sicher, dass sie den heutigen Abend eigentlich nur noch auf der Couch verbringen will. Schließlich wartet morgen um 14 Uhr bereits die nächste Fahrstunde auf sie.

66

„Und der Notartermin ist tatsächlich schon übernächste Woche? Nadine, du machst mir Angst!" Mit einem Nicken erlaubt Michael Herrmann dem Weinsommelier in Heidelberg das Nachfüllen ihrer Gläser. Als dies, wie in einem Fünf-Sterne-Haus üblich, formvollendet erledigt ist, zieht sich der Sommelier dezent zurück, um das sichtlich intime Gespräch der zwei sehr gut gekleideten Gäste nicht zu stören. Schließlich ist in Hotels dieser Kategorie die Ungestörtheit der Gäste höchstes Gut.

Nadine Scheerer berichtet ihrem Komplizen über ihren Besuch bei Theodor Wendel und die getroffenen Vereinbarungen. „Das ist eigentlich wie immer. Ein kurzer Rock und große Augen sorgen bei einsamen Männern immer dafür, dass das Hirn aussetzt. Und der hat gar nicht kapiert, dass die Geschichte mit der Pferdezucht nur ein Fake ist. Im Gegenteil, der glaubt, mich mit der halben Million so richtig über`s Ohr gehauen zu haben", berichtet sie. „Na, dann lass den mal im Glauben und sorg dafür, dass der Notar den Vertrag bald losschickt. Schließlich ist das Wichtigste, dass es keine Formfehler gibt, die im Nachhinein unseren Deal anfechtbar machen. Und du willst wirklich die halbe Million von deinen Konten nehmen? Ich könnte dir auch über unsere Bank einen Kredit geben. Natürlich mit kurzer Laufzeit." Lächelnd und mit einem anerkennenden Blick zu seiner perfekt gestylten Gegenüber greift er zu seinem Glas, welches mit einem Kaiserstuhler Chardonnay gefüllt ist. „Zum Wohl, Liebste. Auf uns, und dass uns noch viele Theodor Wendel über den Weg laufen werden."

Wenige Minuten später, als die Vorspeise, Tatar vom Ikarimi Lachs aus dem Polarmeer mit Büsumer Krabben, grünem Spargel und Dill-Gewürzöl, serviert wird, hören die zwei Ober, wie sich die Gäste angeregt über die neuesten Modelle von Maserati und deren unglaublich lange Lieferzeiten unterhalten.

67

Wer die drei Ermittler der Kriminalpolizei in Heidelberg an diesem Montagmorgen erlebt, wird erhebliche Zweifel an der körperlichen Fitness unserer Polizei entwickeln.
Rike, die am gestrigen Sonntag völlig erschöpft gegen 19 Uhr die heimische Couch in der Häuserstraße erreicht hat, wird diesen Nachmittag nicht vergessen. Natürlich hat es geregnet, eigentlich sogar regelrecht geschüttet. Der einzige Kommentar ihres Fahrlehrers auf dem Übungsplatz war „Du hast ja auch im November Prüfung, dann musst du das abkönnen." Natürlich hatte sie große Angst, einen Fehler zu machen und zu

stürzen. Aber wunderbarerweise war das nicht passiert. Dafür war die preisgünstige Regenkombi des Motorrad-Discounters nicht dicht. Nach einer Stunde gab es in der Hose einen mittleren Wassereinbruch. Nach zwei Stunden war dieser getoppt von einem reißenden Gewässer, das sich zwischen Helm und Kragen entlang des Rückens seinen Weg gebahnt hatte. Kommentar von Jens „Hättest halt etwas mehr Geld ausgeben müssen. Weiter geht`s!" Sie verzichtete daraufhin zu melden, dass die Stiefel bis etwa 16.30 Uhr dicht waren und sie ab 17 Uhr auf das Ausziehen der Handschuhe verzichtete, da sie diese aufgrund des völlig durchweichten Innenfutters nie mehr anbekommen würde." Kurz nach 18 Uhr verabschiedete Jens sie mit den Worten „Mädchen, du bist klasse. Aus dir wird eine echte Bikerin. Andere hätten schon vor Stunden abgebrochen", worauf sie trocken antwortete „Hätte mir jemand gesagt, dass das möglich wäre, hätte ich es auch gemacht."

So kommt sie heute morgen mit schmerzenden Muskeln und einem

beginnenden Schnupfen in ihr Dezernat. Dort trifft sie einen ebenfalls heftig schniefenden Daniel Schubert, der ihr von einem gelungenen Ausflug in die Pfälzer Bergwelt berichtet. „Und ein Ausblick von da oben, einfach unglaublich!" Rike, deren Heimat nur wenige Zentimeter über dem Meeresspiegel liegt, nickt anerkennend und sagt „Für mich ist das schon Hochgebirge. Aber wenn ich die Ausbildung fürs Motorrad überlebe, führt meine erste Tour genau dorthin." „Unser Pech war nur, dass Kamikaze den Schrank im Zimmer ideal zum Markieren und Krallen schärfen fand. Als ich der Hotelierin den Schaden beichtete, sagte sie nur „Bestimmt hat er das zum ersten Mal gemacht." Als ich das bestätigte sagte sie nur „Hauptsache, die Haftpflicht zahlt."
"Wo ist eigentlich unser Chef?" „Der hat vorhin angerufen, um zu sagen, dass er später kommt. Seine Frau sei morgen im Anmarsch und seine Tochter und er müssten noch aufräumen. Das Wochenende hat wohl nicht gereicht." „Dann berichten wir ihm später über unsere Erkenntnisse aus Dossenheim und Lampenhain. Schließlich

bestätigen sie ja nur, was wir eigentlich schon vorher gewusst haben. Dass die Alte wohl eine ganz durchtriebene Person war. Und jetzt lass uns nochmal nach Neckargemünd fahren. Bürgermeister Volk erwartet uns in einer halben Stunde. Und seine Mitarbeiterin hat darauf hingewiesen, dass er nur eine halbe Stunde Zeit für uns haben kann." „Das reicht, und wenn du fährst, sind wir ja bereits in Kürze dort."
Die „Kürze" waren 20 Minuten, denn durch den dichten Verkehr war es letztlich unmaßgeblich, ob die eher sportiv orientierte Rike oder der sehr korrekt fahrende Daniel am Steuer saßen.
Der wie meist gut gelaunte Neckargemünder Bürgermeister Frank Volk empfängt die zwei Ermittler in seinem Büro. „Guten Morgen, was können wir heute für die Kollegen von Klaus Müller tun?" ist sein Einstieg, und Rike nutzt die wenige Zeit intensiv, um sich über die Abläufe und Beteiligten bei der Entwicklung eines Neubaugebiets zu informieren. Dabei wird deutlich, dass es eigentlich ein durch Recht und Gesetz eng normierter Entwicklungsprozess

ist. Nach den ersten Überlegungen, die meist durch Bürgermeister oder Gemeinderäte entwickelt werden, erfolgt die Prüfung, ob ein solch angedachtes Baugebiet rechtlich und sachlich überhaupt durchführbar ist. Dabei sind weniger Fragen im Vordergrund, ob es genug Interessenten für die Bebauung gäbe. In der ersten Phase stehen eher Fragen der Umweltverträglichkeit, der Bodenbeschaffenheit, der Besitzverhältnisse und Absichten der Grundstücksinhaber und nicht zuletzt der möglichen Auflagen und Erschließungskosten im Vordergrund. Erst wenn diese grundsätzlichen Fragen zur Zufriedenheit geklärt sind, erfolgt eine weitere Planung und damit die Beteiligung weiterer Menschen und Institutionen. „Wenn aber jemand die Absicht hat, Bodenspekulation erfolgreich zu betreiben, dann muss er seine Informationen in der ersten Phase der Überlegungen erhalten haben. Für uns wäre interessant, Herr Bürgermeister, zu wissen, wer denn namentlich oder als Institution in erste Überlegungen eingebunden ist“ fasst Rike ihre bisherigen Erkenntnisse zusammen.

„Das kann ich Ihnen an unserer Stadt gut erläutern", entgegnet Frank Volk und führt fort: „Zunächst sind über erste Überlegungen die Vorsitzenden der Gemeinderatsfraktionen, unser Leiter des Bauamts und natürlich ich informiert. Alle wurden auf ihre besondere Schweigepflicht zu Beginn ihrer jeweiligen Tätigkeit hingewiesen. Soweit ich es beurteilen kann, halten sich die Beteiligten daran. Des weiteren benötigen wir natürlich ein Planungsbüro, welches die Detailprüfungen in aller Diskretion übernimmt. Wir haben hier sehr gute Erfahrungen mit einem Städteplaner, für dessen Verschwiegenheit ich mich verbürge."
„Und welches Planungsbüro ist das?" fragt Daniel Schubert nach. „Das ist das in der Region bekannte Planungsbüro Lürssen & Partner. Die genaue Adresse erhalten Sie später von meinem Sekretariat. Der geschäftsführende Gesellschafter ist Dr. Ingo Lürssen. Wir kennen uns schon viele Jahre, und er ist die Integrität in Person."
„Und wer ist noch so früh mit im Boot?" Rike drängt etwas, schließlich

stehen nur noch wenige Minuten zur Verfügung. „Die Städteplanungsbüros sind schon sehr vielseitig in ihren Dienstleistungen. Wir versuchen ja, die Zahl der vorab informierten Menschen möglichst klein zu halten. Natürlich gibt es immer wieder Punkte, die vorab zum Beispiel mit dem Bauamt des Rhein-Neckar-Kreises oder Naturschutzbehörden diskutiert werden müssen. Aber auch hier kann ich Ihnen versichern, dass diese Stellen dicht halten." „Und Projektentwickler, Banken oder andere potentielle Investoren?" Der Bürgermeister lacht schallend auf. „Die würden alles geben, wenn sie so früh mit am Tisch sitzen könnten. Aber genau das wissen wir zu verhindern. Normalerweise planen wir, und dann können sich Investoren melden oder Bauherren ihre jeweiligen Finanziers suchen. Und Sie wissen ja, dass besonders unsere Stadt Wert darauf legt, zu bestimmen, was geht und was nicht.

„Dann wollen wir nicht noch mehr Ihrer wertvollen Zeit in Beschlag nehmen", leitet Rike zum Ende des Gesprächs über. „Nicht doch, es war

mir ein Vergnügen", entgegnet der Bürgermeister und führt sie noch durch das Rathaus bis vor die Eingangstüre.
„Und wohin jetzt?" fragt Daniel Schubert, als sie wieder in ihren BMW eingestiegen sind. „Ich würde sagen, wir fahren mal zu unserem Chef und kommen bei ihm unangekündigt vorbei. Vielleicht können wir ihm helfen, aus seinem häuslichen Chaos zu entkommen."

Doch als sie am Haus ihres Chefs in Kleingemünd, dem der Kernstadt von Neckargemünd auf der anderen Seite des Neckars gegenüberliegenden Ortsteil, ankommen, ist dieser nicht mehr zu Hause. Eine sichtlich geschaffte Tochter berichtet ihnen, dass ihr Papa vor wenigen Minuten ins Büro nach Heidelberg gefahren ist. „Und da fahren wir jetzt auch hin" spricht Rike und wendet rasant in der engen Straße den Dienstwagen.

68

„Unn donn zahlt me so ä Schdädterin en haufe Geld vor moin Hof." Stolz berichtet Theodor Wendel, den hier alle nur „de Wendel`s Theo" nennen, von seinem Vorhaben. „Mensch Theo, des isch jo klasse. De Theo geht uff Malle und wir sitze weider do äm Schdammdisch." Neidisch stimmt sein Stammtischbruder Günter Theo zu und das Thema wendet sich jetzt der TSG Hoffenheim und ihrem aktuellem Höhenflug zu.

Wie in kleinen Gemeinden üblich, ziehen Gerüchte, üble Nachreden oder auch kleine Sensationen schnell durchs Dorf. Und so hört auch der hiesige Meckesheimer Bürgermeister bereits am Nachmittag davon, dass wohl in Kürze eine Pferdezucht in Meckesheim angesiedelt wird und der glückliche Wendel nach Mallorca zieht. Als er gegen Abend aus einer Besprechung mit Vereinsvertretern zurück in sein Büro kommt, liegt ihm der gewünschte Auszug des elektronischen Grundbuch bereits auf dem Tisch. „Seltsam!" denkt der ehemalige Polizist des Landes Baden-Württemberg sich, „da erwirbt jemand Auswärtiges einen völlig heruntergekommenen Hof, und kurze Zeit später ist der Grund und Boden vermutlich ein richtiges Vermögen wert. Wenn das mal kein Zufall ist." Und mit einem komischen Gefühl im Magen tritt er dann den Weg nach Hause an.

69

„Wenn wir alles rekapitulieren, so ist ein klares Schema erkennbar" beginnt Rike ihre Zusammenfassung vor der versammelten „Mannschaft" von Polizei und Staatsanwaltschaft. „Die Verkäufer sind durchweg Menschen, die aus sehr individuellen Gründen empfänglich sind für die jeweilige Story. Tierhalter werden angeblich zu Förderern eines Gnadenhofes, Ältere und Betagte sehen vor ihrem geistigen Auge ein Pflegeheim auf ihrem Grund entstehen und wiederum andere verschenken geradezu ihren Grund, um eine neue Heimat für gefährdete Pflanzen, die nur auf ihrem hierfür geeigneten Boden wachsen, zu ermöglichen. Es ist klar zu erkennen, dass sich Frau Adler oder ihre möglichen Komplizen zuerst sehr detailliert über die möglichen Verkäufer informiert haben. Und dann haben sie punktgenau auf die richtige Tränendrüse gedrückt." „Aber, wo haben die denn nur die Informationen her?" Walter Knopf, Staatsanwalt und in einer Großstadt aufgewachsen, stellt die für ihn unerklärliche Frage. „Nichts leichter als das" hört Rike Daniel erläutern. „Eigentlich wohnen oder stammen alle Verkäufer aus ausgesprochen ländlichen Gemeinden. Und da kenne ich mich ja aufgrund meiner Schwarzwälder Herkunft aus. Sie fragen einfach den Nachbarn, die Dorftratsche oder möglicherweise auch jemanden Älteres auf dem Friedhof. Sofort haben sie alle Informationen über einen Menschen im Dorf, die sie haben wollen. Alles unauffällig und innerhalb kürzester Zeit. Und kein Mensch wird sie nach ihrem eigenen Namen oder dem Grund ihrer Nachfrage fragen. Viele sind ja froh, wenn sie über andere tratschen können." „Das stimmt" pflichtet Klaus Müller seinem Kollegen zu. Und als die anderen ihn fragend anblicken, ergänzt er „Als meine Tochter erstmals in Heiligkreuzsteinach bei ihrem Freund übernachtete, hat dies meine Frau einen Tag später von dessen Nachbarin beim Einkaufen in Neckargemünd erfahren." Und er erinnert sich an das anschließende Streitgespräch mit ihrer Tochter, da seine Frau bis zu diesem Zeitpunkt überzeugt war, dass sie solche Erlebnisse immer im Voraus von ihrer Tochter erfahre.

„Na, dann ist diese Frage ja schon mal geklärt." Kriminalrat Bauer, der ebenfalls aus einem kleinen Ort in der Pfalz stammt, schließt sich dieser Theorie auch aus eigener Erfahrung an. „Und die weitere Ansprache lief dann immer ausschließlich über Antonia Adler?"

„Ja, Herr Kriminalrat." Rike bestätigt seine Vermutung. „Frau Adler scheint dann mit ihrem Alter geradezu kokettiert zu haben. In einem Fall hat sie sogar zum Ausdruck gebracht, dass das Altenheim wegen der Finanzierung stehen müsse, bevor sie aus dem Leben scheide. Und somit wurde der Notartermin in einem in Notfällen rechtlich möglichen, aber dennoch sehr unüblichen Zeitraum von wenigen Tagen terminiert. Dass sie danach noch einige Jahre gelebt hat, haben die damaligen Verkäufer genauso wie die spätere Wertsteigerung ihrer ehemaligen Grundstücke ungläubig registriert. Und als sie deshalb Kontakt zu ihr aufgenommen haben, erklärte diese kurz angebunden, dass es ihr zwar jetzt wieder besser gehe, die Krankheitskosten bis zur Genesung aber so hoch waren, dass sie das von ihr geplante Pflegeheim jetzt nicht mehr finanzieren könne. Die Verkäufer hatten daraufhin rechtlich prüfen lassen, ob sie die Rückabwicklung des notariellen Kaufvertrages erwirken könnten, aber der Versuch war aussichtslos, da ein üblicher Vertrag ohne Sonderklauseln zur späteren Nutzung verwendet wurde."

„Wenn Sie mich fragen", versucht Kriminalhauptkommissar Müller die weitere Richtung der Ermittlungen festzulegen, „sollten wir unsere Aufmerksamkeit ausschließlich auf die Grundstücksgeschäfte und mögliche Hintermänner konzentrieren. Das hier stinkt so, dass wir die zwei Kinder der Schwester von Frau Adler vorläufig nicht weiter parallel untersuchen sollten. Erweist sich die Fährte zu den Grundstücksgeschäften als falsch, so können wir uns ihnen immer noch intensiver zuwenden. Die laufen uns schon nicht weg." Von allen Richtungen erfolgt zustimmendes Nicken. „Die laufen schon deshalb nicht weg, weil beide ziemlich pleite sind und vermutlich hoffen, dass ihnen doch noch irgendwas vom Erbe zufällt", fasst Daniel Schubert trocken die Situation von Dirk und Heidemarie Schneider zusammen.

70

Es ist kurz nach 14 Uhr, als ein gelber VW-Bus der Deutschen Post an dem schmucken Bungalow von Nadine Scheerer in Hockenheim vorfährt. Während die Postbotin gewöhnt ist, dass ihre Tätigkeit von der als Snobistin im Ort bekannten Dame, wenn überhaupt, dann nur am Rande wahrgenommen wird, steht diese heute bereits am Briefkasten und wartet ungeduldig. Ohne die Postbotin eines Blickes zu würdigen, streckt sie mit den Worten „Wo bleiben Sie denn? Schnell her mit meiner Post!" ihre Hände aus, übernimmt die drei Kuverts und dreht sich ohne ein Wort des Dankes um, um direkt dem Eingang ihres Hauses entgegenzugehen. „Bitte sehr, Frau Scheerer. Habe ich gerne gemacht, Frau Scheerer. Aber bitte doch - für Sie gerne wieder, Frau Scheerer. Blöde Tussi!" denkt die fast im ganzen Ort geschätzte Seele der Post und erinnert sich geradezu romantisch an die Zeit, als sie im Bayerischen Wald einsame Gehöfte mit der Post versorgte und diese froh waren, wenn sie ihnen, teilweise mit Skiern ausgerüstet, die Post überbrachte. Ohne einen Tee oder ein Schnapserl war dort, im Gegensatz zur Kurpfalz, kaum ein wichtiger Brief zugestellt.

Im Haus angekommen, wirft die Unternehmertochter zwei Kuverts achtlos auf den Boden. Lediglich das A4-Kuvert, auf dem der Stempel eines Notariats aus Neckarsteinach zu erkennen ist, öffnet sie, indem sie es ungeduldig mit den Händen aufreißt. Eine Stunde später sitzt sie bereits an ihrem Rechner und schickt an die Mailadresse des Notars folgende Nachricht:

„Sehr geehrter Herr Dr. Ingrim,
vielen Dank für die rasche Zusendung des von Ihnen erarbeiteten Kaufvertrages. Mit dem Entwurf bin ich einverstanden, der Kaufpreis von 500.000 € ist am Folgetag der notariellen Beurkundung per

Überweisung fällig. Die IBAN von Herrn Wendel lautet DE51300500200518766622, das bitte ich im Text zu ergänzen.
Wir sehen uns dann zum vereinbarten Termin.
Liebe Grüße aus Hockenheim
Nadine Scheerer"

71

„Ich habe ihnen auch noch über meine eigenen Nachforschungen zu berichten" führt Klaus Müller die Besprechung nach einer kurzen Kaffee- und Lüftungspause fort. „Ich habe mich mit einem Informanten getroffen, der mir umfangreich die aktuellen Tricks und Betrügereien auf dem Immobilienmarkt geschildert hat. Sein Name spielt keine Rolle, ich kann mich aber für die Glaubhaftigkeit seiner Angaben verbürgen." Die Überraschung steht sowohl den Polizeibeamten als auch dem Staatsanwalt ins Gesicht geschrieben. Dass sich ihr Kriminalhauptkommissar mit anonym gehaltenen Informanten trifft, ist bisher ihres Wissens noch nicht vorgekommen. „Ich konnte es kaum glauben, aber alles unterhalb ein paar Millionen sind in der Branche wohl kleine Fische" erinnert sich Müller an seinen eigenen Unglauben, als er davon erfahren hat. „Die ganz großen Deals spielen sich in zwei und dreistelliger Millionenhöhe ab. Mein Gesprächspartner hatte überhaupt keine Zweifel, dass es hier schon sehr robust zur Sache geht.“ „Kein Wunder, dass er anonym bleiben will“ murmelt Staatsanwalt Knopf, der auch die Grenzen der Möglichkeiten des Zeugenschutzprogramms kennt, dazwischen.

„Informationen sind in diesem Metier wohl alles“ führt Müller fort. „Wer verkauft was? Wo entstehen neue Bau- und Entwicklungsgebiete? Welcher Investor hat sich verkalkuliert und ist auf neues Geld angewiesen? Und nicht zuletzt: Wo finde ich Menschen, die mir frühzeitig solche Informationen zuschanzen können? Das sind wohl die Fragen, die über Sieg und Gewinn in diesem Haifischbecken entscheiden. Wer Skrupel hat, verliert und ist ganz schnell draußen. Und irgendwie ist wohl erstaunlicherweise unsere Tote mit über 70 Jahren in dieses Metier geraten. Eine der Fragen, die wir lösen müssen ist: wie?

Es gibt aber auch weitere Hausaufgaben“, führt er fort. „Mein Gesprächspartner fand es interessant, dass Frau Adler als Käuferin landkreisübergreifend aufgetreten ist. Er vermutete zunächst mögliche Informanten, zum Beispiel im

Dunstkreis des zuständigen Landratsamtes. Da aber auch Deals z.B. im Stadtkreis Heidelberg geschlossen wurden, scheidet dies letztlich als alleinige Quelle aus. Und er hat es als unwahrscheinlich angesehen, dass es mehrere gleichgelagerte Quellen gleichzeitig gibt. Da sei das Risiko der Entdeckung zu groß. Und da diese Quellen somit aus seiner Sicht ausscheiden, hat er mich angeregt zu erkunden, wie in den entsprechenden Kommunen der Planungsprozess bei der Entwicklung neuer Baugebiete erfolgt. Und deshalb bitte ich euch, Rike und Daniel, genau dieser Frage in den Gesprächen mit den Bürgermeistern oder Bauämtern nochmals nachzugehen."
„Teilweise haben wir das schon gemacht. Und vielleicht gibt es tatsächlich die ein oder andere Parallele. Wir wollten aber unsere These noch durch weitere Nachfragen erhärten. Und deshalb wäre es mir recht, wenn wir morgen und vielleicht auch noch übermorgen daran arbeiten könnten, bevor uns die bis heute vorliegenden Ergebnisse möglicherweise in die Irre leiten können."

Staatsanwalt Knopf schaut auf die Uhr. „Das wäre mir sogar sehr recht. Ich habe in wenigen Minuten einen Termin beim Oberstaatsanwalt wegen eines möglichen Bankrottbetrugs. Und da müsste ich vorher nochmals einen Kollegen in Frankfurt kontaktieren." „Schön, das war doch heute schon mal gut. Kollegen, weiter so! Wir sehen uns übermorgen um 11 Uhr hier in diesem Büro." Mit diesen Worten beendet Kriminalrat Bauer die Sitzung und seinen Arbeitstag.

Nachdem die zwei Herren den Besprechungsraum verlassen haben, will Klaus Müller wissen, was denn die Parallele ist. Mit einem verschmitzten Lächeln schaut Rike ihren Chef an und sagt „Lass dich auch mal überraschen. Oder glaubst du ernsthaft, nur du wärst in der Lage, spannende Quellen aufzutun?" Und kurze Zeit später sind alle drei Ermittler ebenfalls aus den Räumen des Heidelberger Kriminaldezernats entfleucht.

72

Während Rike dem Treffpunkt ihrer nächsten Ausbildungsfahrt entgegenstrebt, ist die Stimmung im Hause Müller angespannt. Erst als kurz nach 17 Uhr ein Taxi mit einem „SLÜ"-Kennzeichen vor dem Haus stoppt, und dessen Passagierin bei Betreten der Wohnung ein bewunderndes „Kinder, ist es hier schön sauber!" äußert, entlädt sich die Anspannung schlagartig. Die Freude, wieder von der Reha in Bad Orb zuhause zu sein, überträgt sich auch auf übrigen Familienmitglieder. Und selbst als sich wie selbstverständlich Jan zu den Müllers gesellt, ist es, als gehöre er schon immer dazu. Als Klaus und Anne zu später Stunde Richtung Bett gehen sind sie sich einig, dass eine Reha nicht nur für die Erkrankte selbst, sondern auch den Familienfrieden ausgesprochen gut sein kann.

Zur selben späten Stunde, es ist kurz nach 23.30 Uhr, betritt eine völlig geschaffte Rike Klein ihre Stammkneipe, das „Aix-en-Provence" in der Neuenheimer Bergstraße. Ihr

Freund Michael wartet schon seit zwei Stunden und hat sich in der Zwischenzeit mit dem ein oder anderen Glas Pils getröstet. „Wo kommst du den her?“ begrüßt er Rike. „Du hattest doch nur eine Fahrstunde.“

„Der Jens bringt mich noch um“ beginnt sie zu berichten. „Ein anderer Fahrschüler ist krank geworden und so hat er mich mit den Worten „Ah, da kommt ja meine heutige Überlandfahrt“ empfangen. Und statt einer Stunde Stadttraining waren wir kurz später bei stockdunkler Nacht unterwegs auf so breiten Straßen wie zwischen Raubach und Unterschönmattenwaag. Und das hat er mir als erstes Ziel im hiesigen Dialekt angegeben. Da heißt dieses Dorf nämlich „Schimmeldiwoog“, und das habe ich natürlich auf der Karte nicht finden können.“ „Der Mann hat Humor“ befindet Erik, der ebenfalls den Ausführungen seines Lieblingsgastes gelauscht hat. „So kann man es auch sehen“ bemerkt Rike nach dem ersten Schluck eines frisch gezapften Bieres. „Jedenfalls bin ich dann von 17.30 Uhr bis 21.30 Uhr quer durch den Odenwald gedüst, habe mehrmals den Neckar überquert, und bin schließlich irgendwo bei Bensheim wieder auf der A5 gelandet. Jens, der mit seiner R 1250 RT immer voraus gefahren ist, hatte mich am Rande des Odenwaldes noch seelisch auf die von mir befürchtete Autobahnfahrt vorbereitet. Das ist mir dann aber doch ganz gut gelungen.“ Der Stolz platzt geradezu aus ihren Augen. „Anschließend noch durch Schwetzingen, Plankstadt, Eppelheim und die Heidelberger City, und dann habe ich dem in Wiesloch die Mühle noch vor die Füße geschmissen.“ „Natürlich nur theoretisch?“ will Michael wissen. „Nun ja, leider nicht ganz. Ich war so kaputt, dass ich beim Absteigen vergessen habe, den Seitenständer auszuklappen. Und seitdem weiß ich, dass Motorräder einfach umkippen, wenn sie stehen und kein Ständer ausgeklappt ist.“ „Und wie hat dein Fahrlehrer reagiert?“ will Erik wissen. „Eigentlich ganz cool. Er hat mich lachend von dem auf mir liegenden Moped befreit, festgestellt, dass bei mir und der Honda keine größeren Schäden entstanden sind, und dann gemeint, dass ich heute mal bis an meine Grenzen gegangen bin. Und dann hat er mich bis morgen 18 Uhr zur nächsten Theoriestunde verabschiedet." „Na, dann trinken wir noch einen auf den Fahrlehrer. Und dann, mein Herz" bemerkt Michael „gehen wir ins Bett und schlafen sofort. Sonst schläfst du mir morgen bei der Theorie ein, und wir wollen doch vermeiden, dass du durch die Prüfungen fällst." Wenig später sind sie bereits in Michaels Wohnung angekommen, der enttäuscht feststellen muss, dass Rike tatsächlich nach wenigen Minuten und ohne den sonst obligatorischen Abstecher über das Bad eingeschlafen ist. „Na gut, dann korrigiere ich eben noch ein paar Englisch-Klausuren. Das muss ja auch gemacht werden", denkt er noch, und geht damit für die nächsten zwei Stunden in sein Arbeitszimmer.

73

Während Klaus Müller heute morgen deutlich später als üblich nach einem Frühstück im familiären Kreis Richtung Heidelberg fährt, sitzen Rike Klein und ihr Kollege Daniel Schubert bereits über ihren Notizen der vergangenen Tage.

„Wenn ich mir das so überlege, dann haben wir bei den meisten Zeugen in den Rathäusern vergessen zu fragen, wie eigentlich deren Planungsprozesse ablaufen und wer konkret dabei beteiligt ist.“ Rike ärgert sich bei dieser Feststellung über sich selbst. Und natürlich wollte sie diesen Fehler gestern Nachmittag gegenüber Kriminalrat Bauer und Staatsanwalt Knopf nicht unbedingt zugeben. "Was bringt es, zu wissen, wer an wen was verkauft hat, wenn das eigentliche Motiv für den Kauf und mögliche Handlungsmuster dahinter weiterhin im Dunkeln liegen?" „Dann gib mir mal die Liste Rike, ich rufe da einfach nochmal an.“ Rike gibt ihrem Kollegen die Liste mit den Ansprechpartnern, die sie bereits interviewt haben. „Gib mir eine Info, wenn du was auffallendes entdeckt hast, ich rufe inzwischen das Grundbuchamt in Tauberbischofsheim an. Die führen die Grundbücher seit ein paar Jahren zentral, und wenn ich richtig informiert bin, dann werden elektronische Zugriffe auf die Grundbücher genaustens dokumentiert. Vielleicht haben wir Glück und finden so einen in Diensten einer Gemeinde stehenden Maulwurf, der Informationen an Frau Adler weitergeleitet hat.“ „Gute Idee, dann mal viel Erfolg“ ist die Antwort von dem bereits in Akten blätternden Schubert.

Während Rike zwischen Sprachautomaten und leider nicht zuständigen Mitarbeitern des beim Amtsgericht Tauberbischofsheim angesiedelten zentralen Grundbuchamtes für Teile Baden-Württembergs ständig hin und her verbunden wird, hört sie mit halbem Ohr einem Telefonat ihres Kollegen zu. „Ja“ hört sie diesen sagen, „das ist wirklich sehr interessant. Und Sie sind sicher, dass außer Ihnen, dem Herrn Bürgermeister und dem Chef des Städteplanungsbüros niemand über ihre Überlegungen informiert war?“ Nun folgt eine längere Pause. „Ja, natürlich haben Sie uns sehr geholfen. Und ich darf nochmals fragen, selbst Ihre eigenen Mitarbeiter im Bauamt sind nicht informiert, bevor das Planungsbüro das theoretische „Go“ bestätigt hat?“ Wieder eine längere Pause, dann hört sie den Kollegen sagen: „Klasse, herzlichen Dank für diese wichtigen

Infos." Und mit einem triumphalen Ausdruck in den Augen ruft Daniel Schubert ihr über den Schreibtisch zu „Ich glaube, ich hab was!"

In diesem Moment meldet sich eine Abteilungsleiterin Haudrauf, ja, sie hieße wirklich so, am Hörer. „Guten Morgen, Frau Haudrauf", beginnt Rike das Gespräch. „Hier ist die Kripo aus Heidelberg, und wir bräuchten im Zusammenhang mit den Ermittlungen zu einem Kapitalverbrechen eine Auskunft." Diesmal ist es Daniel Schubert, der eine längere Sprechpause seiner Kollegin registriert. „Natürlich akzeptieren wir den Datenschutz, Frau Haudrauf", setzt Rike das Telefonat fort. „Ich möchte in der jetzigen Phase auch nur wissen, ob Sie für bestimmte Flurstücke, z.B. in den Gemeinden Dielheim, Sinsheim oder Bammental, ungewöhnliche elektronische Zugriffe in den letzten beiden Jahren registriert haben. Ja, ungewöhnliche Zugriffe. Also beispielsweise Zugriffe anderer Grundbuchämter oder Notare, die nichts mit der späteren Abwicklung eines Eigentümerwechsels zu tun haben." Wieder entsteht eine längere Pause. „Gut, wenn es nicht anders geht. Ich schicke Ihnen per Mail eine Liste der für uns interessanten Flurstücke.“ Nochmals eine längere Pause. „Ja, mir ist schon klar, dass sie viel zu tun haben. Aber es geht um Mord.“ Kurze Pause. „Ja, Mord, und da werden Sie uns doch kurzfristig behilflich sein können?“ Nochmals Pause. „Ja? Prima. Und bis wann? Was, morgen? Das ist ja ausgezeichnet. Also, bis morgen, Frau Haudrauf. Und ich verlasse mich auf Sie.“ Mit Schwung wirft sie den Hörer mit den Worten „Na, geht doch!“ auf die Gabel, blickt ihren Kollegen an und fragt „Und was hast du sensationelles ausgegraben?“

74

Auch in Hockenheim wird heute schon telefoniert. Nadine Scheerer, Unternehmerinnentochter und neuerdings Immobilienspekulantin und Komplizin eines Bankers in einer Privat-Bank, versucht bereits kurz nach 11 Uhr, Theodor Wendel in Meckesheim zu erreichen. Da Theo, wie er im Dorf genannt wird, auf modernen „Schnickschnack“ aller Art schon immer verzichtet hat, ist er natürlich nicht zu erreichen. So ist es kurz vor 13 Uhr, als das Gespräch zustande kommt und Nadine Scheerer letzte Details abstimmt. „Ja, so machen wir das, lieber Theo. Ich gebe dem Notar noch heute bescheid, dass wir beide mit dem Vertragstext einverstanden sind. Das wird ihn freuen, denn dann braucht er keine Änderungen mehr einpflegen. Und dann bestätige ich ihm den Termin, und hole dich dann bei dir in Meckesheim auf dem Hof ab. Vergiss nicht, deinen Personalausweis mitzubringen, und sicherheitshalber noch deine Girokarte, damit wir die Bankverbindung nochmals mit dem Vertragstext abgleichen können. Und am nächsten Tag hast du dann schon dein Geld, und Malle kann kommen." Nadine Scheerer hört ein dröhnendes Lachen an ihrem Ohr und deutet dies als klare Zustimmung. „Ja, Theo und dann werde ich dich sicher mal auf deiner Insel besuchen, und vielleicht Bilder von meinem Pferdehof zeigen. Ach, lieber Theo, ich bin dir so dankbar, dass mein Lebenstraum damit in Erfüllung geht. Ja, Theo, also dann bis nächsten Freitag. Bleib gesund und sei schön angezogen, wenn ich dich abhole. Schließlich soll auch der Notar sehen, dass du ein Mann von Welt bist.“ Mit einem leisen Lächeln auf den Lippen beendet die Dame von Welt das Gespräch.

75

„Klaus, das ist beste Spur, die wir bis jetzt haben“, bemüht sich Rike die Ermittlungsleistung ihres Kollegen Daniel ins rechte Licht zu rücken. „Es ist offensichtlich, dass alle Gemeinden, die wir im Zusammenhang mit den Grundstücksgeschäften befragt haben, das gleiche Städteplanungsbüro mit den ersten konkreten Untersuchungen beauftragen. Der Laden heißt „Lürssen und Partner“ und sitzt in Mannheim. Naja, Laden ist vielleicht der falsche Begriff. Das ist schon ein richtig gutes und großes Planungsbüro. Wohl auch mit ziemlich viel Renommee. Die werden sicher nicht erfreut sein, wenn die Kripo kommt und nach Ungereimtheiten fragt.“ „Da habt ihr sicherlich recht“, stimmt Kriminalhauptkommissar Müller zu. „Das kann auch politisch eine ganz heiße Kiste werden. Am besten, wir reden heute Nachmittag noch mit Kriminalrat Bauer und unserem Staatsanwalt. Und vielleicht kann ich den Kriminalrat überreden, gemeinsam mit mir dem Geschäftsführer des Planungsbüros einen Besuch abzustatten."

Sowohl Rike als auch Daniel sind bei der nachmittäglichen Sitzung überrascht, dass sich der Kriminalrat sofort bereit erklärt, Klaus Müller nach Mannheim zu begleiten. Auch ihm war auf Anhieb klar, dass es hier möglicherweise sehr schnell zu richtig heftigen Beschwerden gegen die Polizei kommen kann. Und die aus seiner Sicht beste Prophylaxe ist, wenn er selbst bei dem Gespräch dabei ist.

76

Als der Meckesheimer Bürgermeister und ehemalige Polizist Maik Brandt am nächsten Morgen sein Büro betritt, hat er eine unruhige Nacht hinter sich. Irgendwie hat er immer wieder über das Gerücht nachgedacht, dass der Wendel`s Theo den großen Fang gemacht hat. „Warum kauft jemand so einen sichtlich verwahrlosten Hof, wenn es andere und deutlich wertigere Höfe auch zu kaufen gibt? Und kann es ein Zufall sein, dass genau Teile der zum Verkauf angedachten Grundstücke möglicherweise in Kürze massiv an Wert gewinnen?" spuken ihm im Kopf immer wieder die gleichen Fragen rum. Kurzentschlossen geht er zu seiner Assistentin und bittet diese, die Nummer seines ehemaligen Kollegen Müller herauszufinden, mit dem er gemeinsam auf der Polizeiakademie die Grundlage für seine berufliche Karriere gelegt hat.

„Klaus, guten Tag, hier ist Maik aus Meckesheim", klingt es wenig später aus dem Büro. „Danke der Nachfrage, mir geht es gut. Du, Klaus, weshalb ich dich anrufe: deine Kollegen waren vor ein paar Tagen bei uns im Rathaus und haben sich nach den Abläufen erkundigt, mit denen bei uns Bau- oder Gewerbegebiete entwickelt werden." Es entsteht eine kurze Gesprächspause. „Ja, genau. Und wir hatten euch berichtet, dass es in der Vergangenheit eigentlich nie irgendwas Auffälliges gab." Wieder entsteht eine kurze Pause. „Nein,

nein. Unsere Darstellung war schon richtig. Aber jetzt habe ich etwas gehört, das mir irgendwie keine Ruhe lässt. Und deshalb habe ich gedacht, wir sollten bald mal gemeinsam einen Kaffee trinken." Seine Assistentin hört den Bürgermeister kurz auflachen. „Ja, ok. Du hast`s aber eilig. Gut, dann treffen wir uns in zwei Stunden zum Mittagstisch. Und wenn`s für dich nichts Interessantes war, dann lade ich dich auch noch dazu ein." Und wenige Sekunden später sieht die Assistentin im elektronischen Terminkalender des Rathauschefs für 12.30 Uhr einen Eintrag „KHK Müller - Pizzeria Rusticale."

77

„Tut mir leid, Herr Kriminalrat." Eine frustrierte Sekretärin betritt Kriminalrat Bauers Büro. „Der Inhaber und Geschäftsführer Dr. Lürssen steht nicht für ein Gespräch zur Verfügung. Dessen Assistent machte mir deutlich, dass er zu wichtige Aufgaben habe, um sich mit Ermittlern über niederschwellige Detailfragen zu unterhalten." „Na, das werden wir ja mal sehen." Bauer ist sichtlich angefasst. „Rufen Sie bei dem Burschen nochmals an. Sagen Sie ihm, dass wir entweder spätestens übermorgen einen persönlichen Termin bei seinem Guru bekommen, oder dieser per Vorladung ebenfalls übermorgen hier im Präsidium vorzureiten hat. Und wenn er nicht kooperiert, fertigen Sie gleich die Vorladung auf 8 Uhr morgens aus."

Drei Minuten später meldet seine Sekretärin Vollzug. Selbstverständlich hat Herr Dr. Lürssen übermorgen um 10 Uhr Zeit und freut sich, der Polizei behilflich sein zu können. Aus Gründen der Diskretion komme er aber nach Heidelberg. Und den Anschlusstermin habe der Assistent für seinen Chef auch gecancelt. „Hab ich`s mir doch gedacht", denkt Bauer und zückt zufrieden seinen hochwertigen Füllfederhalter eines namhaften Heidelberger Herstellers, um eine Glückwunschkarte zum 50. Geburtstag eines Kollegen zu signieren.

Wenn ein dem traditionellen Gastgewerbe eng verbundenes Ehepaar eine Gaststätte führt, dann kann das Ergebnis eigentlich nur positiv sein. Bei den Betreibern der „Pizzeria Rusticale" in Meckesheim, ist das der Fall.So ist es kein Wunder, dass das Lokal auch schon zum Mittagstisch gut besucht ist. Kriminalhauptkommissar Müller und Bürgermeister Brandt sitzen in einer Ecke des hübsch eingerichteten Lokals, und tauschen zunächst freundschaftliche Erinnerungen über ihre gemeinsame Zeit als Studierende und spätere Kollegen bei der Polizeidirektion Heidelberg aus.
Nachdem der Chef des Lokals das Essen serviert hat, wendet sich das Gespräch dem eigentlichen Sinn des Treffens zu:
„Also Maik, was verschafft mir heute genau die Ehre?" will der Ermittler wissen. „Ich wollte mit dir mal über einen komischen Zufall reden, der mir die letzte Nacht keine Ruhe gelassen hat", beginnt der Meckesheimer Verwaltungschef mit der Beschreibung seines unguten Gefühls.

Etwa 1 ½ Stunden später klingelt auf dem Schreibtisch von Rike Klein das Telefon. Am Display erkennt sie den Anrufer, und so begrüßt sie mit „Hallo Chef, was gibt`s?" den Anrufer. Als sie fünf Minuten später auflegt, sagt sie zu ihrem Kollegen Daniel: „Und wieder eine Spur, die zu Lürssen führt. Klaus war gerade bei dem Meckesheimer Bürgermeister und da scheint gerade ein Deal am Laufen zu sein, der in unsere Schemata der Abläufe bei Frau Adler passt. Doch diesmal sind wir vor dem Ball, und Klaus ist bereits auf dem Weg zu einem Aussiedlerhof in Meckesheim, um näheres zu erfahren. Der Bauer will sich wohl von seinem Anwesen trennen, und so wie es aussieht, wird davon in Kürze ein nicht unerheblicher Teil Neubaugebiet. Der Bürgermeister schwört, dass außer seinen vier Bürgermeisterkollegen im Sprengel nur der Chef des Büros Lürssen von den Plänen weiß. Und eigentlich legt er sowohl für seine Kollegen als auch Herrn Lürssen die Hände ins Feuer." „Na, dann bin ich mal gespannt, wie`s weitergeht", ist Daniels einziger Kommentar.

„Der Übergang vom Kraichgau in den Odenwald ist schon eine besonders hübsche Gegend", denkt Klaus Müller, als er die kleine Anhöhe zum Hof von Theodor Wendel hinauffährt. Oben angekommen, ist von einem nicht zu weit entfernten Steinbruch ein kurzes Tröten und dann eine Detonation zu hören. Staub steigt auf, und kurze Zeit später liegt die Landschaft wieder friedlich zu seinen Füßen. „Des isch de Mauermer Stoibruch, die mache immer so oin Krach", hört der Ermittler einen Mann in den Fünfzigern sagen. Dieser ist für einen Landwirt, gelinde gesagt, ungewohnt angezogen. Unter dem sichtlich in die Jahre gekommenen „Blaumann" ist ein knallbuntes Hawaiihemd zu sehen. Die offenen Schuhe mit ehemals weißen Socken lassen ebenso auf einen lockeren Lebenswandel schließen wie die doch etwas schwammige Aussprache. Als Klaus näher kommt, nimmt er schon von weitem einen intensiven Geruch nach Bier und Schweiß wahr, so dass er beschließt, die folgende Befragung doch lieber im Freien durchzuführen. „Sind Sie Herr Theodor Wendel?" „Wer will das wissen? Wenn Sie der Gerichtsvollzieher sind, dann müssen Sie noch etwas warten. Ansonsten will ich eigentlich meine Ruhe haben", antwortet Wendel. „So einfach ist das nicht, Herr Wendel. Mein Name ist Klaus Müller, ich bin Ermittler bei der Kriminalpolizei in Heidelberg und hätte ein paar Fragen an Sie." „Kripo, was wollen Sie denn ausgerechnet von mir?" Bauer Wendel steht vor Schreck der Mund offen. „Im Dorf wird erzählt, dass Sie Ihr Haus und Grund zu einem guten Preis verkaufen. Wir möchten nur mal so hören, wie das Geschäft gelaufen ist." „Gelaufen, super! Stellen Sie sich vor: Da kommt so eine neureiche Tussi, die unbedingt einen eigenen Pferdestall aufbauen will. Und wo kommt sie hin? Richtig geraten: genau zu mir. Und dann hat alles gepasst. Mein Traum von Mallorca und ihr Traum vom Reiterhof werden wahr. Win/win, wie der Banker sagt. Ich bin schlagartig alle Schulden los und kann Deutschland den Rücken kehren. Ballermann statt Straßenfest und Grande Serveza statt eine Halbe. Das Leben ist schön! Und für mich wird es noch viel schöner!" Bevor Wendel in

Lobesarien ausbrechen kann, hakt Müller nach. „Und hat die Käuferin, wer ist es denn eigentlich, Ihnen gesagt, warum sie genau Ihr Land kaufen will?" „Das ist doch logisch." Wendel wedelt mit den Armen rundum. „Sehen Sie sich doch um. Sie sind hier in einer wunderschönen Gegend und können direkt vom Hof ausreiten. Mit meinem Grund hat die Nadine, Nadine Scheerer aus Hockenheim ist die Käuferin, alle Möglichkeiten, ihren Traum einer Pferdezucht zu realisieren. Und gegenüber Hockenheim leben wir hier doch in einem Paradies." „Und was bekommen Sie für den Traum von Landbesitz?" Während der Kriminalhauptkommissar dies fragt, wirft er einen Blick auf völlig heruntergekommene Gebäude und Berge von Müll, die über das Areal verteilt sind. „Eine halbe Million. Die Dame weiß verborgene Werte zu schätzen." „Da haben Sie vermutlich mehr recht, als Sie sich vorstellen können", kann sich Müller einen Kommentar nicht verkneifen. „Und wann soll der Notartermin steigen?" „Bereits nächsten Freitag. Bis Montag kriege ich dann mein Geld und Mittwoch bin ich auf der Insel."

„Jetzt habe ich eigentlich nur noch eine Frage, Herr Wendel. Welcher Notar ist denn mit der Beurkundung beauftragt?“ „Na, das ist so ein schwieriger Name. Warten Sie, Herr Kommissar, ich hole Ihnen seine Karte.“ Mit diesen Worten verschwindet der künftige Baleare in seiner Bruchbude, und wenig später ist Klaus Müller wieder telefonierend auf dem Weg in ein Notariat ins hessische Neckarsteinach.

Etwa zwei Stunden später verlässt er das Büro von Dr. Ingrim mit den von ihm gewünschten Informationen. Nachdem der Notar zunächst unter Hinweise auf Datenschutz sehr zögerlich zur Kooperation bereit war, machte eine telefonische Intervention durch Staatsanwalt Knopf und den Verweis auf eine mögliche richterliche Anordnung den Weg dann doch frei. Der Notar war sichtlich erleichtert, als Klaus Müller seine Diensträume wieder verließ. Auf Anraten des Ermittlers verzichtete er auch darauf, die Vertragspartner Nadine Scheerer und Theobald Wendel über die Nachfragen zu informieren. Sofern rechtsstaatliche Einwendungen gegen den Vertragsabschluss seitens der Ermittlungsbehörden bestehen würden, hat der Staatsanwalt eine schnellstmögliche Information an den Notar zugesagt.

79

Zeitgleich zu Müllers Aktion in Neckarsteinach haben Daniel Schubert und Rike Klein die Befragung des Geschäftsführers Dr. Lürssen akribisch vorbereitet. Schließlich haben es beide noch nicht erlebt, dass Krminalrat Bauer höchstpersönlich eine Befragung vornehmen will. Und so verlassen beide erst kurz von 18 Uhr das Dezernat.

Vor dem Gebäude in der Römerstraße steht ein junger, gutaussehender Mann, der Rike sofort auffällt. Sportlich, guter Haarschnitt und ein freudiges Lachen im Gesicht. „Genau mein Typ", denkt sie noch, als „ihr Typ" auf Daniel zugeht, ihm einen Kuss auf die Lippen drückt und sie dann gemeinsam Hand in Hand Richtung Innenstadt zum Shopping aufbrechen. „Liebe ist einfach was Schönes", ist

Rikes nächster Gedanke. Und erst jetzt fällt ihr ein, dass in einer Stunde Jens auf sie wartet, um dann noch zwei Stunden Nachtfahrten auf den einsamen Straßen des vorderen Odenwaldes zu absolvieren.

„Sag mal, Klaus, hast du eigentlich Jan etwas näher kennen gelernt?" fragt beim gemeinsamen Abendessen Anne ihren Mann Klaus. „So halbwegs. Auf jeden Fall ist er zwei Nummern besser als der vorherige Typ, Andi hieß er, glaube ich." Klaus Müller graut es heute noch bei der Erinnerung an Lenas ersten Freund. Er besaß weder Manieren, noch war er in der Lage, mehr als einen Satz ohne „keine Ahnung", „krass" oder „geil" abzuschließen. „Jan scheint eine richtige Koryphäe zu sein. Jedenfalls hat er erfolgreich Lena Mathe beigebracht und sie sagte mir, dass er nach dem nächstjährigen Abi in Heidelberg Medizin studieren will." „Dann sollten wir den zweien nicht im Wege stehen", ist das kurze Fazit von Anne. „Was hältst du davon, wenn wir später noch auf einen Absacker rüber ins „Schiff" gehen? Das haben wir schon lange nicht mehr gemacht, und irgendwie sollten wir meine Rückkehr feiern, und nicht den ersten gemeinsamen Abend vor dem Fernseher verbringen." „Das ist eine gute Idee! Also fertig essen und dann gehen wir über die Brücke rüber in die Kneipe. Und den Weg zurück werden wir dann auch noch finden."

Es ist kurz vor Mitternacht, als Michael Bannings aus dem Schlaf erwacht, weil er ein ungewohntes Geräusch gehört hat. „Rike?" ruft er in seinem Appartement im Neuenheimer Philosophenweg fragend in den Raum. „Ja, ich bin`s", kommt die Antwort aus Richtung des Bades. „Tut mir leid, dass es so spät geworden ist, aber mein Fahrlehrer Jens ist ein echter Sadist. Stell dir vor, der hat mich nicht zwei, sondern gleich drei Stunden bei stockdunkler Nacht durch den Odenwald gejagt. Da hoch, dort runter. Aber wieder nicht auf den Bundesstraßen, sondern von Raubach nach Unterschönmattenwaag und dann die nächtliche Horrorstrecke von Beerfelden über Rothenberg nach Hirschhorn. Du kannst dir nicht vorstellen, was da an Getier nachts entlang der Straße unterwegs ist."

Rike ist noch immer entrüstet über die Anforderungen, die der Fahrlehrer aus dem Norden an sie stellt. „Dann sitze ich halberfroren in so einer Kneipe im Mosautal, und er sagt, dass ich es so gut mache, dass wir eigentlich heute alle vorgeschriebenen Nachtfahrstunden absolvieren können. Und damit hatte ich meine Verlängerung."
„Du Ärmste, dann komm mal gleich zu mir, dass ich dich etwas wärmen kann. Schließlich ist es meine Schuld, dass du auf die Idee mit diesem Führerschein ausgerechnet im November gekommen bist." Aber als Rike zwei Minuten später das wärmende Bett erreicht, ist ihr Michael bereits wieder in das Reich der Träume eingekehrt. „Typisch Mann", denkt sie noch, „Erst versprechen sie das Paradies auf Erden und dann haben sie nicht mal einen Zipfel der Bettdecke für einen übrig." Aber die vielen Kilometer, die Kälte und nicht zuletzt das Glas Chianti, welches sie nach der Rückkehr getrunken hat, zeigen schnell Wirkung und so ist auch Rike kurze Zeit später tief eingeschlafen.

80

Als Rike gefühlte 10 Minuten später aufwacht, stellt sie erstaunt fest, dass es bereits kurz vor 8 Uhr ist. „Michael ist wohl schon auf dem Weg zur Schule", denkt sie noch, während sie in Windeseile versucht, gleichzeitig Zähne zu putzen, Klamotten herzurichten und eine Messenger-Nachricht an Michael zu schreiben.

Als sie kurz darauf ihr Büro betritt, nimmt sie als erstes den Duft eines herben Männerparfums wahr. Wenige Sekunden später kriegt sie ihren Mund vor lauter Staunen nicht mehr zu. Ihr bisher eher bieder gekleidete Kollege Daniel kommt mit einer ausgesprochen farbigen Kollektion ums Eck. „Wie siehst du denn heute aus?" ist ihr erster, eigentlich nicht sehr charmanter Kommentar. „Gefalle ich dir nicht? Das ist die neueste Kollektion eines Nachwuchsmodeschöpfers aus Mailand. Alex hat gemeint, mein Style braucht mal ein Upgrade. Und so habe ich gestern drei Kleidersäcke zur Kleiderkammer gebracht und mich komplett neu eingekleidet. Und wenn du meinen neuen Duft bereits wahrgenommen hast…" „Das war ja schwer zu überriechen", bremst Rike Daniel in seinem Schwung. „Ich finde es aber gut, dass du an deinem Style arbeitest. Vielleicht solltest du aber zumindest die Duftwolke nicht gleich ins Unendliche steigern. Manchmal ist etwas weniger auch mehr." Daniel schaut sie überrascht an. „Danke für den Hinweis. Da habe ich mich vielleicht wirklich heute Morgen verschätzt. Aber morgen wird das korrigiert." Damit wenden sie sich wieder ihren eigentlichen Aufgaben zu, um den Mörder von Antonia Adler baldmöglichst zu überführen.

„So, Kinder", kommt ihr Chef von einer kurzen Besprechung mit Kriminalrat Bauer zurück. „Alle Spuren, die wir bis jetzt in Punkto Immobilien gefunden haben, gehen in das Planungsbüro Lürssen und Partner. Hier scheint es die undichte Stelle zu geben. Und da morgen dieser Dr. Lürssen bei uns vorbeikommt, werden wir heute dessen Befragung intensivst vorbereiten. Ich habe inzwischen mehrere Warnungen erhalten, dass mit ihm nicht gut „Kirschen essen“ ist. Dieser Dr. Lürssen hat wohl Kontakte in alle politischen Ebenen. Und seitdem klar ist, dass wir ihn vorladen, hat er sich bereits bei jedem, der auch nur ein bisschen was bei uns im Land zu sagen hat, über uns und unsere Methoden beschwert. Unser Kriminalrat hat wohl gestern heiße Ohren bekommen, so viele bekannte und weniger bekannte Menschen haben versucht, die Befragung zu verhindern. Und deshalb dürfen wir uns morgen keinen Fehler erlauben.“ „Jawohl, Chef“ ist die kurze, aber sicherlich treffende Antwort des Teams Klein / Schubert.

81

Am heutigen Freitag gibt es rund um Heidelberg ungewöhnlich viele Menschen mit erhöhtem Puls. Dies sind:

- drei Ermittler der Kripo Heidelberg, die sich auf eine Befragung vorbereiten,
- ein Kriminalrat, der sich fragt, ob es eine gute Idee war, bei der Befragung dabei zu sein,

- ein Staatsanwalt, der sich fragt, was seine Ermittler zu einer Befragung getrieben hat, die weder vom Oberstaatsanwalt, dem Generalstaatsanwalt noch dem Innenministerium gut geheißen wird,
- ein bisheriger Landwirt, der in wenigen Stunden Baleare werden will,
- eine Unternehmenstochter, die erstmals einen Deal durchziehen will,
- ein hessischer Notar, der sich fragt, ob er wirklich jede Beurkundung aus Baden-Württemberg vornehmen soll, wenn deswegen die Polizei kommt und
- ein Geschäftsführer eines Planungsbüros, der sich fragt, was eigentlich los ist, wenn er einer Vorladung der Polizei trotz aller Beziehungen Folge leisten muss.

Kurzum: Es liegt Anspannung zum Greifen in der Luft. Doch zunächst der Reihe nach:

Es ist Punkt 8.30 Uhr, als der italienische Sportwagen mit einer heute noch sportlicher gekleideten Immobilienkäuferin auf dem Hof des Wendel`schen Hofes in Meckesheim anhält. Als Theodor Wendel aus der Türe tritt, traut Nadine Scheerer ihren Augen nicht. Wendel ist in einen weißen Anzug mit einer schreiend bunten Krawatte gekleidet. Höhepunkt des ganzen sind italienische Schuhe von Versace, die eigentlich eher zu dem Sportdress eines Dreißigjährigen passen. „Du siehst heute flott aus", ist ihr Kommentar, als sich Wendel auf den engen Sportsitz neben ihr fallen lässt. „Ja, schee. Odder?" kommt es fast bestätigend im hiesigen Dialekt vom Nachbarsitz an ihr Ohr. „Dann lass uns jetzt nach Neckarsteinach fahren. Wenn der Termin schnell über die Bühne geht, hast du bereits heute Abend dein Geld." „Dann nichts wie los!" kreischt geradezu der ehemalige Landwirt und baldige Wahl-Baleare vom Beifahrersitz, nachdem er einen kleinen Koffer in den noch kleineren Kofferraum des Sportwagens gequetscht hat. „Mein Flieger wartet nicht und startet 17 Uhr ab Frankfurt." Und damit startet Nadine Scheerer mit durchdrehenden Reifen Richtung hessisches Neckartal.

Die Fahrt verlangsamt sich deutlich, als sie das Ortsschild von Neckargemünd passieren. Neben unzähligen roten Ampeln macht auch die neue Tempo 30 Zone der eher sportlich orientierten Immobilienkäuferin keinen Spaß. Die Freude vergeht ihr auch, als Theodor Wendel ihr beiläufig erzählt, dass diese Woche ein Herr von der Kripo aus Heidelberg bei ihm war. Er habe sich nach dem geplanten Verkauf und dessen Ablauf erkundigt. Glücklicherweise werden ihre Gedanken einige Minuten später durch die Parkplatzsuche in Neckarsteinach abgelenkt. Nachdem auch diese Aufgabe erfolgreich erledigt ist, der Neckar führt glücklicherweise kein Hochwasser, so dass am Neckarlauer ein freier Platz zu finden war, treten sie gemeinsam in das Notariat Ingrim ein. Sie sind zu dieser frühen Stunde die ersten Klienten, eine Mitarbeiterin des Notars bittet sie um ihre Ausweise und noch etwas Platz zu nehmen. Von diesem kann Nadine Scheerer sehen, wie ihre

Ausweisdokumente ungewöhnlich akribisch geprüft werden. Danach geht die Mitarbeiterin zunächst in ein weiteres Büro, um einige Minuten später diese im Flur zu kopieren, und die Ausweise an beide Klienten zurück zu geben.
„Es dauert noch einige Minuten", entschuldigt sie den Notar bei den beiden. „Dr. Ingrim hat gerade noch ein wichtiges Telefonat. Er wird aber in wenigen Minuten bei Ihnen sein." Während Wendel ihr immer wieder von seinen bevorstehenden Mallorca-Plänen berichtet, wird Nadine Scheerer zusehends nervös. „Es wird doch nichts schief gegangen sein?" denkt sie gerade, als ein Endfünfziger, grau melierter Mann auf sie zukommt. „Guten Morgen", sagt dieser. „Ich bin Ihr Notar Dr. Ingrim. Schön, dass Sie da sind. Darf ich bitten, mir zu folgen?" Nadine Scheerer fällt auf, dass auch dieser Herr nervös zu sein scheint. Jedenfalls ist sein Jacket unter den Achseln auffallend feucht. Zudem spricht er sehr schnell und verhaspelt sich selbst bei der Begrüßung. Als er in sein Büro voran geht, kommt eine weitere Mitarbeiterin auf ihn zu und sagt

„Dr. Ingrim. Ich soll Ihnen ausrichten, dass alles in Ordnung geht.“ Daraufhin lächelt er die Dame sehr freundlich an und geht jetzt deutlich zielstrebiger auf sein Büro zu. „Sie müssen verstehen. In Kürze habe ich einen sehr wichtigen Kontrakt zu paraphieren. Und ich habe bis eben gewartet, ob dieser auch geschlossen werden kann.“ „Und ich dachte schon, Sie wollten Frau Scheerer meinen Hof nicht verkaufen“ platzt Wendel dröhnend dazwischen. „Und das wäre ja noch schöner, wenn ich endlich einmal eine solche Gelegenheit habe.“ Mit einem gemeinsamen Lachen aller drei schließt sich die Tür zum Büro Dr. Ingrims, wo dieser die nächsten Minuten mit dem Verlesen des Kaufvertrags und dem Einsammeln der Unterschriften sowie deren Beurkundung verbringt.

Als sie nach einer Stunde das Notariat verlassen, bietet Nadine Scheerer, der bereits alle Schlüssel von Wendel übergeben wurden, ihm an, ihn nach Meckesheim zurück zu fahren. „Lassen Sie das mal bleiben, liebe Nadine. Ich bleib noch ein bisschen in Neckarsteinach und werde den Verkauf jetzt erstmal hier feiern. Mit dem Zug komme ich später noch immer rechtzeitig zum Flughafen und bin dann heute Nacht noch auf Malle", sprach er und wendete sich zielstrebig einer bei männlichen Nicht-Hessen offensichtlich beliebten Einrichtung zu, die unmittelbar in der Nähe von Neckarsteinachs Bahnhof ihre roten Leuchten blinken lässt.

Fünf Minuten später klingelt bei Michael Herrmann, Investmentbanker und nebenbei Komplize von Nadine Scheerer, sein Handy. „Geklappt", war alles, was der Hörer von sich gab. Zufrieden legt Michael Herrnann das Telefon zur Seite, geht zwei Büros weiter und zeigt seiner ebenfalls mit Spannung wartenden Kollegin Carolyn Richter einen noch oben aufgerichteten Daumen. „Klasse", ist zunächst alles, was sie sagt, aber die Zufriedenheit ist aus ihrem Gesicht zu lesen. „Und, gab es was Besonderes?" fragt sie ihren Kollegen. „Nein, sonst hätte die Nadine das sicher berichtet." „Dann ist ja alles gut." Daraufhin drückt sie auf ihre Sprechanlage und sagt

„Philipp, bitte bringen Sie mir die Risikoanalyse in der Sache Müller." Lächelnd fragt sie Michael Herrmann „Sonst noch was?"

82

Zeugenbefragungen werden normalerweise so ausgeführt, dass die zu befragenden Personen möglichst wenig Aufwand mit dieser haben. Bei Dr. Lürssen war dies heute etwas anderes. Nachdem er klar signalisiert hatte, dass er für die Kripo eigentlich nicht zu sprechen sei, wurde er per Vorladung auf 10 Uhr in das Dezernat der Kriminalpolizei einbestellt. Würde er nicht kommen, so wurde bereits in der Vorladung hingewiesen, erfolge dann auch eine zwangsweise Vorführung durch die Polizei. So war es keine Überraschung, dass um 9.58 Uhr eine Limousine der Mercedes S-Klasse vor dem Gebäude vorfuhr. Aus dem Fond, der Cheffahrer von Dr. Lürssen ersparte ihnen eine Parkplatzsuche, stiegen zwei in anthrazitfarbene Anzüge gekleidete Herren. Schon als Klaus Müller und Kriminalrat Bauer die beiden aussteigen sehen, ist

ihnen klar, dass Dr. Lürssen seinen Anwalt mitgebracht hat. Wenige Minuten später sitzen sich die vier Herren im Verhörraum des Kriminaldezernats gegenüber. Zu Beginn weist Kriminalrat Bauer beide Herren darauf hin, dass das Gespräch per Videotechnik aufgezeichnet wird. Noch bevor die erste Frage durch die Ermittler gestellt werden kann, erhebt der Anwalt, Prof. Dr. Erichsen, Einwände gegen die Art der Vorladung und das unangemessene Verhalten, das seinem prominenten und renommierten Mandanten gegenüber von der Polizei an den Tag gelegt wird. Da sowohl Kriminalhauptkommissar Müller als auch Kriminalrat Bauer mit dieser Eröffnung gerechnet haben, prallt die damit verbundene Kritik an ihnen einfach ab und sie steigen, ohne den Anwalt eines weiteren Blickes zu würdigen, unverzüglich in die eigentliche Befragung ein.
„Herr Dr. Lürssen", beginnt Kriminalrat Bauer. „Wir vernehmen Sie heute als Zeugen und nicht als Beschuldigten. Von daher wäre es nicht erforderlich gewesen, dass Sie Ihren Rechtsbeistand dabei haben."
„Prof. Erichsen begleitet mich und

mein Unternehmen schon seit Jahrzehnten", erwidert Dr. Lürssen. „Sie werden nicht erleben, dass ich Kontakte mit der Polizei ohne Rechtsbeistand abwickle." „Das ist Ihr gutes Recht. Dann lassen Sie uns jetzt mit der inhaltlichen Befragung beginnen. Ich hoffe, Sie haben viel Zeit mitgebracht. Es gibt unsererseits eine Reihe von Fragen." Und damit geht die Gesprächsführung auf Kriminalrat Müller über, der zunächst den beiden zunehmend unruhiger werdenden Gästen darlegt, dass das Ingenieurbüro Dr. Lürssen und Partner der einzige Punkt ist, an dem mehrere Spuren in einem Mordfall zusammentreffen. „Und daher ist für uns die Frage von elementarer Wichtigkeit, wer bei Ihnen so frühzeitig Einblick in die mögliche Ausweisung neuer Baugebiete erhält?" stellt Müller die entscheidende Frage.

Nachdem Dr. Lürssen mit seinem Anwalt kurz flüstert, beantwortet er selbst die Frage: „Zunächst lassen Sie mich mal meine Entrüstung ausdrücken, dass Sie ernsthaft glauben, in meinem Büro käme es zu Unregelmäßigkeiten. Völlig ausgeschlossen und erst recht in Zusammenhang mit Mord. Verschwiegenheit, Integrität, Vertrauen und nicht zuletzt die persönliche Bindung zu unseren wichtigen Partnern ist unser oberstes Gesetz. Wer dagegen verstößt und damit die Existenz unseres guten Rufes auf das Spiel setzt, fliegt. Habe ich damit genug geantwortet?" Während er die letzten Worte förmlich den Ermittlern entgegenschmettert, steht Dr. Lürssen bereits auf und will dem Ausgang des Ermittlungszimmers zustreben. „Setzen Sie sich !" ertönt es laut und eiskalt von Seiten Dr. Bauers. „Wann die Vernehmung beendet ist, entscheiden wir und nicht Sie oder Ihr Anwalt. Und um es klar zu sagen: Nein, Sie haben damit nicht genug geantwortet. Sie haben sogar überhaupt nicht geantwortet. Und jetzt nehmen Sie sofort Platz und wir stellen die gleiche Frage nochmals. Haben wir uns verstanden?" Und nachdem Kriminalrat Bauer damit sehr deutlich gemacht hat, wer „Chef im Ring" ist, beginnt jetzt eine doch unerwartet produktive Befragung.

Erst gegen 11.45 Uhr, also nach beinahe zwei Stunden, empfängt der Fahrer der S-Klasse einen ungewohnt aufgelösten und völlig verschwitzten Dr. Lürssen und einen ebenso ungewohnt schweigsamen und heute wenig arroganten Prof. Erichsen. Er hört beim Näherkommen noch laute Vorwürfe seines Chefs an dessen Rechtsvertreter, wie dieser diesen Stil zulassen könne und wofür er eigentlich sein Geld bekomme? Zu seinem Fahrer kommt die kurze Anweisung „Ins Büro. Sofort und schnell.‟ "Uih", denkt der Fahrer sich. „Da ist aber was schief gelaufen.‟ Und um nicht selbst zum Blitzableiter zu werden, fährt er ungefragt die Trennscheibe zwischen seinem Arbeitsplatz und den Sitzplätzen im Fond hoch, so dass er nicht dem sichtlich emotionalen Gespräch zwischen den beiden folgen muss.

Kriminalrat Bauer und sein Ermittler Müller sehen den beiden Herren noch nach, bis sie sich mit quietschenden Reifen in den ansonsten eher stehenden Heidelberger Straßenverkehr eingereiht haben. Nach einer kurzen

Abstimmung marschiert Müller in das Büro der Kollegen Klein und Schubert. Diese schauen ihn erwartungsvoll an. „Treffer, Besprechung in 10 Minuten mit Bauer und Knopf.“ Und fröhlich pfeifend verlässt ihr Chef das Büro, um sich noch schnell einen Kaffee zu genehmigen.

„Und das, Kolleginnen und Kollegen, waren die wesentlichen Erkenntnisse von heute Vormittag“, fasst Bauer seinen Eindruck zusammen. „Ein erfolgversprechender Ansatz“, kommentiert Staatsanwalt Knopf seinen Eindruck. „Ich fasse nochmals zusammen um zu sehen, ob ich alles Wesentliche richtig verstanden habe. Also, dieser Dr. Lürssen schwört Stein und Bein, dass außer ihm niemand seine persönlich an ihn gerichtete Post und Mails zu sehen bekommt. Diese wären außergewöhnlich aufwändig gesichert. Selbst der Administrator der DV in seiner Firma braucht seine persönliche Zustimmung, wenn er etwa auf die Daten und Dateien von Dr. Lürssen zugreifen möchte. Lürssen bekommt von den Bürgermeistern nur persönlich an ihn gerichtete Mails. Damit hat auf dem technischen Wege niemand Zugriff auf Informationen, die Dr. Lürssen per Mail empfängt.

Der nächste Arbeitsschritt ist, dass eine Mitarbeiterin aus seinem Büro die erforderlichen Übersichts-, Bebauungsplan- und Lagepläne für ihn ausdruckt. Er schwört, dass diese Mitarbeiterin absolut verschwiegen ist. Sie ist aber die Einzige, die aus den benötigten Unterlagen erkennen kann, um was es möglicherweise geht. Und sie bekommt auch die Mails zu sehen, die ihren Ausdrucken zugrunde liegen. Schließlich muss sie daraus erkennen, was ihr Chef benötigt.
Alle weiteren Schritte in dieser ersten Phase der Prüfung von Baumöglichkeiten macht ausschließlich Dr. Lürssen persönlich. Und er bezieht auch keine weiteren Mitarbeiter mit ein. Und das ist für Sie glaubhaft?" fragend blickt Staatsanwalt Knopf zu den an der Befragung beteiligten Ermittlern.
„Absolut", bestätigt Klaus Müller, während der Kriminalrat zustimmend nickt.

„Dann sollten wir uns mal um die Dame kümmern, die für die Vorbereitung der Unterlagen im Büro Dr. Lürssen zuständig ist. Gibt es übrigens nur eine Dame oder hat diese eine Vertretung im Urlaubs- oder Krankheitsfall?" „Lürssen hat versichert, dass es nur eine Dame sei. Diese sei praktisch seine rechte Hand und immer da. Und einer Vertretung würde er diese sensiblen Vorgänge nicht an die Hand geben."

„Dann mal los. Gute Jagd und gute Arbeit, Kollegen!" Mit diesem ungewohnten Lob beendet der Staatsanwalt das Treffen.

83

„Was geht ab?“ fragt Sandra Werner ihre Kollegin Monika, als sie vom Mittagstisch in ihr Büro zurück kommt. „Keine Ahnung“, antwortet diese. „Aber eines ist klar. Da ist ganz dicke Luft. Am besten, du gehst dem Chef heute aus dem Weg.“ Nachdem Sandra Werner, die Spielbankfreundin von Caro Richter, wieder ihren gewohnten Platz im Vorzimmer von Dr. Lürssen eingenommen hat, sagt sie zu ihrer Kollegin „Danke, du kannst gehen. Morgen löst du mich bitte wieder in der Pause ab.“ Wenige Sekunden später ist ihre Kollegin wieder im nebenan liegenden Großraumbüro verschwunden. „Gott sei Dank muss ich da nicht den ganzen Tag arbeiten“, denkt sie noch in Erinnerung an die schlechte Laune, die ihr Chef bei seiner heutigen Rückkehr verbreitet hat.

„Frau Werner, bitte kommen Sie mal sofort zu mir.“ Zehn Minuten nachdem sie der Aufforderung gefolgt ist, verlässt eine in Tränen aufgelöste Sandra Werner das Büro ihres ehemaligen Arbeitgebers. Den

Auflösungsvertrag, der bei einem Verzicht auf jegliche Abfindung die gegenseitige Verpflichtung zu Schweigen vorsieht, hatte Professor Dr. jur. Erichsen aus seinem Fundus gleich parat. Er begleitet jetzt auch Sandra Werner zu ihrem Schreibtisch. Aus diesem darf sie noch die wenigen persönlichen Habseligkeiten an sich nehmen. Hierbei ermahnt er sie nochmals ausdrücklich, über die Gründe der Vertragsauflösung für alle Zeiten zu schweigen. Danach gehen beide gemeinsam auf dem kürzesten Weg zum Ausgang. Dort lässt Prof. Erichsen ein Häufchen Elend allein auf dem Gehweg zurück – eigentlich sogar mutterseelenallein.

84

„Der Lürssen hat die Werner rausgeschmissen." Carolyn „Caro" Richter stürmt geradezu in das Büro ihres Kollegen Herrmann. „Die ist aufgeflogen. Keine Ahnung, wie das passieren konnte, aber das ist eine Katastrophe!" „Reg dich nicht auf, erzähl mir lieber, was du genau weisst", antwortet ihr Komplize. „Der Lürssen war heute bei der Kripo vorgeladen. Es ging um den Tod der Adler. Angeblich sei sie nicht eines natürlichen Todes gestorben, sondern umgebracht worden." „So ein Unsinn. Die Adler war alt, debil und alle Tassen hatte die zum Schluss auch nicht mehr im Schrank." „Aber Michael, das ist doch jetzt scheißegal. Die Werner ist draußen und wird sicher als nächstes von der Kripo verhört. Und ob die dicht halten wird, können wir nur hoffen." „Dann haben wir ein echtes Problem", ist die ernüchternde Einschätzung des bis hierhin ruhigen Bankers.

85

„Chef, Sandra Werner ist nicht mehr im Büro Lürssen anzutreffen." Rike Klein berichtet Klaus Müller am Telefon. „Na, die wird schon im Wochenende sein." „Nein, eben nicht. Die Dame am Empfang sagte mir, dass Dr. Lürssen für uns heute nicht mehr zu sprechen sei und Frau Werner gerade vorhin in Begleitung seines Hausanwalts das Haus verlassen habe. Und fünf Minuten später sei eine Mail der neuen Assistentin von Dr. Lürssen an alle Beschäftigten gegangen, dass

Frau Werner um sofortige Entlassung aus ihrem Arbeitsverhältnis gebeten habe. Sie dürfe jetzt auch das Haus nicht mehr betreten.
Also, Klaus, wenn du mich fragst: die sind eiskalt. Und das sagt eine Nordfriesin, denen nachgesagt wird, wirklich menschlich nicht zu empathisch zu sein. Aber in 10 Minuten eine Stelle nachzubesetzen, die alte Assistentin rauszuschmeißen und dann die Mitarbeiter zu informieren, dies sei ein normaler Vorgang, da gehört schon was dazu. Das ist sogar mehr als eiskalt."
„Da gebe ich dir zwar recht, das hilft uns aber nicht weiter. Ihr fahrt jetzt zur Privatadresse der Werner und bringt sie ins Dezernat."
„Heute noch? Ich habe später einen wichtigen Termin." „Ja, gleich. Und die Befragung übernehmen dann Daniel und ich. Aber jetzt macht. Ich will die Werner noch heute sehen." Und damit beendet der Kriminalhauptkommissar Müller das Gespräch. Der Privatmann Klaus Müller ruft daraufhin in seiner Wohnung in Neckargemünd an, um seiner Frau mitzuteilen, dass es heute wieder

einmal keinen absehbaren Feierabend geben wird.

Wenig später drückt Daniel Schubert in Begleitung seiner Kollegin Rike Klein auf einen der unzähligen Knöpfe im Wohnbereich des Mannheimer Collini-Centers. Das 1971 gebaute und mit 95 Meter Höhe bekannteste Wohngebäude Mannheims beherbergt rund 1.200 Menschen. Es dauert lange, bis er den Namen Sandra Werner in der 29. Etage gefunden hat. Und es dauert noch länger bis er feststellt, dass da wohl niemand zuhause ist. Da auch Versuche scheitern, Sandra Werner über ihr Mobiltelefon zu erreichen, rücken die zwei Ermittler unverrichteter Dinge wieder ab nach Heidelberg.
„Ich schreibe jetzt eine Vorladung für sie, dann kann ich doch noch fast pünktlich Feierabend machen. Sandra Werner knüpfen wir uns Montag vor. Euch jetzt auch ein schönes Wochenende." „Ja, dir auch, Klaus. Übrigens kann ich Montag erst gegen Nachmittag kommen. Meine Führerscheinprüfung steht an." Und bevor die Kollegen Rike weitere Fragen zu diesem Thema stellen

können, hat sie den Raum bereits verlassen.
Als Klaus Müller kurz darauf erneut seine Frau anruft, um ihr mitzuteilen, dass sie heute Abend etwas gemeinsam unternehmen können, teilt diese ihm mit, dass sie jetzt bereits mit einer Freundin auf dem Weg in die Altstadt sei. Er könne sich ja nächstes Wochenende Zeit nehmen. „Das ist ja typisch", sind Müllers nächste Gedanken, bevor er sich mit der Frage beschäftigt, was ihn dazu getrieben hat, Beamter bei der Kripo werden zu wollen.

86

„Nein, Rike, so doch nicht!" tönt die Stimme von Jens aus dem Lautsprecher des Helmes, als Rike die erste Serpentine auf der „Krähberg-Strecke" von Schöllenbach in Richtung Beerfelden nimmt. „Außen weiter anfahren, dann in der Kurve innen nehmen, und auf deiner Straßenseite wieder aus der Kurve beschleunigen". In diesem Moment zieht er mit seiner neuen BMW R 1250 RT an Rike vorbei, um ihr bei der nächsten Kurve zu zeigen, wie er es meint. Da sie auf einer wesentlich wendigeren und in Kurven leichter zu beherrschenden Honda NC 750 unterwegs ist, kann sie die so erhaltene Anschauhilfe sofort umsetzen. Als sie nach den ersten zwei Stunden der „Überlandfahrt“ im „Vesperhäusle“, einem bekannten Bikertreff in der Nähe von Erbach, rasten, verdeutlicht ihr Jens nochmals, warum er so akribisch an ihr arbeitet.

„Weißt du, Rike, das schlimmste, was einem Fahrlehrer passieren kann ist, dass er wenige Tage oder Wochen nach dem Ende einer Ausbildung vom Tod eines Fahrschülers erfahren muss. Mir ist das noch nicht passiert, ich kenne aber Kollegen, die das erleben mussten. Und deshalb ist es mir gerade beim Motorrad extrem wichtig, dass du vom ersten Moment an sehr sicher unterwegs bist. Ein Fehler beim Auto endet normalerweise mit kaputtem Blech und möglicherweise einem Arztbesuch. Ein Fehler mit dem Motorrad endet normalerweise im Krankenhaus oder gleich auf dem Friedhof. Und deshalb bin ich so streng und penibel.“ „Dann bin ich gar keine Gurke, wie ich immer meine?“ hoffnungsvoll schaut Rike ihren Fahrlehrer an. „Nein", lächelt dieser. „Eigentlich fährst du schon echt gut. Aber das kann ich dir ja nicht immer sagen, sonst hörst du mir ja nicht mehr zu." „Dann lass uns jetzt schnell weiter üben, schließlich ist Montag um 9 Uhr die Prüfung", drängt Rike ihren Fahrlehrer, den ungewöhnlich großen und bezahlbaren Pott Kaffee in Eile hinabzustürzen. „Und morgen haben wir ja auch noch zwei Stunden Autobahnfahrt vor uns", erinnert sie dieser noch an einen anderen Termin.

„Und hier haben sie noch den unwiderstehlichen Blick von ihrem künftigen Balkon auf die Bergstraße." Wie ein Waschmittelverkäufer geht die Dame des Immobilienbüros Daniel und Alex auf die Terrasse voran. „Ist es nicht schön?" „Doch, schon" schreit Alex gegen den brausenden Verkehr auf der B 38 an. „Aber doch auch etwas laut für ein lauschiges Plätzchen." „Aber am Wochenende ist es ruhiger", versucht die in ein modisches Kleid gewandelte Maklerin zu beschwichtigen. „Und was soll die Wohnung kosten?" fragt Daniel nochmals nach. „Die Vier-Zimmer-

Wohnung mit insgesamt 92 m² in diesem Acht-Familien-Wohnhaus am Rande von Mannheim bekommen Sie heute zum Preis von 586.000 €." „Inklusive oder exklusive der Nebenkosten?" hakt Daniel nach. „Na, Sie wollen es aber genau wissen. Natürlich ohne. Es kommen dann nochmals 5 % Grunderwerbssteuer, die Notar- und Grundbuchkosten und unsere Maklergebühr hinzu. Mit den Nebenkosten müssen Sie rund 650.000 € für dieses Schmuckstück von Wohnung aufbringen. Ein echtes Angebot!" Das Lächeln der Dame erinnert Daniel in diesem Moment an eine Verkäuferin auf dem Hamburger Fischmarkt. „Dann müssen wir nochmals darüber nachdenken", ist seine für sie unbefriedigende Antwort. „Schließlich haben wir noch eine Wohnung und 650.000 € ist doch viel Geld." „Wie Sie möchten, aber ich bin sicher, dass die Wohnung in ein paar Tagen nicht mehr zu haben ist."
„Frechheit!" Daniel ist immer noch erzürnt. „Die Verkloppen ohne viel Aufwand eine alte und lärmumtoste Bude für sechshundertfünfzigtausend und kassieren nebenbei als Makler über dreißigtausend für sich selbst.

So eine Schweinerei!“ „Ich glaube, wir sollten einstweilen aufhören, uns eine andere Wohnung zu suchen“, pflichtet Alex ihm bei. „Wir haben`s doch schön. Die Wohnung ist bezahlbar, und wenn ich das hier erlebe, dann tun mir all die Menschen leid, die jetzt eine neue Bleibe suchen müssen. Da bist du ganz schnell Bittsteller und die nehmen dich aus wie eine Weihnachtsgans.“ „Ja, also weiter Tattersaal. Und da wir soeben 650.000 € gespart haben, lade ich dich dafür am Marktplatz zum Döner mit Pommes ein.“ „Du bist einfach großzügig, Daniel, vielen Dank!“ Mit einem zufriedenen Lächeln gehen die beiden untergehakt zu ihrem Auto, welches sie wieder zu ihrem Zuhause in die Mannheimer Innenstadt bringt.

87

„Was gibt`s denn so dringendes?“ fragt Michael Herrmann, Banker und Komplize in einem. Er ist hörbar vom Anruf seiner Kollegin Carolyn Richter genervt. „Die Sandra hat mich in der Nacht nochmals angerufen. Sie weiß nicht, was sie tun soll und überlegt, ob sie zur Polizei geht, um sich selbst anzuzeigen." „Das musst du verhindern, egal wie. Mach ihr Druck, dass das nicht passiert." Grußlos legt Michael Herrmann auf und lässt eine ratlose Komplizin am anderen Ende der Leitung zurück.

88

Rund neuntausend Menschen verüben jedes Jahr in Deutschland Suizid. Eine traurige Zahl, ist sie doch nur die Spitze an verzweifelten Menschen, die nicht mehr wissen, wie es weitergeht. Damit verbunden sind gleichzeitig über neuntausend Einsätze der Polizei, da bei jedem Suizid die Todesursache eindeutig feststehen muss. Es gilt Fremdverschulden und damit ein Tötungsdelikt auszuschließen.

Daniel Schubert hat am heutigen Samstag für die Kripo Heidelberg die Rufbereitschaft übernommen. Er ist wenig erfreut, als sein Mobiltelefon eindeutige Geräusche von sich gibt. „Schubert", meldet er sich, und dann ist einige Sekunden nichts mehr von

ihm zu hören. „Ich komme“, sind seine letzten Worte zu seinem Kollegen der Leitstelle. „Was liegt an?“ fragt schlaftrunken sein Freund Alex. „Die Feuerwehr wurde zu einem Einsatz wegen einer überfluteten Wohnung gerufen. Und als sie die Wohnung drüber öffneten, fanden sie eine Tote in der Badewanne. Vermutlich Selbstmord“ ist Daniels Antwort. „Und wo?“ Glücklicherweise gleich vorne im Collini-Center.“ „Na dann gute Reise. Und bring was zu Essen mit, wenn du wieder zurück kommst.“ Damit legt sich Alex auf die Seite und ist wenige Sekunden später wieder eingeschlafen.
Daniel hingegen sitzt wenige Minuten später in einem alten Passat, der dem diensthabenden Beamten während seiner Rufbereitschaft zur Verfügung steht. Als er wenige Minuten später auf dem Parkplatz vor dem Collini-Center eintrifft, ist dort alles versammelt, was ein Blaulicht auf dem Dach trägt. Neben der Mannheimer Berufsfeuerwehr, einem Wagen des Polizeireviers Mitte, sind auch ein Krankentransportwagen sowie ein Notarztwagen des DRK vor Ort. Im Eingangsbereich der Etage sitzt eine sichtlich geschockte

jüngere Frau, die wohl mit der Feuerwehr beim Auffinden der Leiche in der Wohnung der Toten war. Nachdem Daniel die Wohnung der Toten betreten hat, kommt ihm ein Kollege der Schutzpolizei entgegen. „Die Tote heißt Sandra Werner, ist hier schon einige Jahre wohnhaft und hat sich in der Badewanne die Pulsadern aufgeschnitten. Rettungsdienst und Notarzt konnten nicht mehr machen, die Dame war bereits verschieden.“ „Wiederholen Sie nochmals. Wie heißt die Tote?“ Daniel Schubert fühlt sich wie in einem schlechten Film. „Sandra Werner“, sagt der Kollege. „Wieso, kennen Sie sie?“ Drei Minuten später ist nach einem kurzen Anruf die Nacht auch für Klaus Müller zu Ende. Allerdings war für ihn die Anfahrt ins Mannheimer Centrum deutlich aufwändiger als für den Kollegen Schubert.

Als er ankommt, ist dort inzwischen noch deutlich mehr Blaulicht als bei der Ankunft von Daniel Schubert. Selbst Hakan Yildirim, nach eigener Auskunft kurpfälzer Türk und Chef der Kriminaltechnik, ist mit einem kleinen Team bereits vor Ort. „Schee, dass du ah kummsch", ist sein Kommentar, als er Klaus Müller erblickt. „De Laichefledderer isch a schun owwe", informiert er den Kriminalhauptkommissar, dass auch Gerichtsmediziner Michael Terhoven bereits seine Arbeit aufgenommen hat. Als Müller das erste Obergeschoss betritt, läuft dieser ihm auch gleich über den Weg. „Wenn Sie mich fragen", berichtet er, „ist das ein glasklarer Fall von Suizid. Wir haben zwar keinen Abschiedsbrief oder ähnliches gefunden, aber sowohl die Art der Auffindung, als auch die Schnittverletzungen selbst, sind meiner ersten Einschätzung nach klare Hinweise auf einen Suzizid." „Sie nehmen die Leiche trotzdem zur Obduktion mit?" „Natürlich. Und ich denke, dass Sie nicht zu lange auf das endgültige Ergebnis warten müssen", sprach der Gerichtsmediziner und war bereits wenige Augenblicke später verschwunden, um die Männer des Bestattungsinstituts für den Abtransport der Leiche entsprechend einzuweisen.

„Ah, hallo Chef." Daniel Schubert scheint trotz der Umstände gut gelaunt zu sein. „Als ich den Namen der Toten erfahren habe, habe ich sofort alles zum Tatort erklärt und Yildirim mit seiner Truppe aus den Betten klingeln lassen.“ „Das hast du gut gemacht, Daniel. Unser Terhoven meint zwar, dass alles auf Suizid hinweist, aber wir können nie vorsichtig genug sein. Und Suizid ist ja in diesem Falle auch ein klares Eingeständnis.“ „Sehe ich auch so. Wenn du nichts dagegen hast, fahre ich nach getaner Arbeit von hier trotzdem erstmal nach Hause. Es ist schließlich Samstag. Wollen wir uns noch heute im Büro treffen oder ist Montag auch noch Zeit?“ „Ne, lass mal gut sein. Die letzten zwei Wochenenden gingen schon wegen Ermittlungen drauf. Da können wir uns um die Tote und die Hintergründe auch ab Montag kümmern.“

Am frühen Nachmittag war vor Ort für die Kripo alles erledigt. Während Klaus Müller und Daniel Schubert Richtung Heimweg sind, versucht Rike auf der Straße zwischen Ziegelhausen und Wilhelmsfeld gleichzeitig ihre Führerscheinprüfung kommenden Montag zu retten.

„Bist du verletzt?“ Jens befreit Rike von der Last des auf ihr liegenden Motorrads. „Nein, es scheint alles in Ordnung zu sein. Was ist denn überhaupt passiert?“ Rike ist völlig konsterniert, ein Sturz in der letzten Fahrstunde war überhaupt nicht vorgesehen. „Du bist auf die Linkskurve wie immer zugefahren und da kommt dir so ein Idiot mit einem dicken Schlitten auf deiner Idealspur entgegen. Der hat voll die Kurve verpeilt. Du hast noch auszuweichen versucht und in dem Moment die Beherrschung über das Motorrad verloren. Da hätte vermutlich selbst Valentino Rossi Probleme bekommen.“ „Und der Entgegenkommende?“ „Muss gesehen haben, wie du gestürzt bist. Und ist dann einfach weitergefahren. So ein Idiot.“

Nachdem Jens seiner Fahrschülerin wieder auf die Füße geholfen hat, sieht er sich die ramponierte Honda an. „Naja, Hauptsache, dir ist nichts Schlimmes passiert. Das mit dem Moped kriegen wir wieder hin. Ob es aber am Montag fahrbereit ist, muss ich zuhause prüfen. Jetzt rufe ich erstmal deine Kollegen im Revier an. Wir erstatten Anzeige wegen

Unfallflucht." Sprachs und telefonierte wenig später mit einer netten Polizistin des Neckargemünder Reviers in der Bahnhofstraße. Der zweite Anruf galt seinem Co-Fahrschulinhaber Thorsten, der noch vor dem Streifenwagen mit einem Anhänger zum Abtransport des havarierten Motorrades vor Ort ist. Als einer der kurz darauf eintreffenden Streifenpolizisten die Aussage von Rike protokollierte, merkte sie, dass sich langsam an der Hüfte und der Schulter Hämatome entwickelten. „Anscheinend sind die Protektoren doch kein 100-prozentiger Schutz", denkt Rike und versichert ihrem Kollegen, dass sie in der Orthopädie in Schlierbach vorbeischauen wird, um sich untersuchen zu lassen.

„Aber es bleibt beim Termin." Mit dieser klaren Ansage bringt sie ihren Fahrlehrer in Not. „Ok, wenn du fahren kannst. Von mir aus. Dann telefonieren wir aber morgen Nachmittag. Und wenn ich von einem Kollegen ein anderes Motorrad leihen muss, dann treffen wir uns Montag schon um sieben Uhr. Dann kannst du mit der ungewohnten Maschine zumindest ein paar Runden drehen." Wenig später ist Jens bereits mit seinem Partner eingestiegen, um das Motorad schnellstmöglich in ihrer Garage durchzuchecken.

Es ist bereits nach zweiundzwanzig Uhr, als Michael Bannings und Rike im „Aix-en-Provence" eintreffen. Michael hat sie an der Unfallstelle abgeholt und direkt in die Orthopädie gefahren. Dieses Krankenhaus, welches zu der Gruppe der Universitätskliniken Heidelberg gehört, hat sowohl in der Heidelberger Region als auch international einen herausragenden Ruf. So ist auch zu erklären, dass die Notfallambulanz der Klinik an diesem Samstagnachmittag noch sehr frequentiert war. Rike musste sich gedulden, es gab schwerere Notfälle, und so war ihre Röntgenaufnahme von Schulter und Hüfte erst Stunden nach dem Eintreffen von einem der diensthabenden Ärzte gesichtet. „Da haben Sie aber Glück gehabt", meint dieser. „Ein paar Prellungen, die Sie sicher die nächsten Wochen noch an den Sturz erinnern werden. Und Sie werden viele blaue und grüne Flecken bekommen. Die Blutergüsse bilden sich gerade richtig aus. Aber, wer Motorradfahren will, muss da mal durch. Seien Sie eben das nächste Mal vorsichtiger.“ Und bevor Rike ihm erklären konnte, dass sie nicht der Unfallverursacher, sondern das Opfer ist, ist der Arzt schon wieder verschwunden. „Machen Sie sich nichts draus“, sagt ein Pfleger zu ihr. „Es sind heute zwei Ärzte bei rund 50 Patienten. Da hat er keine Zeit für unnötige Erklärungen. Und es wäre schön, wenn Sie uns jetzt verlassen könnten. Wir brauchen den Behandlungsraum.“

„Und, wie war`s?“ fragt Michael, als Rike aus dem Behandlungsraum tritt. „Frag nicht. Irgendwie schon anonym. Aber ich komme wieder auf die Füße, mache Montag meine Prüfung und brauche jetzt erstmal ein Bier.“ Und mit erstaunlich schnellen Schritten, geht sie dem Ausgang und dem „Aix-en-Provence“ entgegen.

89

Da Daniel Schubert auch am Sonntag noch Bereitschaftsdienst hat, wundert es Alex nicht, dass der Platz neben ihm in ihrem Bett beim Erwachen leer ist. Als er schlaftrunken in Begleitung von Kamikaze die Küche betritt, sieht er Daniel vor seinem Laptop sitzen und konzentriert ein Dokument lesen. „Man sollte vor dem Frühstück keine gerichtsmedizinischen Berichte lesen".,ist sein erster Kommentar, als sein Freund ihn wahrnimmt. „Aber immerhin wissen wir jetzt, dass sich die Mitarbeiterin des Planungsbüros in den Freitod begeben hat. Es gibt keinen Zweifel: Fremdverschulden ist ausgeschlossen." „Na prima", ist Axels einziger Kommentar. „Und dann können wir ja, nachdem Kamikaze vor dem Verhungern gerettet ist, gemütlich zum Neckar laufen und dort irgendwo frühstücken." „Ja, sobald ich meinen Chef informiert habe."

Kurze Zeit später liest Klaus Müller über seinen per VPN gesicherten Rechner die kurze Mitteilung seines Mitarbeiters, dass Sandra Werner zweifelsfrei Selbstmord begangen hat. „Gott sei Dank", denkt er sich noch. „Wenigstens müssen wir jetzt keinen Doppelmörder suchen." Und wendet sich dann wieder seiner wichtigsten sonntäglichen Aufgabe, des Abstaubens von Arbeitszimmer und Küche, zu.

„Hallo Rike, hier ist Jens" hört sie den vertrauten Tonfall am anderen Ende der Leitung. „Ich wollte dir nur bescheid geben: das Motorrad ist wieder fahrbereit. Neue Kupplungs- und Bremshebel hatte ich noch im Regal, und den Motorschutzbügel konnte ich tauschen. Einer Prüfung steht also nichts im Wege." „Das ist schön. Dann muss ich nur sehen, dass ich mit den Blutergüssen auch aufs Moped komme. Also, wir sehen uns morgen um 8 Uhr vor deiner Fahrschule."

90

Es ist kurz nach fünf, als Klaus Müller die nervige Stimme eines Radiomoderators von SWR 1 vernimmt, der fröhlich verkündet, dass heute Montag ist. Seine Frau Anne ist noch im Reich der Träume. So schleicht er sich leise aus dem gemeinsamen Schlafzimmer, um nach einem kurzen Abstecher ins Bad die in der Küche befindliche Kaffeemaschine anzusteuern. Zu seiner Überraschung sitzt in der Küche bereits Jan, und so sitzen sie zu zweit am Tisch, um jeweils sehr stumm ihren Kaffee zu leeren. „Na, wie läuft`s mit meiner Tochter?" bringt Müller nach einigen Minuten die Konversation in Schwung. „Meist ganz gut, aber es scheint ja nicht jeden Tag die Sonne." „Wem sagst du das?" Bei diesen Worten schaut Klaus auf die Straße. Im Schein der Straßenlampen ist deutlich zu sehen, dass es kräftig regnet und bereits massig Pfützen auf der angegriffenen Straßendecke stehen. „Glaub einem langjährig Verheirateten, durch solche Zeiten muss man durch." Und mit dieser Weisheit erhebt sich der Privatmann Klaus Müller vom Frühstückstisch und wenige Minuten später ist der Kriminalhauptkommissar ungewöhnlich früh auf dem Weg in sein Heidelberger Büro.

Der Regen trommelt wie wild gegen die Fensterscheiben in der Heidelberger

Häusserstraße, als Rike aufwacht. Sie hat beschlossen, diese Nacht alleine zuhause zu verbringen, da sie sich auf ihre Prüfung bis in die späten Nachtstunden vorbereiten wollte. Gelungen ist ihr das nur teilweise. Die Blutergüsse und Prellungen, besonders an der Hüfte, erinnern sie rund um die Uhr an den unglückseligen Sturz bei der letzten Fahrstunde. „Mist, jetzt schüttet`s auch noch", ist ihr erster Gedanke, als sie von dem Trommelfeuer auf die Scheiben geweckt wird. Fünf Minuten später verkündet ihre Wetter-App, dass es heute in Heidelberg 26,4 Liter Niederschlag auf den Quadratmeter bei acht Grad Höchsttemperatur geben soll. Daraufhin ist ihre Stimmung endgültig im Keller. Da ihre vor kurzem gekaufte Motorradkleidung nur „wasserabweisend" und nicht „wasserdicht" ist, steckt sie neben dieser Ausstattung noch eine weitere spezielle Regenkombi sowie Gamaschen für Hände und Schuhe in den Kofferraum ihres Autos.

Kurz vor acht steht Rike dann vor der Fahrschule von Jens. Dieser empfängt sie unter einem Regenschirm und legt

sofort sein Veto ein, als sie neben dem Regenkombi auch die Gamaschen auspackt. „Lass die Dinger im Auto“, meint er zu Rike. „Die hindern dich nur beim Fahren. Glaube mir, ohne viel Übung mit dem Zeug kannst du weder gut kuppeln noch schalten. Die Prüfung packst du mit dem Zeug nie.“ „Aber es schüttet doch so“, wendet sie ein. „Egal, da musst du durch. Und lieber nasse Hände und Füße haben, als so rumeiern, dass du durch die Prüfung fällst. Das nächste Mal nimmst du eben etwas mehr Geld in die Hand und kaufst gleich richtige Klamotten.“ Damit wendet er sich seiner Fahrschulmaschine zu, die noch deutliche Spuren vom Unfall am vergangenen Samstag zeigt.
„Wir fahren jetzt mit den Autos zur theoretischen Prüfung beim TÜV. Danach fährst du hierher zurück und ich komme auf einer anderen Prüfungsfahrt mit dem Prüfer hier vorbei. Wir starten hier dann mit deiner Prüfungsfahrt, und eine Stunde später hast du dann hoffentlich deine Prüfungsbescheinigung.“ „Der lässt mich bei dem Wetter eine Stunde durch die Gegend gurken?“ Rike graut bei dem Gedanken. „Ja, sicher. Oder

planst du, nur bei schönem Wetter Motorrad zu fahren? Auf jetzt, wir müssen los."

Wenig später sitzt Rike mit fünfzehn weiteren Prüflingen vor den allgemeinen und zweiradspezifischen Prüfungsfragen. Der Prüfer und ein weiterer Fahrlehrer haben die Aufsicht. Sie haben im Vorfeld deutlich gemacht, dass Versuche, per Handy oder anderer Hilfsmittel zu betrügen, unmittelbar mit dem Prüfungsausschluss enden. Mit zittrigen Händen macht sie die ersten drei Kreuze und stellt fest, dass sie vor Aufregung fast die einfachsten Vorfahrtsregeln vergessen hat. Als nach fünfunddreißig Minuten ihre Prüfung beendet ist, ist sie schweißgebadet.
Eine Stunde später kommt Jens zu ihr und teilt ihr mit, dass in etwa einer Stunde der praktische Prüfungsteil beginnt. Rike fällt ein Stein vom Herzen, hat sie doch mit dieser Botschaft die Theorie bestanden.

Bestanden hätte heute auch Daniel Schubert eine Prüfung. Klaus Müller zumindest war mit den

Rechercheergebnissen, die ihm sein Kollege um 11 Uhr vorträgt, sehr zufrieden. Nach dreißig Minuten kommt Schubert zu einem kurzen Fazit: „Zusammenfassend ist also folgendes festzustellen:

- Sandra Werner starb eindeutig an Suizid,
- Es gibt keinerlei Hinweise auf Fremdverschulden,
- Eine Nachricht zu ihrem Tode hat sie nicht hinterlassen
- Wir müssen aber davon ausgehen, dass sie die undichte Stelle bei Lürssen war und sie sich aus Verzweiflung nach ihrer Entlassung das Leben genommen hat,
- Sie hat wohl kein besonders bewegtes Leben geführt. Es gibt offensichtlich keine näheren Verwandte oder Freunde,
- Alle Nachbarn und Arbeitskollegen beschreiben sie als sehr zurückgezogen, freundlich, aber auch ein Stück unnahbar,
- Lediglich ein 100 € Jeton der Spielbank Baden-Baden, den wir in einer kleinen Vitrine vorgefunden haben, könnte auf ein Hobby von ihr hinweisen.

Hinweise auf andere Freizeitaktivitäten gibt es nicht.

„Sehr gut, Schubert!" Selbst Staatsanwalt Knopf ist heute voll des Lobes. „Dann finden Sie mal raus, ob die Dame in Baden-Baden bekannt ist. Vielleicht finden wir da einen Hinweis auf weitere Kontakte." „Ja, Daniel. Und frag bitte auch die anderen Spielbanken in unserer Nähe. Da wären Perl im Saarland, Wiesbaden und natürlich Bad Dürkheim. Schließlich registrieren die ihre Besucher lückenlos."

„Und jetzt die nächste Straße rechts abbiegen" hört Rike die Stimme ihres im nachfolgenden Auto sitzenden Prüfers aus dem Lautsprecher ihres Helmes dröhnen. „Nein, das geht nicht. Das ist eine Einbahnstraße, da darf ich nicht hinein", gibt sie zurück, nachdem sie das kreisrunde rote Schild mit dem eindeutigen weißen Querbalken erkannt hat. „Sehr gut, dann nehmen Sie die nächste Straße links und halten auf der rechten Seite bei passender

Gelegenheit an", ist die beruhigende Antwort.
Eine Minute später steht sie an einer Ecke der Berliner Straße, und der Prüfer erklärt Rike, dass sie die praktische Fahrprüfung trotz des andauernden Regens mit Bravour bestanden hat. Nachdem auch Jens mit einem Handschlag gratuliert hat, überreicht der Prüfer ihr die bereits ausgefüllte Prüfbescheinigung und weist sie nochmals darauf hin, dass sie keinesfalls mit einem Motorrad zur Führerscheinstelle fahren darf. Erst wenn diese den amtlichen Führerschein ausgestellt hat, darf sie legal ein Motorrad im Straßenverkehr bewegen.

Kurze Zeit später steht eine völlig durchnässte und durchgefrorene Motorradfahrerin in der Führerscheinstelle der Stadt Heidelberg. Gegen 12 Uhr tritt eine stolze Rike Klein mit dem neuen Dokument in der Hand aus dem Heidelberger Rathaus. Als sie die wenigen Schritte zum Parkhaus am Kornmarkt zurücklegt, kommt die Sonne zum Vorschein und von Regen ist keine Spur mehr zu sehen.

„Ist jetzt auch egal“, denkt Rike. „Hauptsache, ich habe den Schein. Und nach dem Umziehen gehe ich wieder auf Mörderjagd, vielleicht bin ich da heute auch so erfolgreich.“ Zwei Minuten später ist auch Michael Bannings über den neuen Führerschein informiert. Und wie es sich für einen englischen Gentleman gehört, hat er aus diesem Anlass flugs für heute Abend eine sehr gute Flasche Sekt versprochen.

Als Rike gegen 14 Uhr das gemeinsame Büro mit Daniel Schubert betritt, hört sie diesen ziemlich laut telefonieren. „Nein, Werner, nicht Walter. Ja, WERNER! Natürlich warte ich. Nein, nicht Sahra, sondern Sandra. Ja, aus Mannheim. Natürlich, ich bleibe am Apparat.“ Seine Mimik und Gestik gegenüber Rike zeigen, dass er kurz vor einem Nervenzusammenbruch steht. „Wie, natürlich bin ich von der Kripo in Heidelberg. Ja, Sie können auch zurückrufen. Über unsere Zentrale. Die Nummer ist die 06221 990. Dann verlangen Sie bitte Herrn Schubert von der Mordkommission. Wie? Ja, das bin ich. Gut, bis gleich.“ Schubert

schmettert den Hörer auf die Gabel und wenige Sekunden später läutet es erneut. „Ja, ich warte. Hallo, hören Sie? Ja? Und das ist sicher? Danke, auf Wiederhören."
„Was war denn das?" fragt Rike den Kollegen. „Wir rufen gerade die Spielbanken in unserer Gegend an, ob die Werner dort als Spielerin erfasst war. Und das war die Spielbank im Saarländischen Perl. Und irgendwie ist das Saarland in vielem komplizierter. Immerhin wissen wir aber jetzt, dass dort, genauso wie in Baden-Baden, die Werner nicht als Spielerin in den letzten Jahren erfasst war. Rike, ich brauche jetzt eine Pause. Kannst du in gleicher Angelegenheit in Bad Dürkheim anrufen? Vermutlich ist das zwar auch eine Sackgasse, aber wir sollten es auf jeden Fall versuchen." Mit diesen Worten verlässt Daniel Schubert den Raum Richtung Kaffeeautomat, während Rike mithilfe des heute extrem langsamen Internets versucht, die Telefonnummer des Spielkasinos in Bad Dürkheim in Erfahrung zu bringen.

„Wie läufts, Herr Schubert?" erkundigt sich der ebenfalls am

Kaffeeautomat stehende Kriminalrat Bauer bei seinem Mitarbeiter. „Sehr, sehr mühsam, Herr Kriminalrat“, ist dessen Antwort. „Wir sind bis jetzt noch keinen Schritt weiter gekommen.“ „Das wird schon noch!“ Lächelnd klopft der erfahrene Leiter des Dezernats seinem jungen Kollegen auf die Schulter. „Wir sollten nur die Hoffnung nie aufgeben.“ Mit diesen Worten verabschiedet er sich in den einem Vorgesetzten zustehenden frühen Feierabend.

Als Daniel Schubert fünf Minuten später wieder ihr Büro betritt, vernimmt er Rikes aufgeregte Stimme. „Und da sind Sie sich ganz sicher? Ja, das ist ja großartig. Wir kommen heute Abend bei Ihnen vorbei und nehmen Ihre Aussage auf. Was, eine Freundin? Und wie heißt die? Haben Sie deren Ausweisdaten? Ja, großartig. Wir sind 19 Uhr bei Ihnen in Dürkheim.“ Nachdem Rike sich am Ende des Gesprächs nochmals bedankt hat, blickt sie Daniel triumphierend an. „Die Werner ist eine bekannte und regelmäßige Dürkheimer Spielerin. Und sie spielt nicht mit Kleingeld, sondern ist für ihre auch mal größeren Einsätze bekannt. Und stell dir vor, sie spielt selten alleine. Meist ist eine Freundin dabei, die die Werner nach Beobachtungen der Croupiers auch mal sponsert."

Kurz darauf war Klaus Müller informiert, und Rike und Daniel hatten den seltenen dienstlichen Auftrag, heute Abend der Spielbank in Bad Dürkheim einen Besuch abzustatten.

91

Keine zwei Minuten nachdem die beiden Ermittler sein Büro verlassen haben, meldet sich eine alte Bekannte bei dem Kriminalhauptkommissar. „Guten Tag, Herr Kommissar Müller. Hier ist Frau Rüdenauer vom Notariat Sieber aus Waibstadt. Erinnern Sie sich noch an mich?" „Ja, natürlich, Frau Rüdenauer. Was kann ich für Sie tun?" „Nun, es ist mir direkt unangenehm. Mein Chef weiß nichts von meinem Anruf bei Ihnen. Herr und Frau Schneider, die Verwandten der toten Frau Adler, bedrohen inzwischen massiv meinen Chef. Wissen Sie, er weigert sich nach wie vor, ihnen

gegenüber den Namen des Erben bekannt zu geben. Und jetzt stehen beide auf der anderen Straßenseite gegenüber unseres Notariats und mein Chef traut sich nicht auf die Straße."
„Keine Sorge, Frau Rüdenauer. Wir kümmern uns sofort darum. Bleiben Sie im Haus, bis die Sache geklärt ist", beruhigt Klaus Müller seine Anruferin.

Wenig später ist eine Streife des Reviers Sinsheim auf dem eiligen Weg nach Waibstadt, um, wie es in Amtsdeutsch heißt, eine „Gefährderansprache" durchzuführen. Nachdem diese Form der Ansprache zunächst am Widerwillen der Geschwister scheitert, sprechen die Polizisten einen Platzverweis aus. Damit sind Dirk und Heidemarie Schneider gezwungen, den Platz gegenüber des Notariats aufzugeben. Als die Polizisten sie belehren, dass im Wiederholungsfall auch eine Nötigung in Betracht kommen kann, kühlt sich der Mut der Geschwister schnell ab. „Aber wir wollen doch nur unser Geld!" ruft geradezu verzweifelt Dirk Schneider dem älteren der beiden Polizisten entgegen.“ „Dann nehmen Sie sich am besten einen Anwalt und versuchen mit dessen Hilfe, an das ihnen möglicherweise zustehende Geld zu kommen“, ist dessen Rat. „Das machen wir jetzt. Auf, Heidi, dem Notar zeigen wir jetzt, wozu zwei Schneider in der Lage sind.“ Und wenig später ist von den zwei um „ihr“ Erbe kämpfenden Geschwistern nichts mehr zu sehen. Als die beiden Polizisten in ihren Streifenwagen einsteigen, werden sie per Funk von der Sinsheimer Zentrale gerufen. „Neckar 5/38/2 von Neckar 5/38 bitte kommen.“ „5/38/2 hört.“ „Schön, dass ihr in Waibstadt fertig seid. Wichtiger Einsatz für euch. Im Zug zwischen Hoffenheim und Sinsheim sitzt ein Schwarzfahrer. Und die Bahn braucht eure Unterstützung.“ „Verstanden, sind auf der Anfahrt zum Hauptbahnhof Sinsheim“, bestätigt die Streifenwagenbesatzung. Als der Funkspruch beendet ist, sagt der jüngere Kollege „So ein Sch…. Tag. Eigentlich bin ich zur Polizei, um zu helfen und Kriminalität zu bekämpfen. Und was mache ich heute? Vertreibe zwei Spinner, die meinen, bei einem Notar was erreichen zu können, und anschließend nehme ich einen Schwarzfahrer fest, der vermutlich die drei Euro für die Fahrkarte nicht hat.“ Bei diesen Worten tritt sein Kollege aufs Gas und strebt mit Sondersignal dem Hauptbahnhof von Sinsheim entgegen.

92

Rike fiel es emotional nicht leicht, die gemeinsame Flasche Sekt mit Michael zu canceln, und dafür mit ihrem Kollegen Daniel der Spielbank in Bad Dürkheim entgegenzufahren.

Dennoch holt sie ihn kurz vor 20 Uhr in Mannheim ab, und schon eine gute halbe Stunde später stehen sie im Foyer der Spielbank Bad Dürkheim. „Du hättest keinen Anzug mit Krawatte gebraucht“, lächelt sie Daniel an, als dieser nervös an der Krawatte zupft. „Die strenge Kleiderordnung war früher mal“, informiert ihn Rike weiter. „Heute gilt zwar die Empfehlung zu „gepflegter Garderobe“, aber was das genau ist, entscheidet bis auf wenige völlige Ausreißer der Spieler selbst.“ Im Eingangsbereich müssen sie etwas warten, da gerade vier andere Besucher ihre Personalien angeben und dann den entsprechenden Personalausweis oder Reisepass vorzeigen müssen. Rike fällt auf, dass die zwei Mitarbeiter der Spielbank diese Erfassung mit akribischer Genauigkeit durchführen. Nachdem die vier Besucher an der unmittelbar angrenzenden Kasse eine größere Menge Bargeld in Jetons umgetauscht haben, kommt einer der beiden Mitarbeiter mit einem Lächeln auf die beiden Ermittler zu. „Guten Abend, die Dame, guten Abend, der Herr. Herzlich Willkommen in der Spielbank Bad Dürkheim. Mein Name ist Alfred von der Saar und ich darf Sie bitten, uns Ihre Personalien anzugeben und einen gültigen Personalausweis oder Reisepass vorzulegen.“ „Das haben Sie aber vorbildlich gemacht, Herr von der Saar“ antwortet Rike mit einem ebensolchen Lächeln. „Wir haben ganz spezielle Ausweise von der Polizei Baden-Württemberg und sind mit Ihrem Geschäftsführer verabredet.“ „Oh ja, ich bin informiert, Herr Lemke erwartet Sie bereits in seinem Büro. Bitte kommen Sie mit mir und ich darf Sie bitten, nicht zu viel

Aufmerksamkeit zu erregen. Sie wissen, Verschwiegenheit ist in unserem Metier unerlässlich." „Selbstverständlich." Daniel antwortet mit größter Empathie in der Stimme. „Vermutlich würden viele Ihrer Gäste ganz nervös werden, wenn sie wüssten, dass die Kripo im Hause ist." „Möglicherweise." Mit einem weiteren Lächeln auf den Lippen bestätigt der Spielbank-Mitarbeiter Daniels Einschätzung und geht voran, um die speziellen Besucher schnellstmöglich aus dem Blickfeld der normalen Gäste zu bringen.

Beim aufmerksamen Blick in seine Umgebung fällt Daniel auf, dass die Welt einer staatlichen Spielbank offensichtlich eine sehr besondere ist. Wo sonst gibt es Türen, die mit „Spielbankaufsicht Finanzamt Rheinland-Pfalz", „Ruheraum Croupiers" oder „Security-Zentrale" bezeichnet sind. Wenig später betreten sie das feine Ambiente eines einer Geschäftsführung würdigen Büros.
„Guten Tag" begrüßt sie Peter Lemke, der als Geschäftsführer der Spielbank vorsteht. „Ich freue mich zwar

selten, wenn die Polizei bei uns vorbei kommt, aber im speziellen Fall hoffen wir schon, dass wir Ihnen weiterhelfen können“, macht er den Ermittlern gleich zur Begrüßung Hoffnung. Nachdem sich die Anwesenden vorgestellt haben, ruft Peter Lemke noch den leitenden Mitarbeiter der Kasse am Eingang zu sich. Rike Klein und Daniel Schubert lenken sehr schnell das Gespräch auf die Erfahrungen mit der verstorbenen Sandra Werner. Nachdem der Geschäftsführer seinem Mitarbeiter aufmunternd zugenickt hat, übernimmt dieser das Wort: „Frau Werner ist uns natürlich bekannt. Ihr Tod hat uns betroffen gemacht, ist sie doch eine der Spielerinnen, die uns Croupiers und Mitarbeiter an Theke und Kasse immer mit einem netten Wort und einem großzügigen Trinkgeld versehen hat. Wissen Sie, das ist nicht immer so. Die meisten Spieler nehmen viel Geld in die Hand und speisen uns dann mit sehr wenigen Euro als Trinkgeld ab. Aber Frau Werner war nicht so. Wir sahen sie die letzten Jahre mindestens einmal monatlich bei uns. Und immer im Classic-Bereich, nie Automatenspiel. Sie hatte einfach

Stil." Bevor der Mitarbeiter völlig in Nostalgie versinken konnte, holt Rike ihn mit einer gezielten Frage zurück. „Was spielte sie denn? Und war sie alleine oder in Begleitung?" „Frau Werner spielte die Klassiker. Also Roulette, Black Jack und Poker. Ihr Wohnzimmer, sagte sie uns immer, war der Spieltisch 1. Da, sagte sie einmal, hat sie das große Glück gezogen." „In wie fern?" hakt Daniel Schubert nach. „Na, hier entstand wohl eine Freundschaft unter Spielerinnen. Sie fragten ja danach. Frau Werner kam die letzten Jahre immer gemeinsam mit einer Freundin. Ein schillerndes Paar. Ich glaube nicht, dass sie miteinander etwas hatten. Aber beide hatte die Spielleidenschaft gepackt, es war nicht zu übersehen. Frau Werner bekam schon öfter mal von ihrer offensichtlich wohlhabenden Freundin den ein oder anderen Jeton zugesteckt." „Sie meinen, ihre Freundin hat ihr Geld gegeben." „Ja, und zwar nicht zu knapp. Frau Werner hat auch schon mal auf einen größeren Pott gesetzt, genauso wie ihre Begleiterin. Wir haben übrigens schon mal deren Personalien herausgesucht.

Es ist Frau Carolyn Richter aus Heidelberg.

Nach einem weiteren Blick kurzen Blick in die Spielbank verlassen die beiden Kriminalbeamten Bad Dürkheim. Als sie den Rhein zwischen Ludwigshafen und Mannheim überqueren, sind sie sich einig, dass Carolyn Richter eine richtig heiße Spur sein kann. Und nachdem Rike dann gegen 22 Uhr den Dienstwagen auf einem überraschend freien Anwohnerparkplatz in der Bergstraße in Neuenheim abstellt, ist sie sich mit Michael ebenfalls schnell einig, dass vielleicht doch noch die ein oder andere Flasche Sekt im „Aix-en-Provence" auf den heute Morgen bestandenen Führerschein getrunken werden sollte.

93

Klaus Müller betritt am nächsten Morgen nach einem weniger erfreulichen Gespräch mit seiner Tochter Lena über Ordnung im Haushalt um 8 Uhr sein Heidelberger Büro. Überall klingt es nach geschäftigem Treiben. Daniel Schubert stürmt

schnellen Schrittes vom Druckerzimmer in die Dezernatsräume und rennt dabei fast seinen Chef über den Haufen. „Hoppla, Daniel. Was gibt`s denn so dringendes?" schaut Müller den Kollegen fragend an. „Die Carolyn Richter ist echt interessant", sagt dieser und geht ohne weitere Erörterung schnurstracks zu Rike Klein in deren gemeinsames Büro.
„Aha", echotet Klaus Müller. „Und wer zum Teufel ist Carolyn Richter? Und kann mich endlich einmal jemand aufklären, was eigentlich los ist?"

Da niemand auf seine Frage reagiert, wendet auch er sich dem Büro seiner Kollegen zu. Beim Eintreten hört er Daniel Schubert berichten: „Die Carolyn Richter ist auf den ersten Blick völlig harmlos. Die Dame ist 42 Jahre alt, weder vorbestraft noch jemals mit uns in ernsten Konflikt gekommen. Nicht mal in Flensburg hat sie einen Punkt. Sie wohnt hier in Heidelberg im noblen Schloss Wolfsbrunnenweg. Sie hat da wohl eine der schicken Eigentumswohnungen gekauft, die vor einigen Jahren unmittelbar an den Scheffelterrassen gebaut wurden. Schon damals gab's dort nichts unter einer Million. Das kann sie sich wohl leisten. Sie arbeitet im Top-Management der Heidelland Privatbank und", brüsk wird er von Rike unterbrochen. „Sag das nochmal, Daniel." „Ja, gern. Sie arbeitet im Top-Management der Heidelland-Privatbank und" erneut grätscht Rike dazwischen. „Da haben wir doch eine Parallele. Auch Antonia Adler war bei dieser kleinen Bank. Das wäre doch komisch, wenn diese Gemeinsamkeit ein Zufall wäre." „Dann ruft mal gleich den Notar Dr. Ingrim an", gibt Klaus Müller klare Anweisung. „Der kriegt ja auch seine Gebühren von der Käuferin Nadine Scheerer überwiesen. Das Notariat soll mal schauen, ob die Zahlung auch von einem Konto der Heidelland Privatbank erfolgt."

Während Rike eilends versucht, das Notariat in Neckarsteinach zu kontaktieren, geht Müller in Richtung Kaffeeautomat, um endlich seinen dritten Kaffee an diesem Morgen zu genießen. Gerade als er die Taste für einen doppelten Espresso drücken will, kommt eine junge Polizeianwärterin auf ihn zu. „Ah, gut, dass ich Sie finde, Herr Kriminalhauptkommissar. Kriminalrat Bauer schickt mich. Sie sollten sofort alles stehen und liegen lassen und zu ihm kommen. „Es brennt" sagte er wörtlich." Mit einem unguten Gefühl in der Magengegend lässt er Espresso Espresso sein und steht bereits eine Minute später bei seinem Chef im Büro.

Der Kriminalrat ist telefonierend sichtlich im Stress. Müller bemerkt einen ungewohnt hochroten Kopf, ebenso ungewohnt starke Schweißflecken unter den Achseln und eine aggressive Wortwahl, die er von seinem Vorgesetzten so noch nie gehört hat. „Für was haben wir eigentlich eine Pressestelle?" schimpft er drauf los, „wenn Hinz und Kunz die Bild-Zeitung und jeden anderen Schmierfink direkt auf mich hetzen können?" bügelt er gerade irgendeinen armen Kollegen zusammen. „Wie, Sie wissen nichts? Natürlich wissen Sie nichts, ich weiß ja auch von nichts!" Der Kriminalrat hört seinem wohl ziemlich kleinlauten Kollegen einige Sekunden zu. Dann sagt er „Hören Sie. Das ist mir jetzt

– entschuldigen Sie den Ausdruck – scheißegal. Sie sorgen dafür, dass ab sofort keine Presse mehr bei mir direkt und ohne Vorwarnung vor dem Schreibtisch steht oder durchgestellt wird. Sonst stehen wir morgen gemeinsam beim Polizeipräsidenten."
Ohne das Gespräch in irgendeiner Form höflich zu beenden, knallt er ohne weitere Worte den Hörer auf die Gabel. Dann wendet er sich in genauso wenig freundlichem Ton seinem Mitarbeiter zu. „Müller, stellen Sie sich vor: Da kommt vor 10 Minuten so ein Schreiberling von Bild Rhein-Neckar ohne Anzuklopfen die Türe rein. Ich und meine Truppe, damit meinte er wohl Sie, würden verhindern, dass einfache Menschen ihr Erbe antreten könnten. Da gäbe es ein armes Geschwisterpaar, welches seit Ewigkeiten auf den Erbschein warte und welches wir, als sie freundlich den Notar auf ihr Begehr aufmerksam machen wollten, mit Polizeigewalt aus Waibstadt vertrieben hätten. Stimmt das?"
Müller ist geradezu erleichtert, als er hört, was das Problem des Kriminalrats ist. In wenigen Worten berichtet er ihm über den Anruf der

Mitarbeiterin des Notariats, und die daraufhin von den Sinsheimer Kollegen vorgenommene Gefährderansprache. Selbst der Kriminalrat lacht, als er erfährt, dass sie überhaupt keine Erben sind, es aber nicht die Aufgabe des Notars ist, ihnen das zu erläutern. „Dann sag ich dem Heini von unserer Pressestelle, dass wir unser Verhalten reflektiert haben und alles im angemessenen Rahmen erfolgte. Und jetzt erzählen Sie mir mal. Was gibt`s Neues im Mordfall Adler?" Innerhalb von wenigen Sekunden war der Tonfall seines Chefs wieder der, den er seit Jahren an ihm schätzte.

Als der Kriminalhauptkommissar das Büro seines Vorgesetzten verlässt ist er froh, dass zu seinen jetzigen Problemlagen nicht eine unerwartete weitere hinzugekommen ist. Kriminalrat Bauer berichtet unmittelbar danach dem inzwischen ungeduldigen Staatsanwalt Knopf, dass es erste Erfolge im Tötungsdelikt Adler zu verzeichnen gilt. Das Gespräch gilt aber auch der Vorwarnung des Staatsanwalts, da Müller dem Kriminalrat berichtete, dass die Kripo morgen nochmals in der Heidelland Privatbank aufschlagen wird. Und zwar diesmal nicht nur, um einmal nett mit dessen Vorstandsvorsitzenden zu plaudern. Und da deren Vorstandsvorsitzender, Adalbert von Achtern, bestens in die Kurpfälzer Gesellschaft vernetzt ist, ist damit zu rechnen, dass er sich dies nicht einfach gefallen lassen wird und etwaige Proteste umgehend bei Staatsanwalt Knopf aufschlagen werden.

Gegen Feierabend, es war wieder einmal deutlich nach 19 Uhr, haben die Ermittler genug Argumente gesammelt, um den diensthabenden Richter von einem Durchsuchungsbeschluss und der möglichen Beschlagnahme von Unterlagen der Heidelland-Bankunterlagen für Antonia Adler, Nadine Scheerer und Carolyn Richter zu überzeugen. Ebenso galt die Beschlagnahmeanordnung auch für möglicherweise auf den Namen Sandra Werner bestehende Unterlagen. Es war für alle ein aufregender Tag. Ist doch die Heidelberger Privatbank die einzige Spur, die momentan erfolgversprechende Entwicklungen aufweist.

94

Als Rike die Tür zu ihrer kleinen Wohnung in der Weststadt aufschließt, riecht es bereits intensiv nach Sauerbraten. Obwohl Michael Engländer ist, hat er Teile der traditionellen deutschen Küche mit Begeisterung übernommen. Eigentlich war das auch kein Wunder. Rike zeigte wenig Begeisterung für Michaels eigentliche Leibspeise „Fish and Chips". Sie konnte nicht verstehen, wie ein ganzes Volk es fertig bringt, Berge von Kabeljau in Öl zu frittieren, dazu möglichst fettige Pommes zu essen und das als krönenden Abschluss in einem Malzessig zu ertränken. Michael meinte zwar, sie müsse das Ganze nur öfters testen, dann setze schon ein Gewöhnungs- und Suchtfaktor ein, aber Rike winkte auch nach dem zweiten Test dankend ab. So blieb dem begeisterten Hobbykoch Michael nichts anderes übrig, als sich mit der deutschen Küche zu beschäftigen. Und als er den Rheinischen Sauerbraten entdeckte, war es um ihn geschehen.

Der dort eingesetzte Himbeeressig erinnerte ihn zumindest entfernt an den Malzessig in Fish und Chips. Nachdem Rike signalisiert hatte, dass sie von diesem begeistert ist, war das fortan sein deutsches Lieblingsessen. Und in der jetzt einsetzenden dunklen und kalten Jahreszeit ist dieses Gericht, kombiniert mit selbst gemachten Semmelknödeln, Rotkraut und einem trockenen Nero vom Weingut Clauer aus Heidelberg, ein wahrer Genuss.

Als sie in die Küche einbiegt, ist es wie ein Traum. Der kleine Tisch ist festlich gedeckt. Eine Kerze sorgt für romantische Stimmung und die unterschiedlichen Gläser, Besteckteile und Teller sind stilecht drapiert. Michael steht mit einer Kochmütze und einem perfekt sitzenden Schurz hinter dem Herd und schwingt virtuos die unterschiedlichen Löffel und Töpfe. Rike schmiegt sich von hinten an ihren Freund, haucht ihm einen Kuss auf die Wange. „Was ist denn heute besonderes?" fragt sie ihn. „Habe ich einen Jahrestag vergessen oder haben wir was zu feiern?" Michael schenkt zwei Gläser eines hervorragenden Cremant d`Àlsace in ihre langstieligen Sektgläser und gibt ihr eines in die Hand. „Ich habe mir gedacht, dass wir heute deinen Führerschein in gebührender Weise feiern sollten. Schließlich hast du was ganz Besonderes geschafft und ich habe wieder einmal festgestellt, dass ich dich mehr als alles andere auf der Welt liebe.“ Rike kommen bei diesen Worten die Tränen in die Augen. Bei ihren bisherigen Beziehungen mit Männern konnte sie von solchen Liebesbekundungen nur träumen. „Dann lass uns mal ganz schnell zu Tisch gehen, sonst ziehe ich dich gleich zu mir ins Bett und du hast umsonst gekocht.“

Als Klaus Müller sein Auto in Kleingemünd abstellt, hört er den Streit zwischen seiner Frau und seiner Tochter bereits beim Aussteigen. Vorsichtig betritt er die Wohnung, wo ihn seine Frau mit hochrotem Kopf und erregter Stimme informiert: „Gut, dass du kommst, Klaus. Wir haben die dümmste Tochter der Welt. Der Freund ist weg, sie will die Schule abbrechen und in sieben Monaten wirst du Opa.

Herzlichen Glückwunsch!“ Dann eilt sie nach draußen, packt ihr E-Bike und fährt Richtung Anstieg nach Wilhelmsfeld, um ihren Gefühlen freien Lauf zu geben und erstmal klare Gedanken zu fassen.

„Ich bin dann auch mal weg, Papa.“ Bevor der Familienvater und offensichtliche Bald-Opa reagieren kann, ist auch Lena aus dem Haus geflüchtet. „Na denn“, denkt Klaus Müller sich. „Dann genehmige ich mir auf diesen Schreck erstmal einen guten Schnaps. Irgendwo muss noch der Williams-Christ von Hammer stehen.“ Nachdem sich die Gedanken nach dem zweiten oder dritten Schnaps etwas beruhigt haben, stellt er bei der Rückkehr seiner Frau einige Stunden später lapidar fest: „Eigentlich ist doch nichts Besonderes passiert. Frauen kriegen nun mal Kinder, und die Beziehungen halten eh nicht mehr ewig. Sie ist halt nur etwas jung.“ Aber am verständnislosen Blick seiner Frau kann er sogleich erkennen, dass er mit diesen philosophischen Gedanken bei ihr heute keine Punkte gut machen kann.

Spät in der Nacht, als die Tochter der Familie Müller noch immer mit ihrer besten Freundin Laura über ihre Sorgen und Ängste redet, geschieht auch bei Rike und Michael Entscheidendes. Rike hat tatsächlich noch vor dem Dessert ihren Michael in ihr Bett gezogen. Wie immer war es für beide ein erfüllendes erotisches Erlebnis, und es gibt in Heidelberg sicher wenige Liebespaare, die auch in dieser Hinsicht ein harmonischeres Leben führten. Als Rike endlich eingeschlafen ist, verlässt Michael das Bett und geht hinüber zu seinem Jackett, welches er in der Garderobe aufgehängt hat. Das kleine Schächtelchen ist noch immer in der rechten Jackentasche. Als Sohn einer wohlhabenden Unternehmerfamilie war es für ihn selbstverständlich, seiner von ihm umworbenen Freundin ein besonderes Geschenk zur von ihm geplanten Verlobung zu machen. Und so gab er einem bekannten und bis 2022 vor allen bei Russen beliebten Londoner Juwelier einen speziellen Auftrag. Diesen speziellen Ring trägt er seit gestern Abend bei sich, um bei Rike im richtigen Moment um ihre Hand anzuhalten.

Der Tag beginnt für einen eher tristen Tag im November für Rike unerwartet freundlich. Als ihr Wecker sich um kurz vor sechs Uhr meldet, steigt ihr der Duft von frischem Kaffee in die Nase. Mit der Tasse in der Hand geht sie hinüber in ihre Küche, wo Michael bereits Brötchen aufgebacken und ihre Utensilien auf den Tisch gestellt hat. „Das ist ja traumhaft", sagt Rike, bevor sie ihrem Michael einen ersten Kuss gibt. „So könnte es immer sein." „Das sehe ich auch so", entgegnet Michael, und legt bei diesem Satz ein kleines Schächtelchen auf den Tisch, welches mit einem goldenen Bändchen verziert ist. Michael nimmt seinen ganzen Mut zusammen und stellt dann die heute für ihn einzig entscheidende Frage „Rike, möchtest du meine Frau werden?" Die Antwort ist eine endlose Folge weiterer Küsse und Rike haucht ihrem Verlobten „Ja, und bis dass der Tod uns scheidet" ins Ohr.

Pünktlich um 7.45 Uhr tritt dann ein bestens gelaunter Michael Bannings vor seine Klasse 9 des Heidelberg

Colleges in der Ziegelhäuser Landstraße. Michael ist bei Schülern und besonders Schülerinnen sehr beliebt. Er gilt mit seinen 30 Jahren als höflich, gut aussehend, sportlich und galant. Ein Lehrer, der auch das Herz auf dem richtigen Fleck hat. Kurzum - ein Traum für jedes pubertierende Gör, wie es auch an dieser Schule viele gibt. Als um 8.30 Uhr die Englischstunde endet, bedankt sich der einstige Hoffnungsträger der Universität Oxford bei seinen Schülern für die tolle Stunde. Diese reagieren ungläubig auf seine Worte. Schließlich haben sie das die letzten zwei Jahre bei ihm noch nicht erlebt. Als Michelle mit ihrer Freundin Lena in den Pausenhof tritt, meint diese fachkundig „Entweder hatte der heute den absoluten Höhepunkt oder er hat eine neue Stufe der Glückseligkeit erreicht." „Vielleicht auch gleich beides", ist Lenas trockener Kommentar, bevor beide prustend vor Lachen ihrer ersten Zigarette des Tages in der Raucherecke zustreben.

95

„Haben das alle verstanden?" Kriminalhauptkommissar Müller blickt in die Runde seiner rund 20 Kolleginnen und Kollegen, die bei der Einsatzbesprechung dabei sind. „Schubert, Sie lassen die Carolyn Richter keine Sekunde aus den Augen. Und lassen Sie sie keinesfalls mehr an ihrem Rechner auch nur eine Aktion ausführen. Sie begleiten sie dann mit einer Kollegin hierher zur Befragung. Dann ist ja alles klar, lassen Sie uns mal unserer nobelsten Bank in Heidelberg einen kleinen Besuch abstatten."

Die Tiefgarage der Heidelland-Privatbank ist den Besuch der unterschiedlichsten Fahrzeuge gewöhnt. Georg Feigion, schwäbischer Exilant im kurpfälzischen Heidelberg und Parkwächter der Heidelland, ist in den letzten 30 Jahren schon einiges gewohnt. Bentleys, Volkswagen, Porsche, Maserati und auch unauffällige Fiat 500. Für alle öffnet er die Schranken. Aber, dass fünf Fahrzeuge der Polizei, darunter drei Streifenwagen mit Blaulicht, jemals seine Loge passieren könnten, lag außerhalb seiner Vorstellungskraft. Als ein Polizist ihn umgehend belehrte, dass er keinesfalls den Besuch in der Bank ankündigen dürfe, stärkte das keinesfalls sein Wohlbefinden. Dies nicht zuletzt, da der Polizist ihm weiterhin erklärte, dass ab sofort niemand mehr ein- oder ausfahren dürfe.

Es ist 9.05 Uhr, als Ann-Sybill Merlot, Assistentin des Vorstandsvorsitzenden Adalbert von Achtern, den wöchentlichen Jour fixe seiner Geschäftsbereichsleiter unterbricht. „Keine Störung", weist dieser seine Mitarbeiterin rüde zurecht. „Es ist aber sehr dringend." Mit diesen Worten tritt sie auf ihn zu, flüstert ihm etwas ins Ohr, worauf dieser leichenblass „Ich komme" von sich gibt. „Machen Sie weiter, Jan-Olaf", sind seine letzten Worte, als er gemeinsam mit dem per Wink aufgeforderten Justitiar seines Hauses schnellen Schrittes den Raum verlässt. „Ja, Caro. Dann berichten Sie mal, welche Herausforderung die Änderungen von „Basel III" für unser

Risikomanagement mit sich bringt" leitet der Vertreter von Adalbert von Achtern auf den nächsten Tagesordnungspunkt über.

Wutschnaubend und im Stil einer Dampfwalze betritt Adalbert von Achtern sein Büro. „Was fällt Ihnen ein?" ist sein erster lautstarker Kommentar, als er das Team um Kriminalhauptkommissar Müller erblickt. „Sie beschädigen den Ruf meiner Bank. Hier sind ja mehr Polizisten im Haus, als ich selbst Mitarbeiter habe. Sind Sie verrückt?!" „Jetzt beruhigen Sie sich erst mal, Herr von Achtern", versucht KHK Müller die Emotionen auszuschalten. „Darf ich zunächst fragen, wer Sie sind?" Fragend schaut er den rund 60jährigen Mann an, der gemeinsam mit von Achtern die Szenerie betreten hat.
„Mein Name ist Dr. Frank Daniel, ich bin der Justitiar der Privatbank. Darf ich fragen, was Sie in diesem Aufgebot zu uns führt?" Während Adalbert von Achtern von seiner Assistentin einen Beruhigungstee serviert bekommt, wartet der Jurist auf seine Antwort. „Wir ermitteln in

einem Tötungsdelikt und sind dabei auf Finanzströme gestoßen, die in Ihrer Bank eine Gemeinsamkeit haben." Müller berichtet weiter: „In der Folge haben wir bei der Staatsanwaltschaft einen Sicherstellungsbeschluss von Unterlagen bei Ihrer Bank für bestimmte Kunden erwirkt. Diesen werden wir jetzt vollziehen." „Sie kennen das Bankgeheimnis. Selbst wenn dem so wäre, ist es nicht vereinbar, dass Sie mit einem solchen Aufgebot und dieser Offensichtlichkeit in unserer auf Diskretion angewiesenen Privatbank auftauchen." „Da mögen Sie im Einzelfall gesehen vielleicht Recht haben. Im konkreten Falle ist es aber so, dass Spuren auch zu einer Mitarbeiterin Ihrer Privatbank führen. Und so müssen wir sicherstellen, dass durch diese nicht im letzten Moment physische oder digitale Beweise vernichtet werden." „Ausgeschlossen!" Adalbert von Achtern wuchtet sich aus seinem schweren Schreibtischsessel. „Alle Mitarbeiter und Mitarbeiterinnen sind von mir persönlich ausgesucht. Da gibt es keine kriminellen Subjekte." „Das werden wir prüfen, Herr von

Achtern", tönt es aus dem Hintergrund. „Mein Name ist Staatsanwalt Walter Knopf und ich habe die Beschlagnahme der Unterlagen angeordnet. Sie können sich darauf verlassen, dass wir Ihre Bank nicht mehr belasten wollen, als unbedingt notwendig." „Und wer soll die Mitarbeiterin sein, der Sie offensichtlich illegales Tun unterstellen?" Auf die Frage nickt der Staatsanwalt Klaus Müller zu. „Wir möchten uns gerne mit Carolyn Richter unterhalten. Ist sie im Hause?"

Kurze Zeit später ist der Vortrag von Carolyn Richter zu den Folgen von „Basel III" auf das Risikomanagement der Bank abrupt unterbrochen. Als Michael Herrmann, der ebenfalls bei dieser Führungsrunde dabei ist sieht, wie Carolyn Richter in Begleitung von Polizisten den Raum verlässt, wird ihm gleichzeitig heiß und kalt. Seine Gefühle werden auch nicht besser, als Dr. Daniel berichtet, dass die Polizei im Hause sei und umfangreiche Unterlagen einiger Privatkunden und einer Kollegin beschlagnahme. Die Nachricht schlägt in der Gruppe der

Führungskräfte ein wie eine Bombe. Als Adalbert von Achtern kurze Zeit später seinem Justitiar folgt und betont, dass es sicher nur ein Irrtum sei, ist Michael Herrmann nicht mehr in der Lage, den weiteren Gesprächen zu folgen. Er fragt sich verzweifelt, wie die Kripo hierher finden konnte und was um alles in der Welt eine Mordkommission damit zu tun habe.

Während Carolyn Richter in Begleitung von Daniel Schubert und zwei weiteren Kolleginnen aus dem Bankgebäude direkt in das Dezernat der Kriminalpolizei in der Römerstraße verbracht wird, stellen die Kollegen die vom Beschluss betroffenen Unterlagen sicher. So finden nicht nur der Rechner von Carolyn Richter, sondern jede Menge Konto- und Depotauszüge, Inhalte von Schließfächern und digitale Protokolle von Erfassungen von Carolyn Richter ihren Weg in den zum Abtransport bereit stehenden Polizei-Transporter. Neben den Unterlagen von Carolyn Richter, Antonia Adler und Nadine Scheerer fanden sich auch diverse Unterlagen und Wertgegenstände in einem Schließfach, deren Eigentümerin Sandra Werner war. Auch diese wurden gemäß dem Beschlagnahmebeschluss gesichert.

Lange blickt Adalbert von Achtern gemeinsam mit seinem Justitiar der Polizei-Kolonne nach, als diese das Parkhaus verlässt. Als der letzte Wagen aus dem Blickfeld verschwunden ist, sagt er: „Schaff mir die Richter vom Hals. Ich will sie nicht mehr sehen. Fristlos und zur Not mit Geld. Aber raus mit ihr, und zwar sofort!" Mit dieser klaren Anweisung verlässt der Justitiar das Vorstandsbüro, um kurze Zeit später im „Nomos-Kommentar" zum Arbeitsrecht nachzulesen, wie Carolyn Richter am sichersten und billigsten fristlos zu kündigen ist.

96

Die Kirchen im Nordosten Deutschlands haben oft Gemeinsamkeiten. Hierzu gehört neben der Trägerschaft durch die evangelisch-lutherische Kirche auch oft die Bauweise in Form von Backsteinbauten. Bekannte Kirchen diesen Baustils findet man beispielsweise in Stralsund, Schwerin oder auch Greifswald. Eine weitere Gemeinsamkeit unserer heutigen Zeit ist leider auch, dass die Besucherzahlen in den Gottesdiensten weiter stark rückläufig sind, und die Investitionskosten für die Erhaltung der Kirchen in bisher ungekannte Höhen klettern. Eine der Institutionen, die sich der Aufgabe stellen, diese Investitionen aufzubringen ist die „Stiftung zur Förderung der kirchlichen Backsteinbauten in Nordostdeutschland". Rainer Baas, ehrenamtlicher Vorstand dieser immer klammen Stiftung, wundert sich, als er einen Brief mit dem erkennbaren Absender aus Waibstadt in Baden-Württemberg öffnet. Liegt Waibstadt doch rund 800 km von Stralsund entfernt. Als er den Brief dreimal durchgelesen hat, ruft er seinen Kassenwart an und beginnt mit den Worten: „Du wirst nicht glauben, was ich eben erfahren habe. Es ist ein Wunder, ich glaube, die Kirche auf Rügen ist gerettet."

„Die Richter ist aalglatt", fasst Rike ihren norddeutschen Eindruck nach der zweistündigen Befragung von Carolyn Richter zusammen. „Es seien alles Zufälle. Sie habe natürlich Kontakt zu ihrer Freundin Sandra Werner und finde ihren Freitod sehr tragisch. Aber sie habe sich nie etwas zuschulden kommen lassen. Und das gemeinsame Spielen mit ihr habe sie teilweise finanziert, da Sandra Werner ja so schlecht verdient habe."
„Wir behalten sie jetzt mal noch ein paar Stunden da", entscheidet Kriminalhauptkommissar Müller. „Ich rede später nochmal mit ihr. Wir sollten die Tatsache nutzen, dass sie auf einen Rechtsbeistand verzichtet hat. Der hätte ihr vermutlich geraten zu schweigen, und dann wäre es noch schwieriger für uns geworden."

„Daniel, was machen die Sichtungen?" ruft er zu Schubert hinüber. „Das digitale dauert noch eine Weile", berichtet dieser. "Vielleicht wissen wir morgen Abend mehr. Aber interessant sind die Schließfächer. Sandra Werner hatte da beispielsweise einen Stapel Bargeld drin, der sicher nicht mit ihrem Gehalt anzusparen war. Und Antonia Adler hatte handschriftliche Notizen in einem Tagebuch. Da lesen wir aber eine Weile, da sie dieses über Jahrzehnte geführt hat.“ „Dann schaut mal nach, ob ihr daraus erkennen könnt, wann sie die ersten Grundstücke erworben hat“ regt Rike an. „Vielleicht können wir in dem Zusammenhang auch erkennen, wie sie geködert wurde.“ „Gute Idee. Ich nehme das in die Hand. Ihr hört von mir.“ sagt Daniel, der daraufhin für Stunden nicht zu sehen ist.

Es ist schon später Nachmittag, als Kriminalhauptkommissar Müller sein Glück in der Befragung von Carolyn Richter versucht. Die lange Wartezeit zwischen den zwei Befragungen und nicht zuletzt die Aussicht, möglicherweise die kommende Nacht in staatlicher Verwahrung zu verbringen, hat bei ihr vielerlei Überlegungen in Gang gesetzt. So wartet auch sie mit großer innerer Spannung auf den Leiter der kleinen Heidelberger Ermittlungsgruppe. Dieser stellt sich zunächst vor und geht dann nochmals auf die Verbindung zwischen Carolyn Richter und Sandra Werner ein. Wie bereits bei Rike, so bestreitet Carolyn Richter vehement, dass es eine Gegenleistung in Form von Informationen durch Sandra Werner gegeben habe. Sie seien sich eben sympathisch gewesen und hieraus sei eine Freundschaft entstanden. Sie, Carolyn Richter, habe bei der Heidelland Privatbank einen Top-Verdienst und könne es sich leisten, ihrer Freundin auch mal für eine Stunde das Spielen in Bad Dürkheim zu finanzieren.

Gerade als KHK Müller hier einhaken will, steckt Daniel Schubert seinen Kopf durch die Türe und bittet seinen Chef, kurz in den Nebenraum zu kommen. „Was gibt`s denn?" fragt dieser mürrisch, ist er doch überzeugt, dass er den Widerstand von Carolyn Richter überwinden kann. „Es ist wirklich wichtig, Chef, Sie sollten kommen. Und zwar jetzt." sind Daniel Schuberts geradezu flehenden Worte. Müller spricht kurz in das Mikrofon des Aufnahmegerätes: „Die Befragung wird um 15.56 Uhr unterbrochen." Dann wendet er sich seinem Kollegen zu und verlässt gemeinsam mit ihm den Befragungsraum. „Was ist los? Ihr wisst doch, dass ich Befragungen ungern unterbreche", weist er seinen Kollegen und Mitarbeiter zurecht. „Schon, aber wir haben im Tagebuch der Adler was gefunden. Sechs Wochen vor der ersten Beurkundung eines Kaufs schreibt sie, dass sie ein interessantes Gespräch in der Heidelbank gehabt habe. Sie könne leicht viel Geld verdienen und würde alle wichtigen Infos direkt über einen Strohmann erhalten. Und jetzt schätze mal, wer ihr das gesagt hat." „Ist doch logisch!" antwortet KHK Müller. „Die Richter, und deshalb gehe ich jetzt wieder rein." Doch bevor er sich abwenden kann, hält ihn Daniel Schubert zurück mit den Worten „Und genau da liegt der Fehler. Die Ansprache kam durch ihren Investmentbanker. Und der heißt Michael Herrmann, ist für uns ein völlig unbeschriebenes Blatt und arbeitet auch noch heute in der Heidelbank." „Dann gibt es noch mehr Beteiligte, die ein Motiv haben könnten, die Adler aus dem Weg zu räumen." Dem Kriminalhauptkommissar stehen die Sorgenfalten über die neuen Erkenntnisse im Gesicht. „Schubert, wir müssen alles über diesen Michael Herrmann wissen. Ich unterbreche die Befragung bis morgen früh, die Richter schicken wir bis dahin nach Hause und morgen kochen wir sie dann weich." „Wollen wir sie nicht hierbehalten, Chef?" wendet Schubert ein. „Nein, das segnet uns kein Staatsanwalt oder Richter ab. Sie wird auf morgen 11 Uhr neu einbestellt. Und bis dahin müssen wir unsere Hausaufgaben erledigt haben." Während eine etwas erleichterte, aber umso ratlosere Carolyn Richter das Dezernat in der Römerstraße verlässt, laufen zwei Stockwerke höher alle Drähte heiß, um herauszufinden, wer genau Michael Herrmann ist, und ob mit ihm weitere Geheimnisse verbunden sind.

98

Carolyn Richter beschließt, direkt mit dem Taxi an ihren Arbeitsplatz in der Heidelland Privatbank zu fahren. Schließlich gilt es, Normalität zu zeigen und jeden Zweifel zu zerstreuen, dass sie in mögliche illegale Handlungen verstrickt sei.

Als sie ihre Codekarte in die Zugangskontrolle des Personaleingangs einführt, ist nicht das gewohnte Geräusch der elektronischen Schiebetüröffnung zu hören. Während sie überlegt, was zu tun ist, öffnet sich die Tür von innen und der Justitiar des Hauses, Dr. Frank Daniel, kommt auf sie zu. Bevor sie einen Ton sagen kann, fordert dieser sie auf, den Erhalt eines an sie gerichteten Schreibens zu quittieren. Mit den Worten „Wir haben heute das zwischen uns bestehende Arbeitsverhältnis fristlos gekündigt. Sie haben ab sofort Hausverbot und dürfen die Räume unserer Privatbank nicht mehr betreten" übergibt er ihr einen alten, schäbigen Karton, in dem Carolyn Richter ihre privaten Sachen aus dem Büro wiedererkennt. Noch bevor sie in der Lage ist, ihm etwas zu entgegnen, ist der Anwalt bereits wieder in der für sie unpassierbaren Türe verschwunden. „Na wartet, ihr Schweine!" schreit sie noch in Richtung der Bank, es ist aber niemand mehr da, der ihr zuhören kann. Noch bevor sie ihre noble Wohnung erreicht ist ihr klar, dass ihr Leben ab sofort ein anderes sein wird, als sie es bisher gehabt hat. In der Branche ist sie verbrannt. Keine Bank wird eine ehemalige Leiterin eines Risikomanagements einstellen, an der der Verdacht haftet, dass sie mit dem Gesetz in Konflikt gekommen ist. Wie ein Häufchen Elend bricht sie schließlich schluchzend zusammen. Und beim Gedanken an die morgige Fortsetzung des Verhörs muss sie sich wenig später noch auf ihrer sonst so gepflegten Toilette übergeben.

99

„Michael Herrmann ist seit einigen Jahren bei der Heidelland Privatbank. Hat vorher in London gelebt, und gegenüber seinem Gehalt scheint das hohe Gehalt von Carolyn Richter ein Trinkgeld zu sein.“ Schubert führt seine Information für die Kollegen Klein und Müller fort. „Die Bank hat ein spezielles System, ihre in der Regel vermögenden Kundinnen und Kunden zu betreuen. Es wird ein besonderer Wert auf eine enge Verbindung zwischen den Kunden und den jeweiligen Bankmitarbeitern gelegt. Deshalb wird versucht, die jeweiligen Kunden durch einen Mitarbeiter am besten über Jahrzehnte zu betreuen. Einer dieser Berater ist Michael Herrmann. Er ist 38 Jahre alt, wohnt in einem Penthouse in der Schröderstraße in Heidelberg und führt, nach dem was wir beurteilen können, ein wohl sehr aufwändiges Leben. Den Ferrari und weitere Kleinigkeiten kann er sich leisten, letztes steuerpflichtiges Brutto-Jahreseinkommen lag bei rund 1,1 Mio. Euro." Anerkennend pfeift Müller durch die Zähne. „Ich habe nachgeschaut", Schubert berichtet weiter, „Das Einkommen ist wohl für ehemalige erfolgreiche Investmentbanker aus London branchenüblich."

Jetzt übernimmt Rike gegenüber Müller, Kriminalrat Bauer und dem inzwischen auch anwesenden Staatsanwalt Knopf. „Es gibt eine weitere Parallele zwischen Herrmann und Carolyn Richter. Das Bank hat bei wichtigen und Geld betreffenden DV-Anwendungen das Vier-Augen-Prinzip. Hierbei ist, abhängig vom Kunden und der Höhe einer Finanzdisposition, das Vier-Augen-Prinzip hierarchisch aufgebaut. Ab hunderttausend Euro haben zwei Führungskräfte die Erfassung und Freigabe vorzunehmen. Obwohl Richter und Herrmann auf den ersten Blick dienstlich wenig miteinander zu tun haben, wurden die Transaktionen im Zusammenhang mit dem Kauf von Immobilien der Adler, wie auch jetzt Frau Scheerer, immer von diesen zwei Personen freigegeben. Ich habe mit Dr. Daniel, dem Justitiar der Bank, telefoniert. Auch er fand diese Konstellation, als Zitat, „merkwürdig", da Carolyn Richter nur im Vertretungsfalle in diesem Zusammenhang zeichnungsberechtigt sei. „Wenn ein Jurist "merkwürdig" sagt, heißt das im Klartext, das stinkt", ergänzt der Staatsanwalt.

100

„Wenn ich mir das alles anhöre, haben wir jetzt zwei Verdächtige, die von den Aktivitäten der Adler profitiert haben und möglicherweise ein Motiv hatten, diese auch zu töten. Die Frage ist nur, warum?" Kriminalrat Bauer schaut fragend in die Runde. „Vielleicht ist irgendetwas schief gelaufen?" „Klaus, erinnerst du dich noch an das Gespräch mit dem sympathischen Pfarrer Streit?" Rike ruft sich die Details des damaligen Gesprächs in Erinnerung. „Er sagte doch, dass die Adler ihm kurz vor ihrem Tod gesagt habe, sie sei nicht immer auf dem Pfad der Tugend gewandelt und sei gerade dabei, dies zu beenden." „Ja, stimmt", kann sich auch Klaus Müller gut an diesen Satz erinnern. „Angenommen, die Adler hat ihnen gesagt, dass sie nicht mehr weitermacht und ein schlechtes Gewissen habe." „Dann war sie für Richter und Herrmann nicht nur wertlos, sondern ab dem Moment auch eine Gefahr." „Eine Gefahr, die man am besten von vorne herein beseitigt."

101

Mit Kopfschütteln und tiefen Sorgen um den Ruf ihrer Bank sehen der Vorstandsvorsitzende Adalbert von Achtern und der Justitiar Dr. Daniel zu, wie die zweite Führungskraft ihrer Bank von der Polizei direkt vom Arbeitsplatz in das Kriminaldezernat gebracht wird. „Ich bereite die Kündigung vor." Nickend signalisiert von Achtern seine Zustimmung, und während der Jurist das Büro seines Vorstands verlässt, denkt dieser darüber nach, ob der abzusehende Skandal nicht nur ihn selbst, sondern auch seine gesamte Bank möglicherweise mit in den Abgrund reißt.

102

„Sie kennen Antonia Adler, Sie haben sie geködert und offensichtlich in den Immobiliendeals geführt. Und als sie nicht mehr mitmachen wollte, haben Sie sie einfach um die Ecke gebracht." Rike geht Michael Herrmann richtig aggressiv an. Dieser ist schon nach dreißigminütigem Verhör kaum mehr wiederzuerkennen. Seine Haare sind zerwühlt, die Kleidung sichtbar durchgeschwitzt und sein Tonfall ist auch nicht mehr seriös oder vertraulich. „Nein, nein, nein. Ich bin doch kein Mörder. Vielleicht habe ich mit der Adler Kohle gemacht. Aber ich bringe doch niemanden um!" Geradezu hilfesuchend blickt er zu Kriminalhauptkommissar Müller hinüber. „Wenn Sie jetzt gestehen, kommen Sie zumindest um lebenslange Haft herum" versucht dieser, Herrmann ein Angebot zu unterbreiten. „Ich sage jetzt ohne Anwalt gar nichts mehr. Ich verlange, das Verhör so lange zu unterbrechen, bis ich mit einem Rechtsbeistand gesprochen habe", sind Michael Herrmanns letzte Worte in diesem Verhör. Und da er dies auch für die Aufzeichnungsgeräte laut und hörbar gesprochen hat, wird das Verhör sofort unterbrochen und Michael Herrmann hat die Gelegenheit, sich telefonisch einen Strafverteidiger zu organisieren.

„Der war`s nicht", gibt Rike ihrem Kollegen ihren Eindruck wieder. „Das ist zwar ein geldgeiles, charakterloses Schwein, aber ich glaube, kein Mörder." „Dann packen wir morgen nochmals die Richter", entscheidet Klaus Müller. "Aber wie geplant erst morgen, nachdem wir nochmals ein paar Hausaufgaben gemacht haben. Eine weitere unruhige Nacht lockert vielleicht die Zähne. Und mit Herrmann kann sie sich nicht abstimmen, den behalten wir auf Staatskosten über Nacht wegen Verdunkelungsgefahr hier." „Wir nutzen die jetzt verbleibende Zeit, um die Falldokumentation auf den aktuellen Stand zu bringen. Sonst haben wir anschließend die größten Probleme, die Ermittlungsakten für Richter und Staatsanwaltschaft plausibel aufzubereiten.“ Damit begibt sich Rike schnurstracks zu Schubert, der alles andere als erfreut auf die Nachricht reagiert, dass noch zwei Stunden Schreibtischarbeit angesagt ist.

Als Alex kurz nach 22 Uhr die gemeinsame Wohnung von ihm und Daniel betritt, kommt ihm nur Kamikaze entgegen. „Na, du Schmusekater. Wo ist unser Daniel?“ fragt ihn Alex, bekommt aber wie gewohnt keine Antwort von ihrem Hausgenossen. Er findet Alex drei Schritte weiter auf der Couch, schlafend. Daniel bekommt weder von seinem Freund noch der im Fernseher laufenden Werbung etwas mit, und so beschließt Alex, noch alleine etwas trinken zu gehen. Leise fällt die Wohnungstür wieder in das Schloss.

103

„Also Lena, das habe ich jetzt verstanden.“ Der Privatier Müller versucht, beim Frühstück seinen freundlichsten Ton an den Tag zu legen. „Das mit Jan war ein Irrtum, die Schwangerschaft ein Unfall, aber, egal wie, du willst das Kind behalten." „Ja, Papa. So ist es" schallt es kampfbereit von der anderen Seite des Tisches. Und dann freundlicher: „Mama will mir auch dabei helfen. Sie freut sich inzwischen darauf, Oma zu werden. Und meine Freundin Laura ist auch noch da. Irgendwie kriegen wir das schon hin." Klaus Müller sieht seine inzwischen eigentlich erwachsene Tochter ernst an. „Wenn das so ist, soll`s an mir nicht liegen. Also, die Familie Müller kriegt Nachwuchs und ich werde Opa. Wenn das kein Grund zum Feiern ist!" Während dcr zukünftige Opa den letzten Schluck Kaffee aus seiner Tasse trinken will, wird er von einer auf ihn zufliegenden Tochter mitsamt Tasse fast erdrückt. „Papa, du bist einfach der Beste!" Dann folgt ein Riesenknutscher. „Aber nur, wenn du trotz Schwangerschaft das Abi fertig machst." „Kannst dich drauf verlassen." Wenige Sekunden später sind Mutter und baldiges Kind aus dem

Haus entschwunden, um den letzten Teil ihres Versprechens in die Realität umzusetzen.
„Klaus, was hast du mit Lena gemacht?" Verwundert blickt seine Frau Anne ihrer schnell davonlaufenden Tochter nach. „Eigentlich nichts, außer dass ich ihr gesagt habe, dass wir sicher die stolzesten Großeltern aller Zeiten werden." „Du bist ein Schatz, deshalb liebe ich dich so sehr!" Bevor Klaus Müller sich wehren kann, ist er bereits das zweite Mal am heutigen Morgen innig geküsst worden. „So kann es ruhig weitergehen", denkt er sich, als er das Haus Richtung Heidelberg verlässt.

Die Nacht war sowohl für Carolyn Richter als auch Michael Herrmann sehr unbequem. Während Carolyn Richter die Nacht schlaflos und unruhig in ihrem eigenen Zuhause verbringen durfte, muste Michael Herrmann die Betreuung durch die Polizei genießen. Wer normalerweise wie er den Luxus liebt, wird sich auf den einfachen Betten einer Polizeidienststelle nicht wohl fühlen. Dazu trägt sicherlich auch die solide sanitäre Edelstahlausstattung und die Tatsache bei, dass jegliche private Dinge, die einen Suizid ermöglichen würden, abzugeben sind. Aber auch die Nachtwäsche des Landes Baden-Württemberg ist eher kratzig als anmutig, und sicherlich nicht in den Geschäften erworben, in denen er normalerweise shoppen geht.

Nach einem einfachen Frühstück, welches bereits um kurz nach 7 Uhr serviert wird, erfährt er, dass die Befragung erst gegen 11 Uhr fortgesetzt wird. Als einer der diensthabenden Beamten gegenüber Michael Herrmann den Satz fallen lässt „Sie habe bis dahin Freizeit" rastet dieser völlig aus. Erst nachdem der hinter dem Beamten her geschüttete Kaffee langsam die Wand der Zelle hinabläuft, realisiert Herrmann, dass er ja tatsächlich nichts versäumt. Zumindest die Heidelland Privatbank wartet nach seiner Einschätzung nicht mehr auf ihn. Dazu kennt er die Regeln der knallharten Branche zu gut.

„Das wird heute ein entscheidender Tag", stimmt KHK Müller seine beiden Ermittler auf die folgenden Stunden ein. „Wir dürfen keine Fehler machen. Wenn wir auf der richtigen Spur sind, werden wir einen der beiden möglicherweise in die Ecke drängen und überführen können. Ich habe die Befragungen auf 11 Uhr verschoben. Wir nehmen uns beide parallel vor und sorgen dafür, dass sie sich nur auf dem Flur kurz sehen, aber nicht absprechen können. Wenn jeder Angst haben muss, dass der andere ihn belastet, kann der gordische Knoten platzen." Schubert, dem von der unbequemen Nacht auf der Couch noch jeder Knochen schmerzt, ergreift das Wort. „Ich habe mir nochmal das angesehen, was wir über Michael Herrmann wissen. Das scheint ein Banker zu sein, der mit allen Wassern gewaschen ist. War beruflich bei einer großen Bank in London im Investmentbanking aktiv. Das ist wohl die Creme de la Creme der Banker und eine ganz andere Hausnummer als die, die hier in Heidelberg hinterm Schreibtisch sitzen. Auf einer Internetseite für berufliches Networking habe ich die Information gefunden, dass er wohl direkt von dem Vorstandsvorsitzenden der Heidelland Privatbank von dort geködert wurde. Da muss so richtig viel Geld geflossen sein, schließlich wollen sein Penthouse, der Ferrari und die anderen kleinen Annehmlichkeiten des Lebens bezahlt sein." „Aber wenn er so top verdient, dann hat er doch eigentlich gar keinen Anreiz mehr, krumme Dinge zu tun", bringt Rike ihre Zweifel ein. „Das ist so nicht gesagt." Klaus Müller ergreift das Wort. „Wir haben schon oft erlebt, dass es Menschen gibt, für die mehr der Reiz des Illegalen oder Verruchten gilt und nicht unbedingt die Frage, ob sie das Geld brauchen. Und wer weiß, nicht jeder Banker ist auch privat erfolgreich in der Geldanlage. Viele verzocken sich geradezu und brauchen das Geld dringender denn je. Insofern ist ein tolles Einkommen noch lange kein Grund, jemanden aus einem möglichen Täterkreis auszuschließen." „Da gebe ich dir recht, Klaus." Rike führt fort: „Der Herrmann scheint wirklich ein aufwändiges Leben zu führen. Gestern Abend konnte ich mit meinen Michael über das Leben in London diskutieren. Er hat dort auch mal kurz gewohnt und gesagt, dass alleine eine entsprechende Wohnung in der City of London mal schnell fünftausend englische Pfund, das sind runde sechstausend Euro, kosten würde. Vielleicht hat Michael Herrmann dort weit weniger Geld auf die Seite bekommen, als wir es uns bei dem Einkommen vorstellen können." „Was wissen wir noch über ihn?" Klaus Müller führt seine Kollegen wieder aus dem Reich der Spekulationen zurück auf die Fakten. „Geboren ist er in Letmathe, das liegt im Sauerland." „Kenne ich", fügt Rike ein. „Da wohnt ein Bekannter von mir. Verkehrsgünstig ist das einzig Positive, was mir dazu einfällt. Ansonsten sind dort Hund und Katze begraben, der Bierkonsum der Lethmater ist legendär und jeder hat einen Bergmann oder Hüttenarbeiter in seiner Familienhistorie." „Das trifft auch für Michael Herrmann zu. Dessen Vater war Bergmann im nahen Ruhrgebiet. Die Mutter Hausfrau und wohl früh verstorben. Sonst ist über sein früheres Leben außer einem Gymnasialbesuch wenig bekannt. Später hat er dann über ein Stipendium der

Deutschen Stiftung Völkerverständigung, das grundsätzlich jedem offen steht, Volks- und Betriebswirtschaft in Großbritannien studiert. Und blieb dann wohl in England hängen. Wobei hängen bei dem erwähnten Einkommen wohl das falsche Wort ist."

„Und Carolyn Richter?" wendet sich Klaus Müller der anderen Verdächtigen zu. „Die kam aus sehr ärmlichen Verhältnissen. Geboren ist sie im Odenwald, genauer gesagt in Kortelshütte. Ich habe lange suchen müssen, um den Ort zu finden, denn das ist heute ein zu Oberzent gehörendes Dorf. Dort hatte die Familie Richter eine kleine Hofstelle und hat sich mit etwas Milch- und Forstwirtschaft über Wasser gehalten. Die kleine Carolyn ist dann wohl sehr früh vor der strengen Erziehung und dem entsagungsreichen Leben im kalten Hessischen Odenwald geflüchtet. Sie hat in Heidelberg ein hervorragendes Abitur gemacht, ging dann als Azubi zur Heidelland Privatbank und ist von Adalbert von Achtern entdeckt und gefördert worden. Der hat sie übrigens gestern sofort aus seiner

Bank entsorgt“, endet der Bericht von Daniel Schubert.
„Wenn ihre Eltern eine Hofstelle hatten, dann haben sie vielleicht auch früher über entsprechende Rodentizide verfügt.“ Rike führt ihren Gedanken fort. „Ihr erinnert euch doch noch an den Bericht von Dr. Terhoven. Das Gerichtsmedizinische Institut hat nach dessen Angaben ja eindeutig festgestellt, dass Frau Adler durch den Einsatz eines viele Jahre nicht mehr auf dem Markt befindlichen Rattengiftes getötet wurde. Und das könnte ja die Richter auf dem Hof ihrer Eltern gefunden haben. Und ein Motiv könnte sie auch gehabt haben.“ „Dann müssen wir danach suchen.“ Klaus Richter sieht vor seinem geistigen Auge bereits die Vielfalt der für diesen Fall auszufüllenden Formulare vor sich. „Also, ich rede mit Kriminalrat Bauer und Staatsanwalt Knopf, dass wir die Wohnung der Richter und deren Elternhaus im Odenwald nach dem Gift durchsuchen dürfen. Und ihr seid sicher, dass Kortelshütte zu Oberzent gehört?“ „Absolut“, antwortet Rike. „Ich bin da öfter mit der Fahrschule hochgefahren. Tolle Straße, tolle

Kurven und absolute Einsamkeit. Aber eben Hessen, ganz eindeutig.“ „Gut, dann müssen wir die Staatsanwaltschaft Darmstadt um sofortige Amtshilfe bitten. Ich war mal bei denen am Mathildenplatz und kenne da den Oberstaatsanwalt persönlich. Das sollte klappen.“ Mit diesen Worten beendet Müller die kurze Besprechung. Schließlich gibt es jetzt viel zu tun, bevor um 11 Uhr die weiteren Befragungen starten können.

104

„Und sie hat wirklich ja gesagt?“ Michael Bannings hört die freudig gestimmte Stimme seines väterlichen Freundes Steve McNamara aus dem fernen Paignton in der englischen Grafschaft Devon an seinem Ohr. „Ja, ja und nochmals ja. Oh Steve, ich bin der glücklichste Mann auf dieser Welt.“ „Dann unseren herzlichen Glückwunsch! Und wann kommen wir dann zur Hochzeit nach Heidelberg? Du weißt, meine Frau muss vorher sicherlich noch einiges an Kleidung einkaufen.“ „Rike muss zuerst noch einen Mörder fangen. Aber gleich danach werden wir einen Termin finden. Und dann werde ich mich mit der Einladung bei euch melden. Ach Steve, es ist so schön, in Heidelberg zu sein!“ Als Steve McNamara den Hörer einige Minuten später auflegt, schaut ihn seine Frau fragend an. „Es ist soweit. Einer der attraktivsten englischen Gentleman läuft in Kürze in den Hafen der Ehe ein.“ „Und warum schaust du dabei so traurig?“ „Na, das Traurige ist, dass der Hafen auf dem Festland und nicht unserer schönen Insel liegt. Und damit geht der Wissenschaft und Lehre unseres Vereinten Königreichs eine große Hoffnung vermutlich auf Dauer verloren.“

105

Die Zusammenarbeit zwischen den Bundesländern Baden-Württemberg und Hessen ist nicht in allen Bereichen vorbildlich. Durch die enge Verzahnung der Bundesländer, insbesondere im Odenwald und Neckartal, kennen sich jedoch viele Beamte persönlich und nutzen bei eiligen Vorhaben die bestehenden persönlichen Verbindungen. Nachdem um 9.05 Uhr sowohl Kriminalrat Bauer als auch Staatsanwalt Knopf für die Durchsuchungen der Wohnung von Carolyn Richter in Heidelberg, als auch des Resthofes in Kortelshütte grünes Licht gegeben haben, ist die polizeiliche Maßnahme am Rollen. Ist die Durchsuchung ihrer Wohnung am Schloss Wolfsbrunnenweg noch wenig auffällig, so löst der Anruf und das anschließende Fax des Durchsuchungsbefehls im Odenwald eine mittlere Polizeiinvasion aus. Die Kripo in Heppenheim schickt auf Anweisung der Staatsanwaltschaft Darmstadt alles, was sie und ihre Darmstädter Kollegen an diesem Morgen aufbieten können. Kriminaltechnische Untersuchungsteams, die Hundestaffel und dreißig Mann einer Einsatzhundertschaft der Polizei. Die Einwohner von Kortelshütte müssen den Eindruck gewinnen, dass in ihrem beschaulichen Dorf vermutlich das Hauptquartier von RAF, dem örtlichen Drogenkartell und einem Menschenhändlerring in Einem sein muss. Bereits kurz nach 10 Uhr beginnt die Durchsuchung der Gemäuer, die sich als leer stehendes ehemaliges Wohnhaus, einem ehemaligen Stall und drei weiteren kleinen Nebengebäuden am Ortsrand darstellen. „Do Reschde vum Rattegift zu finne, konn Woche daure" stellt Gerd Dörflein, Urhesse und Einsatzleiter vor Ort, in einem ersten Telefonat mit Rike Klein fest. „Dann suchen Sie schnell", ist ihr trockener Kommentar und ihre klare Anweisung lautet: „Und solltet ihr was finden, uns sofort informieren." „Jawoll, Scheffin" kommt es aus dem Odenwald zurück. Nach Beendigung des Telefonats schüttelt Dörflein gegenüber seinem Kollegen ungläubig den Kopf „Net zu glawe. Jetzt krieg isch schun von Norddeitsche in moim Odewald Oweisungen."

106

„Und hier, Herr von Achteren, ist noch die dringende Post aus dem Justitiariat.“ Mit diesen Worten legt Ann-Sybill Merlot ihrem Vorstandsvorsitzenden eine Umlaufmappe auf dessen Schreibtisch. Von Achteren steht sinnierend vor dem großen Fenster seines Büros. Sein Blick geht hinüber auf die benachbarten Häuser seiner eigenen Studentenverbindung. Hier hatte ihn ein Verbindungsbruder einst bei einem Philistertreffen auf den talentierten Michael Herrmann aufmerksam gemacht. Im Hintergrund ist ein Teil der Silhouette des weltberühmten Heidelberger Schlosses auszumachen. „Wissen Sie, Ann-Sybill, manchmal sehne ich mich in die gute, alte Zeit zurück. Da war das Leben irgendwie einfacher. Inzwischen gibt es Tage, da fühle ich mich einfach müde. Können Sie mir den Brief vorlesen, den unser Dr. Daniel vorbereitet hat?“ „Natürlich. Gerne, Herr von Achteren. Er ist an Michael Herrmann gerichtet. Soll ich ihn ganz vorlesen?“ „Nein, nicht erforderlich.

Nehmen Sie nur das Wichtigste." Nachdem sie mit großen Augen den zweiseitigen Brief komplett gelesen hat, liest sie lediglich die letzten drei Sätze vor. „Und daher werden Sie, sehr geehrter Herr Hermann, sicherlich verstehen, dass wir aufgrund Ihres illegitimen Handelns und dem unserem Haus dadurch zugefügten Schadens unser Beschäftigungsverhältnis mit sofortiger Wirkung durch fristlose Kündigung beenden. Weitere Schadenersatzforderungen an Sie persönlich werden wir gegebenenfalls zu einem späteren Zeitpunkt geltend machen. Ihre persönlichen Sachen werden durch unseren Sicherheitsdienst an Ihrem Wohnsitz übergeben. Hochachtungsvoll, Adalbert von Achteren"
„Das ist ja eine Kündigung!" Fassungslos liest sie nochmal die von ihr vorgelesenen Zeilen. „Was denken Sie denn meine Liebe. "Faule Äpfel muss man entfernen, bevor sie andere anstecken. Das müssen Sie sich merken." Damit geht von Achteren zu einem anderen wichtigen Thema des Tages über. „Hat eigentlich Direktor Hummel von der Finanzaufsicht

angerufen? Wir wollten doch heute Nachmittag gemeinsam golfen gehen? Ich muss unbedingt mit ihm reden."

107

Die Befragungen von Carolyn Richter und Michael Herrmann beginnen parallel. Die Ermittler, unterstützt noch von Kriminalrat Bauer, haben sich kurz abgestimmt, dass beide Befragungsteams versuchen, richtig Druck auf die Verdächtigen zu machen. Daniel Schubert und Kriminalrat Bauer nehmen sich Michael Herrmann zur Brust, Klaus Müller und Rike Klein die Verdächtige Carolyn Richter.

Während Carolyn Richter weiter auf die Teilnahme eines Anwaltes verzichtet, hat neben Michael Herrmann der bekannte Prozessanwalt Thadddäus Koppey Platz genommen. Koppey, Endfünfziger, dem sofort anzusehen ist, dass ihn sein aufregender Job schon viele Haare gekostet hat, gilt bei der Kripo als kompetent, streitlustig und jede Chance für seine Mandanten erkennend. Und so wundern sich weder Schubert noch sein Vorgesetzter, dass nicht

Herrmann mit einer Aussage beginnt, sondern sein Verteidiger. „Meine Herren", und dabei blickt er Schubert und Bauer direkt an, „Sie werden sicher verstehen, dass ich zunächst Einspruch gegen die Art der Befragung einwende. Ich habe meinen Mandanten erst vor einer Stunde kennengelernt und dabei erfahren, dass es sowohl um Ermittlungen in einem Tötungsdelikt als auch in Wirtschaftsstrafsachen geht. Sie werden sicher verstehen, dass ich deshalb eine spätere Befragung beantrage. Ich hatte nicht annähernd die Zeit, mich einzuarbeiten und habe daher Herrn Herrmann dringend geraten, zunächst die Aussage zu verweigern. Wir wären einverstanden, die Befragung morgen um die gleiche Uhrzeit fortzusetzen. Bis dahin kann ich mir einen ersten Überblick über die Vorwürfe und Ermittlungsergebnisse verschaffen. Und es liegt meines Erachtens kein sachlich zwingender Grund vor, der auf jeden Fall eine sofortige Befragung erfordert. Die Dame ist tot, mein Mandant kann aus seiner jetzigen Situation keine Verdunklung vornehmen." „Sind Sie dann damit einverstanden, dass Ihr Mandant bis

morgen in unserer Verwahrung bleibt?" hakt Kriminalrat Bauer nach. Michael Herrmann nickt seinem Anwalt deutlich zu. „Ja, mein Mandant wäre damit einverstanden. Das ist aber kein Schuldanerkenntnis, sondern lediglich ein Entgegenkommen meines Mandanten."
„Also schön, dann bleibt Ihr Mandant eine Nacht länger Gast in unserem Hause und wir sehen uns morgen um 11 Uhr zur nächsten oder eigentlich ersten Runde."
Als Thaddäus Koppey und Michael Herrmann in unterschiedliche Richtungen den Verhörraum verlassen haben, schaut Daniel seinen Vorgesetzten fragend an. „Ja, Schubert, ist doch klar. Wir haben gegen ihn in der Tötungssache wenig in der Hand. Da kann uns ein Tag weiterer Ermittlungen nur gut tun, und wenn eure Truppe recht hat und er wirklich nichts mit der Tötung zu tun hat, sollen sich morgen die Kollegen von der Wirtschaftskriminalität um ihn kümmern. Dann brauchen wir uns nicht damit belasten. Sollte er wegen Antonia Adler doch Dreck am Stecken haben, knöpfen wir ihn uns morgen richtig vor".

Ein Stockwerk höher nimmt die Befragung von Carolyn Richter einen anderen Verlauf. Die Erkenntnis, dass sie ihren Job verloren und damit jegliche Chance auf eine weitere Beschäftigung im Bankensektor verloren hat, hat sie tief getroffen. Nach einer Stunde intensiven Verhörs zeigen sich erste Risse in ihrer Darstellung. Bei einer ersten Unterbrechung gegen 12.30 Uhr ist den Notizen der zusätzlich zu Klaus Müller und Rike Klein anwesenden Protokollantin zu entnehmen, dass Carolyn Richter zugegeben hat, gemeinsam mit Sandra Werner Gewinn aus deren Informationen zu geplanten Immobilienentwicklungen zu ziehen. Sandra Werner habe damit ihre Spielsucht, Carolyn Richter ihren kostspieligen Lebensstil finanzieren können. Eine Verbindung zu Michael Herrmann habe es nicht gegeben.

„Gibt`s was Neues von den Durchsuchungen?" Kriminalhauptkommissar Müller richtet seine Frage direkt an den gerade telefonierenden Daniel Schubert. „Ich habe die Kollegen gerade am Ohr. Die Wohnung scheint sauber zu sein. Sie haben zwar noch einen Rechner mitgenommen, aber sie glauben nicht, dass da was zu finden ist.“ „Und was macht die Aktion im Odenwald?“ spricht Rike den zweiten Schauplatz der Durchsuchungen an. „Wenn ich den Dörflein schon wieder anrufe, tickt der völlig aus. Der ist eh schon genervt, dass er, Zitat: „dieses Drecksloch“ durchsuchen muss. Es sind wohl mehrere Gebäude, die seit Jahren nicht mehr bewohnt werden. Die Kollegen sind aber dabei und informieren uns, sobald sie etwas finden“.

Genau in diesem Moment betritt der hessische Polizeianwärter Christian Lang gemeinsam mit seinem erfahrenen Kollegen Polizeimeister Erik Wagenknecht den alten Schuppen des Anwesens im Odenwald. Die Tür knarrt, als sie mit etwas Druck aufgestoßen wird. „Soll ich voraus?“ „Wieso, hast du Angst vor Spinnen?“ Grinsend beantwortet der erfahrene Kollege, der normalerweise mit seiner Motorradstaffel unterwegs ist, dessen Frage. Zu ihrer Überraschung können sie jedoch ohne weitere Probleme in den dunklen Raum eintreten. Im Schein ihrer Taschenlampen sehen sie in einem Eck einen Schrank, auf dem mit Kreide vor Jahrzehnten ein Totenkopfsymbol aufgemalt wurde. Drei Minuten später steht der Einsatzleiter Gerd Dörflein in Begleitung zweier Kollegen der Kriminaltechnik vor dem unscheinbaren Schränkchen. Nachdem sie den Inhalt des Schränkchens gesichtet haben, tritt Dörflein vor den Schuppen und wählt die Nummer der Heidelberger Kripo. „Wir haben vermutlich was" sind seine ersten Worte, bevor er im weiteren Gespräch darauf hinweist, dass eine eingehende chemische Analyse der vorgefundenen leeren Packung Rattengift erforderlich ist, um deren eindeutige chemische Zusammensetzung zu analysieren.

Rike Klein ist gerade dabei, das an ihre Heimat erinnernde Kantinenessen in Form von Matjesfilets mit Kartoffeln zu sich nehmen, als ihr Kollege Daniel Schubert auf sie zustürmt. „Die haben was gefunden. In einem Schuppen war ein ganzes Arsenal von altem Spritzmittel und Gift. Darunter auch Rattengift. Die bringen das Zeug im Eiltempo zu unseren

Technikern. Ich habe den Hakan Yildirim schon informiert, dass die alles stehen und liegen lassen, wenn die hessischen Kollegen eintreffen." „Gut, ich gebe Klaus bescheid. Der steht noch immer für diese ungesunde Currywurst an. Wir müssen uns überlegen, wie wir das Verhör fortführen. Und du rufst bitte mal auch bei der Giftzentrale in Freiburg an. Wir sollten prüfen, ob die Gifte auch nach Jahrzehnten wirken. Nicht, dass wir zum Schluss erfahren, dass diese Mittel nach Jahren völlig ungefährlich sind." „Ok. Dann bin ich wieder weg". Als Klaus Müller an den Tisch kommt, sieht er Schubert eilig aus der Kantine laufen. „Was gibt`s?" Als Rike ihn informiert hat, sind sie sich cinig, dass heute Carolyn Richter ein ausgesprochen langes Verhör bevorstehen wird.

Bei ihrer zweiten Verhörpause gegen 16 Uhr ist nicht nur Carolyn Richter, sondern auch die beiden Ermittler und die Protokollantin ziemlich erschöpft. Während diese von einem anderen Kollegen abgelöst werden kann, gilt das für Rike und Klaus Müller nicht. Es gibt aber weitere kleine Erfolge. Inzwischen hat Carolyn Richter aufgrund der erdrückenden Indizien eingeräumt, dass auch Michael Herrmann in die illegalen Aktivitäten einbezogen war. Sie hatten vor einigen Jahren ein Verhältnis, dabei war Michael Herrmann auf die Idee gekommen, mittels eines Strohmanns beziehungsweise der Strohfrau Antonia Adler Kasse zu machen. Während es bei Sandra Werner und Carolyn Richter finanzielle Gründe waren, suchte Michael Herrmann nach ihren Angaben stets den Kick des Neuen und Grenzwertigen. Er sah das Ganze als Spiel und war stolz, wie er die ältere Dame Antonia Adler für ihre Ziele geradezu manipulieren konnte. „Der hatte die Adler voll im Griff. Die machte alles, was und wie es Michael wollte. Michael war der Chef, wir waren schließlich nur noch seine Marionetten" versucht Carolyn Richter ihre Rolle und die von Sandra Werner herunter zu spielen.

Für Rike überraschend unterbricht Klaus Müller genau in diesem Moment das Verhör. „Wir machen dreißig Minuten Pause" ist seine Ansage und

gemeinsam mit Rike und Daniel bespricht er sich kurze Zeit später in deren Büro.
„Wir kommen voran. Wir brauchen jetzt noch die Verbindung zu Nadine Scheerer, um sie weiter in die Ecke zu treiben. Und dann sollten wir endlich was von Hakan Yildirim hören. Der braucht doch sonst nicht so lange. Daniel, hör bitte mal nach."
In diesem Moment tritt Kriminalrat Bauer in das Büro und erkundigt sich nach dem aktuellen Stand. „Wir kommen voran, Herr Kriminalrat" fasst Rike zusammen. „Aber die Richter ist eine harte Nuss." „Auch die sind zum knacken da, Kollegin. Ich muss jetzt zum Polizeipräsidenten. Der will unbedingt mit mir reden. Ich müsse die Integrität der Kurpfalz retten." Keine Ahnung, was er von mir will, aber das werde ich ja bald erfahren."
Nachdem er das Büro der Ermittler verlassen hat, erfahren Michael Bannings, Anne Müller und auch Alex Reinhard telefonisch, dass ihre jeweiligen Partner heute wieder einmal später nach Hause kommen. Und wie immer zeigen alle drei Verständnis für die besonderen

Anforderungen, die der Polizeiberuf an seine Beamten stellt.

Die Befragung wird um 17 Uhr fortgesetzt. Rike steigt in die Befragung ein. „Also, Frau Richter. Wir wissen jetzt, dass Sie, Sandra Werner und Michael Herrmann mit Antonia Adler gemeinsame Sache gemacht haben. Als diese dann, sagen wir mal, „nicht mehr da war", haben Sie sich eine neue Komplizin gesucht. Woher kennen Sie Nadine Scheerer?" „Nadine Scheerer, kenne ich nicht." „Dann darf ich Ihnen auf die Sprünge helfen." Klaus Müller schaltet sich nun ein. „Das ist die Dame, die bei Ihrer Bank vor kurzem ein gut gefülltes Konto eröffnete. Und die notwendigen Unterschriften für die interne Qualitätssicherung leisteten Sie und Michael Herrmann. Eine Konstellation, die auch nach Einschätzung ihres Vorstandsvorsitzenden sehr unüblich ist und Fragen aufwirft. Und die Dame war schon wenig später fleißig dabei, erste Immobilien in Meckesheim zu erwerben, die im Büro von Sandra Werner als mögliche Wohn- und Gewerbegebiete untersucht wurden. Ich

frage Sie also nochmals: Woher kennen Sie Nadine Scheerer?" Carolyn Richter kneift die Lippen zusammen, ihre Haut ist von Schweiß zusehends glänzend. Nach einigen Sekunden des Überlegens hören Rike und Klaus Richter dann die Worte „Na gut, ich sag`s Ihnen. Michael Herrmann hat sie angeschleppt. Das ist eine reiche Tussi, die schon immer so viel Geld hat, dass auch sie was gesucht hat, um ihre Grenzen auszuloten." Danach berichtet sie, wie Michael Herrmann ihr Nadine Scheerer als Nachfolgerin für die verstorbene Antonia Adler ans Herz gelegt hat.
Der Protokollant vermerkt 17.25 Uhr, als Klaus Müller das heutige Verhör beendet. „Sie bleiben wegen Flucht- und Verdunkelungsgefahr dic nächste Nacht Gast in unserem Hause" ist seine klare Ansage, die Carolyn Richter klaglos zur Kenntnis nimmt. „Morgen früh führen wir dann unsere Unterhaltung fort" macht Rike klar, dass für sie das Thema noch lange nicht erledigt ist.

Als Carolyn Richter in Begleitung einer Polizistin den Verhörraum verlässt, richten sich die Augen von

Rike Klein fragend auf ihren Vorgesetzten. „Ich wollte jetzt nicht zu dem Mord an Antonia Adler übergehen. Erst müssen wir genau wissen, ob wir in ihrem Elternhaus das richtige Gift gefunden haben. Und wenn ja, kochen wir sie morgen weich."

Hakan Yildirim, Leiter der Kriminaltechnik, verlässt selten seinen Arbeitsbereich im Untergeschoss des Polizeipräsidiums in der Römerstraße. Aber heute kommt er zu seinen Kollegen der Kripo, die zwei Stockwerke über ihm residieren. „Hallo, Kollegen, ich wollte euch noch persönlich Bescheid geben." Drei Augenpaare wenden sich ihm sofort zu. „Also, das ist eine ganz schön harte Nuss, die ihr uns da aufgegeben habt. Die hessischen Kollegen haben nicht nur ein Gift, sondern eine ganze Auswahl an Pestiziden und anderen Giften mitgebracht. Ehrlich gesagt, uns fehlt da ein bisschen die Routine. In der Kurpfalz werden die Menschen eher mit Pistole, Messer oder auch Tabletten ins Jenseits befördert." Da niemandem seiner Kollegen zum Lachen ist, lacht Hakan

Yildirim zunächst selbst über seinen Witz. „Aber keine Sorge. Wir wären ja nicht die Kriminaltechnik, wenn wir uns nicht zu helfen wüssten. Wir haben kurzerhand bei der landwirtschaftlichen Entwicklungsabteilung der BASF und der Giftnotrufzentrale in Freiburg um fachliche Hilfe angefragt. Und ich kann euch sagen, die haben vielleicht Experten auf Lager." Er lacht nochmals alleine über seine Bemerkung und führt fort: „Auf jeden Fall wissen wir, dass es tatsächlich Giftstoffe gibt, die auch bei Lagerung im Dunklen und Kühlen altern und damit an Wirkung verlieren. Auch konnten wir einige angelieferte Mittelchen von vorneherein ausschließen, da sie einwandfrei als Dünger, und nicht als Gift identifiziert wurden." „Hakan, komm endlich zum Punkt" unterbricht ihn Rike. „Wir haben unendlich viel um die Ohren und wären dankbar, wenn du dich auf das wesentliche beschränkst." „Gut, ich meinte ja nur. Also kurzgefasst, wir haben viel ausschließen können und noch drei Substanzen, die wir eingehender untersuchen müssen. Das dauert aber noch einige Stunden. Und da unsere Gruppe heute Abend gemeinsam den 60. Geburtstag von Heinz, unserem Chemiker, feiern will, wollte ich euch bitten, dass wir erst morgen früh weitermachen können.“ Daniel und Rike haben schon einmal gerüchteweise gehört, dass ihr Chef Klaus Müller auf eine eigene Art ziemlich unangenehm werden kann. Dennoch glauben sie, ihren Ohren nicht zu trauen, als Klaus Richter zu Hakan Yildirim flüstert „Hakan, du gehst jetzt sofort zurück in euer Scheiß Labor. Und traut euch nicht, es zu verlassen, bevor ihr ein Ergebnis habt. Und jetzt raus, sofort!“ Hakan Yildirim, der mit dieser klaren Ansage nicht gerechnet hat, verlässt auf der Stelle das Büro. Mit den Worten „Auf, weiter. Und schneller, wir wollen schließlich vor Mitternacht noch auf den Geburtstag“ wird allen Mitarbeitern der KTU klar, dass ihr Ansinnen, morgen weiterarbeiten zu können, wohl krachend gescheitert ist.

Es ist 22.59 Uhr als Klaus Müller, Rike Klein und Daniel Schubert über SMS von Hakan Yildirim informiert werden. Sie seien auf dem Weg zur Geburtstagsfeier, die Ergebnisse liegen auf ihren jeweiligen Schreibtischen und die KTU erwarte eine Kiste Bier als Ausgleich für besondere Leistungen.

Die SMS erreichen die Ermittler in sehr unterschiedlichen Situationen. Klaus Müller blättert digital mit seiner Frau bei babyartikel.de und stellt sich zum wiederholten Male die Frage, ob alle werdenden Eltern Millionäre sind. Daniel und Alex sind am Ende eines romantischen Abends im Bett gelandet. Dort war Kamikaze wenig begeistert, seinen Platz räumen zu müssen. Rike feierte mit Michael im „Aix-en-Provence" den Geburtstag von Erik.

Nachdem Klaus Müller die SMS gelesen hatte, sendete er eine weitere SMS an seine Ermittler. „Dienstbeginn morgen 7 Uhr. Schönen Abend. Klaus"

108

„Und daher ist unzweifelhaft festzustellen, dass das durch die hessische Polizei angelieferte

Rodentizid im Behälter 214/22 identisch ist mit dem Gift, welches im Körper von Antonia Adler post mortem festgestellt wurde“ zitiert Rike Klein bereits den durch Hakan Yildirim unterzeichneten Bericht der gestrigen Nacht. Klaus Müller hat noch nicht seine Aktentasche auf den Tisch gelegt, als Daniel Schubert weiter aus dem Bericht vorliest. „Die lange Lagerzeit des Giftes hat die Wirksamkeit der enthaltenen Giftstoffe nicht in wesentlichem Umfang reduziert. Nach den Erfahrungen der Giftnotrufzentrale Baden-Württemberg ist davon auszugehen, dass eine Menge von 5 Gramm des Wirkstoffes ausreicht, um einen Menschen mit 64 kg Gewicht zu töten. Das eingesetzte Mittel ist geschmacksneutral. Dies war auch der Grund, weshalb der Vertrieb 1984 in der damaligen gesamten Europäischen Union eingestellt wurde.“
"Klaus, damit haben wir sie!“ Rike strahlt übers ganze Gesicht. „Sie hat ein Motiv, wir haben die Waffe und die ist so einzigartig, dass sie geradezu ein Alleinstellungsmerkmal ist. Die Truppe von Yildirim hat sich ihren Kasten Bier wirklich verdient.“

„Ja, nur brauchen wir am besten noch ein Geständnis" bestätigt dieser Rikes Einschätzung. „Für einen Indizienprozess ist das noch alles sehr dünn."

„Ich habe mir nochmal überlegt, wie die Adler das Gift genommen haben kann." Schubert zieht mit diesem Satz sofort die Aufmerksamkeit seiner Kollegen auf sich. „Klar ist, dass sie es nicht auf der Geburtstagsfeier zu sich genommen hat. Es gab keine anderen Vergiftungsfälle bei den Gästen. Antonia Adler wurde ja erst einige Tage nach ihrem Tod in ihrer Wohnung aufgefunden. Es wurden von der Auffindungssituation in der Wohnung durch unsere Kollegen vom Revier Neckargemünd Photos gemacht. Die habe ich mir nochmal angeschaut und dann soeben mit Friederike Sonnenschein telefoniert. Ihr erinnert euch, das war die Freundin von Antonia Adler. Als ich sie fragte, was denn ihre Freundin gerne getrunken hat, war die einzige Antwort: „Sherry". Sie hatte wohl geradezu ein Sandemann-Abonnement aus Jerez de Frontera. Auf den Photos der Kollegen ist auf dem Wohnzimmertisch eine Flasche Sherry zu sehen. Aber die ist, und jetzt wird es spannend, nicht von Sandemann. Da steht eine ganz andere Hausnummer, das ist ein Rare Sherry Solera PAP von Osborne. Das ist die Sherry-Luxusklasse und kostet etwa 160 Euro der halbe Liter.“ „Und jetzt sag mir bitte, dass du auch weißt, wer diese edle Flasche gekauft hat.“ Rike schaut ihren Kollegen ungläubig an. „Noch nicht, aber es gibt nur zwei Händler, die dieses edle Produkt in Deutschland vertreiben. Und beide sind ab 9 Uhr telefonisch erreichbar.“ „Dann verschieben wir das weitere Verhör von Carolyn Richter, bis wir wissen, ob sie oder Michael Herrmann den Sherry gekauft haben“ entscheidet Klaus Müller und fügt hinzu „und unseren Kriminalrat und die Staatsanwaltschaft informiere ich, dass es gute Fortschritte zu geben scheint.“

109

Um 9.01 Uhr klingelt bei Steffen Priebs in Görlitz das Telefon. Görlitz, eine der schönsten deutschen Städte, genießt unter Historikern,

Filmregisseuren und Touristen einen ausgezeichneten Ruf. Die Gebäudeensembles rund um Obermarkt und hinunter zur Neiße sind Geschichte pur. In einem dieser historischen Bürgerhäuser residiert einer der größten Internet-Weinhändler Deutschlands. Freiberg & Priebs GmbH & Co. KG. Die Firma hat sich unmittelbar nach der Wende 1990 im benachbarten Zittau selbständig gemacht und erkannte früh die Chancen des Onlinehandels. Sie spezialisierte sich auf ausgesuchte Getränkespezialitäten. Es gelang, über die Pflege vieler persönlicher Kontakte auch Exclusivverträge mit führenden Produzenten in aller Welt für Top-Produkte abzuschließen. In den über 30 Jahren seines Wirkens ist Steffen Priebs vielerlei Anfragen gewohnt, ein Anruf der Kriminalpolizei aus dem anderen Ende der Republik ist aber eher ungewöhnlich. Beim Abendbrot erzählt er seiner Ehefrau Moni, dass die Wessis doch irgendwie anders sind. Während bei ihm normalerweise der Zoll gelegentlich Nachforschungen betreibt, scheint in Baden-Württemberg sogar die Kriminalpolizei

Zeit zu haben, sich nach dem Verbleib der ein oder anderen Flasche Sherry zu erkundigen.

110

„Und dann haben Sie Antonia Adler Gift aus dem Arsenal Ihres Elternhauses untergemischt." Rike hat den Druck nach einer Stunde Befragung auf Carolyn Richter dramatisch erhöht. „Nein, wie kommen Sie darauf? Ich war schon ewig nicht mehr in meinem Elternhaus." „Das stimmt nicht." Klaus Müller legt jetzt auch zu. „Wir wissen, dass Sie vor wenigen Monaten dort waren. Und wir wissen, dass Antonia Adler mit Ihrem Gift getötet wurde." „Das können Sie nicht beweisen. Das war vielleicht Michael Herrmann. Genau, der hatte ja mindestens so viel zu verlieren wie ich." „Reden Sie keinen Stuss!" Rike unterbricht sie rüde. „Wir können Ihnen beweisen, dass Sie die Flasche Sherry gekauft haben, mit der sie vergiftet wurde. Sie haben nämlich einen so edlen Tropfen gekauft, dass wir den Kauf der Flasche nachvollziehen konnten. Ihre Kreditkartendaten sind eindeutig zuzuordnen. Und der Versand der Ware erfolgte an Ihre Adresse.“ „Diese blöde Kuh! Immer fleißig mitkassieren und dann auf einmal ein schlechtes Gewissen kriegen. Die musste einfach weg.“ Heulend bricht Carolyn Richter zusammen und legt dann ein umfangreiches Geständnis ab.

111

„Na, wie war der heutige Tag?“ Michael Bannings schraubt an diesem herrlichen Frühlingstag gerade den Kofferträger an Rikes neue Moto Guzzi V 750 Spezial III, als sie mit dem Fahrrad vom Landgericht in ihre inzwischen gemeinsame Wohnung am Philosophenweg kommt. „Ein Fest für die Staatsanwaltschaft. Staatsanwalt Knopf konnte es kaum erwarten, nach Verhandlungsschluss zur anwesenden Presse zu kommen.“ „Und die Urteile?“ „Lebenslänglich wegen heimtückischem Mord für Carolyn Richter. Die besondere Schwere der Schuld wurde aber nicht festgestellt. Und Michael Herrmann erhielt wegen Anstiftung und Beihilfe zum Mord 10 Jahre. Unsere Arbeit wurde vom Vorsitzenden Richter ausdrücklich gelobt. Er fand es bewundernswert, dass wir nach dem Geständnis von Carolyn Richter so lange weiter ermittelt haben, bis wir auch Michael Herrmann die Anstiftung nachweisen konnten." „Na denn, herzlichen Glückwunsch!" „Ja, danke. Für uns bei der Mordkommission ist der Fall erledigt, die Kollegen von der Wirtschaftskriminalität haben noch viel vor sich." „Inwiefern?" „Na, ist doch logisch, Michael. Ermittelt wird noch gegen Nadine Scheerer. Da ist noch nicht ganz klar, gegen welche Gesetze sie letztlich verstoßen hat. Aber Betrug kommt auf jeden Fall in Frage. Und auch Michael Herrmann und Carolyn Richter haben da noch einiges zu erwarten. Schwierig wird es da nur mit einigen Zeugen. Theodor Wendel, der in Mallorca eine Bar eröffnet hat, ist inzwischen mittel- und wohnsitzlos und weder auf der Insel noch in Deutschland aufzufinden. Adalbert von Achtern, Vorstandsvorsitzender der Heidelland Privatbank, hat große Erinnerungslücken und Dr. Lürssen, der Chef des Städteplanungsbüros, hat ein Attest vorgelegt, dass er die nächsten Monate keinesfalls

aussagefähig ist. Sein psychischer Zustand lasse das nicht zu." Michael lächelt versonnen. „Wenn sich bei uns Premierminister an nichts erinnern, können bei euch auch Vorstände vergesslich werden."
„Apropos vergesslich." Rike schaut ihren Freund verliebt an. „Hast du auch unsere Papiere für die Reise eingepackt." „Alle, ausnahmslos. Selbst ein Ehefähigkeitszeugnis habe ich für alle Fälle beantragt und dabei. Steve, unser Trauzeuge, war nochmal im Standesamt in Exeter. Der Termin ist bestätigt, wir werden quasi erwartet." „Na, dann lass uns deine Triumph aus der Garage holen. Die Reise in deine alte Heimat und unsere gemeinsame Ehe kann starten.

Ende

Epilog;

Wer auch immer in unserer schönen Kurpfalz auf Wohnungssuche ist, wird vermutlich sehr schnell frustrierende Erlebnisse erfahren. Mietwohnungen werden zunehmend unbezahlbar und sind ohne persönliche Beziehungen kaum noch zu finden. Da kommt schnell der Gedanke auf, eine eigene Wohnung zu kaufen oder das erste eigene Haus zu bauen. Und dann? Dann stellt der erstaunte Immobilieninteressent fest, dass hier offensichtlich eigene Gesetze herrschen. Immobilienmakler, die an möglichst hohen Preisen interessiert sind, Haus- und Wohnungseigentümer, die auch eine Schrottimmobilie zu Wucherpreisen anbieten und nicht zuletzt Grundstücksbesitzer, welche ihr Grundstück in auch noch so schlechter Lage für pures Gold halten.

Vor diesem Hintergrund ist mein Roman „Kurpfälzer Gold" entstanden. Eine rein fiktive Geschichte, die gleichzeitig zeigt, wie groß die Verlockungen auf der Jagd nach dem großen Geld werden können.

Die Handlung spielt natürlich in „meiner" Kurpfalz. Ein Besuch der Handlungsorte kann ich meiner Leserschaft wärmstens empfehlen. Sie werden erkennen, dass hier viele besonders liebenswerte und freundliche Menschen in einer wunderschönen Gegend Zuhause sind. Mein besonderer Dank gilt den Bürgermeistern Volk, Brandt und Knecht die damit einverstanden waren, jeweils Texte von mir „untergeschoben" zu bekommen. Das gilt auch für den katholischen Pfarrer Tobias Streit, der in seiner Seelsorgeeinheit Neckar-Elsenz zeigt, wie Kirche auch sein kann. Alle anderen Personen sind frei erfunden.

Ein besonderer Dank gilt Ihnen, liebe Leserinnen und Leser. Nach meinem ersten Roman „Tod auf der Martinskapelle" wurde ich von positiven Reaktionen förmlich überrollt. Und immer wieder wurde ich mit der - für mich anfangs völlig unerwarteten - Frage konfrontiert, wann der nächste Krimi erscheint und wie sich das Leben der Heidelberger Ermittler weiter entwickelt. Die Antwort liegt vor Ihnen und ich würde mich freuen, wenn Ihnen auch mein zweiter Roman gut gefallen würde.

Ein weiterer Dank gilt all den Menschen, die das Entstehen des Buches indirekt ermöglicht haben und möglicherweise über die ein oder andere Frage meinerseits erstaunt waren. Ihre Erfahrungen mit Notaren, Immobilienmaklern, Grundstückskäufen, kommunalen Mandatsträgern, Behörden und Spielbanken spiegeln sich zumindest teilweise im Roman wider.

Zuletzt ein ganz herzliches Dankeschön nach Wiesenbach. Dort lebt und arbeitet eine Dame, die meine sicherlich kritischste Leserin ist . Und schon aus diesem Grunde bin ich sehr dankbar, dass sie die Aufgabe übernommen hat, mir als Lektorin zur Seite zu stehen.

Meckesheim, im November 2022
Clemens Heck